Liefde jeukt

109

AMANDA FILIPACCHI

Liefde jeukt

Vertaling Lilian Schreuder

2004
De Bezige Bij
Amsterdam

Cargo is een imprint van uitgeverij De Bezige Bij, Amsterdam

copyright © 2004 Amanda Filipacchi
copyright Nederlandse vertaling © 2004 Lilian Schreuder
Oorspronkelijke titel *Love Creeps*
Omslagontwerp Studio Jan de Boer
Omslagillustratie Christian Vogt
Foto auteur Marion Ettlinger
Vormgeving Peter Verwey
Druk Hooiberg, Epe
ISBN 90 234 1588 4
NUR 302

1

Lynn stalkte. Ze was om gezondheidsredenen met stalken begonnen, maar het werkte niet zo goed als ze had gehoopt. Lynn had geen slechte lichamelijke gezondheid, maar een tamelijk slechte geestelijke gezondheid. Op haar tweeëndertigste ontdekte ze plotseling dat ze nergens meer naar verlangde. Lynn had nooit eerder nergens naar verlangd, en ze miste het verlangen. Iedereen in haar omgeving wilde wel iets. Ze werd jaloers op iedereen die iets wilde. Ze was niet zozeer onder de indruk van wat ze wilden als wel van het feit dát ze iets wilden. Daarom werd ze vooral jaloers op haar stalker, die haar heel graag wilde.

Hij leed duidelijk niet onder het geestelijke probleem dat Lynn had. Als hij al een probleem had, dan was dat het tegengestelde probleem. Maar aangezien Lynn net als de meeste mensen dwaas genoeg geloofde dat ieder probleem dat tegengesteld is aan het hare een luxeprobleem is, benijdde ze hem. En omdat ze hem benijdde, ging ze hem nadoen.

Alan Morton, Lynns stalker, had Lynn voor het eerst opgemerkt in de sportschool. Hij vond het heerlijk om vanaf het fitnessapparaat naar haar te staren. Dat mocht. Er was geen clubregel die bepaalde: 'Ga niet op het fitnessapparaat zitten tegenover het apparaat waarop vrouwen hun benen openen en sluiten. Het is niet toegestaan om daar naar hen te gaan zitten kijken.' Hij was van plan om zijn rechten te laten gelden terwijl hij zijn lichaam aan het trainen was, maar telkens als ze haar benen opende voelde hij zich slap worden.

Alan was een gezette man, maar op een dag ging hij pal voor haar staan en draaide een rondje. 'Neem me niet kwalijk,' zei hij. 'Zou je me kunnen zeggen of ik ergens nog spieren heb die ik om jou een plezier te doen verder zou kunnen ontwikkelen?'

Om haar te laten zien dat hij hiermee niets aanstootgevends bedoelde (want hij was gevoelig genoeg om de lichte uitdrukking van afkeer op haar gezicht op te merken) voegde hij er snel aan toe: 'Ik zal jou graag dezelfde dienst bewijzen. Volgens mij verspil je je tijd met het trainen van je armspieren. Je kunt beter iets aan je buikspieren doen; die train je nauwelijks door dagelijkse activiteiten zoals winkelen en het dragen van boodschappen.'

Ze staarde hem uitdrukkingsloos aan, alsof ze in trance was. Een hele verbetering, dacht hij. Wezenloosheid was beter dan afkeer. Hij zou gebruikmaken van haar ontvankelijke geestestoestand en haar perplex laten staan: 'Ik weet dit allemaal omdat ik drie persoonlijk trainers heb gehad. Ik weet niet of jij er ook ooit een hebt gehad.'

Ze gaf geen antwoord.

'Ik wil je best een paar van zijn adviezen geven. Gratis,' voegde hij eraan toe, terwijl hij zijn wenkbrauwen optrok.

'Nee, dank je, het gaat prima zo,' zei ze.

'Nou, dat zal ik niet ontkennen!'

Ze was kennelijk klaar met haar training, want ze liep naar de dameskleedkamer. Alan ging naar de herenkleedkamer en kleedde zich snel om. Hij volgde haar de sportschool uit en bleef op een afstand achter haar aan lopen. Hij zag hoe ze een paar straten verder een galerie binnenging.

Twee weken later stond Lynn in haar galerie en wees haar assistente Patricia, die naast haar stond, op haar stalker op het trottoir. Met zijn voorhoofd tegen het raam gedrukt en zijn handen rond zijn ogen stond hij naar haar te gluren.

'Patricia,' zei Lynn, 'ben ik nu gek, of is er nauwelijks verschil tussen zijn gezicht en het mijne?'

'Er is een behoorlijk groot verschil, maar in jouw voordeel, en daar mag je blij om zijn.'

'Nee, serieus, Patricia. Zijn gezicht straalt, het is levendig. Mijn gezicht is doods.'

'Ik vind jouw gezicht niet doods.' Na een pauze voegde Patricia daaraan toe: 'Nu we het toch over dood hebben: hij stalkt je nu al twee weken, waarom zijn we niet banger?'

'Dat is niet moeilijk. Hij ziet er zo sullig uit.'

Alan was geen lange man. Hij was hooguit een paar centimeter langer dan Lynn, die een meter zevenenzestig was. Hij was beslist niet slank en ook niet gespierd. Maar hij had blauwe ogen en blond haar, en die gedachte vrolijkte hem altijd op als hij zich onzeker voelde over zijn uiterlijk. Hij had weliswaar geen volle kop met blond haar, maar de paar slierten die hij had waren absoluut, onweerlegbaar blond. Hij droeg vaak zwart of donkere kleuren, omdat hij had gehoord dat je daardoor slanker leek, en heimelijk geloofde hij dat die kleuren *cool* waren.

'Maar zijn gezicht is in elk geval levendig,' zei Lynn. 'Ik vind echt dat mijn gezicht er doods uitziet.'

'Mannen houden niet van vrouwen met doodse gezichten. Toch heb je over belangstelling niet te klagen. Daarom kán je gezicht niet doods zijn,' zei Patricia, terwijl ze Lynn bestudeerde. Lynn droeg vaak vleeskleurige en crèmekleurige kleding, en taupe. Ze was het soort vrouw dat door mensen die de mode niet op de voet volgden werd omschreven als 'elegant' of 'tijdloos'. Soms droeg ze zelfs haar goudblonde haar in een ballerinaknot. Je moest wel lef hebben om er zo klassiek uit te durven zien, vond Patricia. Lynn was slank en onbehaard (behalve op de gebruikelijke plaatsen). Wat Patricia niet wist was dat het een van Lynns grootste genoegens in het leven was om zich te ontdoen van haar ongewenste haar. Ze was niet echt een harig type, en ze zou het niet erg hebben gevonden om een grotere hoeveelheid ongewenst haar te hebben, gewoon omdat ze er zo'n lol in had om zich daarvan te kunnen ontdoen.

'Er is niemand tot wie ik me aangetrokken voel,' zei Lynn.

'Dat weet ik.'

'Kunst die me altijd prikkelde doet dat nu niet meer. Wat moet ik doen om mooie kunst en een mooie man te vinden?'

'Een therapeut zoeken?'

'Daar heb ik er inmiddels al heel wat van gezien, en ze waren geen van allen mooi, net zomin als de kunst aan hun muren.'

Lynn Gallagher, een van de vijf invloedrijkste galeriehouders in New York, had een relatief normaal liefdesleven. Haar langste relatie had een jaar geduurd, haar kortste een nacht. Haar langste celibataire periode was zes maanden geweest, haar kortste twee uur, maar dat was maar één keer voorgekomen. Voor Lynn had zowel een relatie als single-zijn voor- en nadelen, maar ze had een lichte voorkeur voor het eerste.

Lynn keek toe hoe Patricia een zorgvuldig gekauwd stuk dadelpruim in een papieren servetje spuugde en dat in de prullenbak liet vallen. Patricia zag er best goed uit, met haar lange donkere haar. Ze leek sprekend op Frida Kahlo. Haar wenkbrauwen waren te dik, wat haar verder mooie gezicht een beetje de uitstraling van een holbewoonster gaf, iets waar ze zich totaal niet van bewust was. Lynn was ervan overtuigd dat Patricia haar wenkbrauwen vaker zou epileren als ze dit zou weten. Lynn, die altijd een pincet bij zich had – behalve als die in beslag was genomen door een veiligheidsmedewerker op een luchthaven – had vaak de behoefte om Patricia's wenkbrauwen te epileren omdat ze haar afleidden. Als Patricia tegen haar sprak, richtte Lynn vaak haar blik op iets anders om zich te kunnen concentreren op wat Patricia zei.

'Zullen we dia's gaan bekijken?' vroeg Patricia.

'Als het moet,' antwoordde Lynn.

Nieuw talent ontdekken was ooit het leukste deel van Lynns werk geweest. Nu was het een beproeving. Ze kwam moeizaam overeind en ging naar de lichtbak. Patricia opende enveloppen en haalde dia's te voorschijn. Ze liet ze Lynn zien. Bij elke dia schudde Lynn haar hoofd en zei nee. De minuten verstreken en de beelden gleden voorbij zonder dat er ook maar het geringste enthousiasme bij Lynn werd opgeroepen. Ze werd steeds droeviger. Deze vertoning duurde tegenwoordig een stuk korter dan vroeger.

De deur van de galerie ging open en Judy kwam binnen, een iets minder succesvolle galeriehoudster en sinds een halfjaar Lynns vriendin en concurrente. Lynn deed meteen de lichtbak uit en draaide zich snel om. Ze wilde liever niet betrapt worden terwijl ze tevergeefs naar kunst keek.

'Hoi. Ik ben onderweg naar een bespreking, maar ik wilde even gedag komen zeggen. Hoe gaat het?' vroeg Judy, terwijl ze Lynn op haar wangen kuste.

'Hetzelfde.'

'Dat zie ik,' zei Judy, en ze keek naar de lege muren. Ze ging op de rand van Lynns bureau zitten. Haar korte rode plooirok viel in een boog op haar knie. Ze kleedde zich altijd volledig in het rood sinds ze vier jaar geleden had gelezen dat het creëren van een markante en consequente *look* je kans op succes in het leven aanmerkelijk vergrootte. 'Weet je, er is echt een simpele oplossing voor jouw probleem.'

'Wat dan wel?'

'Verslaving.'

Lynn fronste haar wenkbrauwen.

'Ik kan het van harte aanbevelen,' zei Judy. 'Een van mijn grootste genoegens is mezelf beloven dat ik niet zal drinken of roken, coke of heroïne gebruiken of koekjes zal eten, en het dan toch te doen. Het is een genoegen dat je dagelijks kunt herhalen. Het verlangen blijft bestaan en je kunt er altijd op vertrouwen, behalve als je het verpest door af te kicken of zo. Maar zelfs dan is de schade niet onherroepelijk. De truc is om het besluit te nemen. Neem je voor dat je iets niet mag, en doe het dan ook een paar uur niet. Zo bouw je het verlangen op en dan geef je je er ineens aan over. Toegeven is echt goddelijk.'

'Je bent gevaarlijk,' zei Lynn. 'Je wapen is logica.'

'Dank je, maar eigenlijk is het gewoon gezond verstand. En ik ben niet gevaarlijk. Ik bedoel, ik ben geen échte junkie. Alleen een beetje verslaafd aan coke, een beetje aan alcohol en een beetje aan heroïne. Net genoeg voor die interessante spanning tussen verlangen en bevrediging.'

Judy's aandacht werd afgeleid door Alan. 'Wie is die man? Hij staat naar binnen te gluren.'

'Een of andere engerd. Negeer hem gewoon,' zei Lynn.

'Dus mijn verslavingen zijn allemaal onder controle. En die van jou kunnen dat ook zijn, zolang je maar blijft zorgen voor dat ontzettend belangrijke evenwicht tussen ontzeggen en toestaan, tussen behoefte en vervulling.'

'Dat zal ik onthouden, maar ik ben er nog niet zo zeker van dat ik op dit moment een verslaving nodig heb.'

'Maar je kunt er altijd op terugvallen als je niets beters kunt vinden. Heb je eigenlijk wel goed gezocht? Is er echt helemaal niets waar je naar verlangt?'

'Ik verlang ernaar om te verlangen, maar ik weet niet of je dat ook als een verlangen kunt beschouwen.'

'Ik denk van wel,' antwoordde Judy in een poging om aardig te doen, ook al dacht ze niet echt dat het telde.

'Dus je hebt geen andere suggesties, maar dan wat … saaier?'

'Wat vind je van antidepressiva?'

'Die lijken me geen oplossing voor mijn probleem. Ik bedoel, ik heb ooit immers verlangen gevoeld. Waarom zou ik dat gevoel niet terug kunnen krijgen?'

'Weet je hoe het komt dat je het kwijt bent geraakt? Heb je daar al over nagedacht?'

'Natuurlijk heb ik daarover nagedacht! Hebben wij daar niet over nagedacht?' zei Lynn, terwijl ze zich omdraaide naar Patricia.

'Ja,' zei Patricia. 'We hebben daar al urenlang over gediscussieerd. We hebben het grondig geanalyseerd, maar we konden geen oorzaak bedenken.'

'Waar verlang je dan eigenlijk niet meer naar?' vroeg Judy.

'Naar allerlei dingen. Naar mannen. Naar reizen. Naar het ontdekken van nieuwe kunstenaars, hun carrière op gang brengen, zien hoe mijn inspanningen worden beloond. Naar winkelen, mooie kleren kopen. Ik keek vroeger altijd uit naar het balletseizoen, naar bepaalde feesten, naar nieuws over mijn vrienden. Al die dingen interesseerden me ooit echt, en ze deden me plezier. Ik mis het om ergens hevig naar te verlangen. Ik was ooit net als hij daar,' zei ze, terwijl ze naar haar glurende stalker wees. 'Inwendig dan.'

'Je lijdt aan anhedonisme,' zei Judy.

'Dat weet ik nog niet zo zeker. Ik geniet nog steeds evenveel van dingen als de geur van een roos, het gezelschap van een goede vriend, een mooie dag.' Van epileren, voegde Lynn er in gedachten aan toe. 'En ik heb nog steeds sterke emoties, ik kan nog blij en verdrietig zijn. Ik heb alleen de grote honger verloren. Ik snak naar die honger. Ik ben zelfs niet meer zo ambitieus als vroeger. En op onverwachte momenten krijg ik ineens een gevoel van afkeer.'

'Dat klinkt ellendig. Ik zal proberen er iets op te bedenken, maar nu moet ik rennen. Ik bel je.' En weg was Judy.

'Moet je horen,' zei Patricia. 'Misschien helpt het als je probeert om geïnteresseerd te raken in iets buiten jezelf, in een ander mens bijvoorbeeld. Mensen doen om die reden vaak vrijwilligerswerk.'

'Ik vraag me af of dat iets uit zou maken. Denk je dat híj vrijwilligerswerk doet? Kijk eens naar hem, hij is gelukkig,' zei Lynn, terwijl ze naar Alan wees.

'Nou, hij is in elk geval geïnteresseerd in een ander.'

'Misschien moet ik zelf ook stalker worden, omdat ik dan volgens jou vast minder egocentrisch zal worden. Het is in elk geval prikkelend.'

Patricia staarde haar aan met een uitdrukking die Lynn uitlegde als ergernis. Uit ervaring wist Lynn dat ze de starende blik van haar assistente alleen het hoofd kon bieden door meteen in de aanval te gaan. Dus mompelde ze: 'Het probleem met een stalker zijn is dat je iemand moet begeren…'

Patricia had door ervaring geleerd dat de beste aanpak van Lynns ergerlijk opportunistische opmerkingen was ze te overtreffen. 'Niet per se,' zei ze daarom wat afwezig, zodat het sensationele commentaar dat ze op het punt stond te geven onschuldig en oprecht overkwam. 'Wat was er eerst: de kip of het ei? Misschien moet je om iemand te begeren eerst die persoon stalken.'

Patricia keek op en zag dat Lynn haar strak aankeek: 'Wat je net zei is volkomen absurd en ongeloofwaardig, en toch heeft het inhoud. Het doet me denken aan die theorie over lachen die zegt dat mensen zich gelukkiger kunnen voelen door actief te gaan lachen, in plaats van te wachten totdat ze zich blij voelen en dan pas te lachen.'

Lynn liet geen tijd verloren gaan. Ze verloor vaak dingen – zoals haar sleutels, hoed, verlangen, portemonnee – maar tijd hoorde daar niet bij. Zevenendertig minuten nadat ze had besloten om iemand te gaan stalken, koos ze een man in een bakkerij in Chelsea, aan de overkant van haar galerie. Ze kocht er een schuimgebakje om energie op te doen voor haar zoektocht naar een slachtoffer, en toen – boem! – gebeurde het. Hij liep de winkel in en ze dacht: die lijkt me wel geschikt. Ze had hem al eerder gezien in de buurt. Hij lachte nooit, was midden dertig en zag er wel aardig uit: donkerharig, lang en gebruind (ze hield niet van gebruinde types, maar wilde dat voorlopig wel even vergeten). Haar enige zorg was de sweater om zijn schouders. Een homo was niet de eerste keus voor heteroseksueel stalken. Ze klampte zich vast aan de hoop dat hij misschien gewoon uit Europa kwam.

Toen hij om een *pain au chocolat,* een croissant en een *palmier* vroeg, hoorde ze met enige opluchting een licht Frans accent. Ondanks zijn flinke bestelling was zijn lichaam gespierd. De zoete broodjes waren misschien voor vrienden. Of misschien was hij een fitnessfanaat. Toen hij zich omdraaide, raakte ze in verwarring doordat hij een medaillon droeg. Ze besloot om het medaillon ook toe te schrijven aan zijn Franse afkomst en volgde hem de bakkerij uit.

Gelukkig kwam hij uit de buurt. Ze was niet van plan om iemand te stalken die ver weg woonde. Langeafstandsstalken leek haar erg vervelend. Maar nu, nu ze nog in de ban van het enthousiasme was dat hoort bij een nieuwe hobby, was ze bereid om hem een heel eind te volgen. Ze was dan ook onaangenaam verrast toen hij verderop in de straat een gebouw binnenging.

Omdat ze geen idee had wat een doorsneestalker hierna zou doen, gaf Lynn via haar mobiele telefoon opdracht aan Patricia om bij het gebouw te wachten totdat haar prooi weer te voorschijn zou komen. Ze keerde terug naar haar galerie om te wachten totdat haar assistente zou opbellen om haar te vertellen dat de prooi weer gestalkt kon worden.

Om halfzes belde Patricia en nam Lynn haar plaats weer in en begon hem weer te schaduwen. De man ging een paar straten verderop een gebouw binnen. Lynn liep op de portier af en vroeg hem: 'Woont die man hier?'

'Ja.'

'Hoe heet hij?'

'Het spijt me, ik mag u dat soort informatie niet geven.'

'Hij lijkt op iemand die ik ken,' probeerde ze. 'Ik vraag me af of hij het inderdaad is.'

'Het spijt me, ik mag u zijn naam niet geven.'

'Zijn er dingen die u wél mag?'

'Ja. Als u dat zou willen, kan ik meneer Dupont bellen en –' Hij leek geschokt door zijn verspreking.

'En hem vragen of hij het erg zou vinden als u mij zijn voornaam geeft?' plaagde ze hem.

'Zoiets.' Hij legde zijn hand op de huistelefoon en dreigde die op te pakken.

'Valt u meneer Dupont maar niet lastig voor zoiets onbelangrijks.'

Hoewel zijn voornaam haar niet echt interesseerde, wist ze wel dat stalkers op z'n minst een beetje opdringerig zijn. Daarom voegde ze eraan toe: 'Mag ik zijn voornaam raden?'

'Ik heb geen tijd voor spelletjes. Ik heb het druk,' zei de portier.

'O ja?'

'Ik ben aan het werk. U stoort me.'

'Ik stoor u?'

'Inderdaad. Ik word ervoor betaald om hier te staan en niets te doen. U stoort mij bij het werk waarvoor ik word betaald.'

'Vertelt u me alstublieft hoe hij heet.'

'Nee. Wat is het probleem?'

Ze aarzelde. 'Ik ben iets kwijt, en ik denk dat hij me kan helpen om dat terug te krijgen.'

'Wat bent u kwijt?'

'U bent wel erg nieuwsgierig.'

'Ik doe alleen mijn werk, mevrouw. Wat bent u kwijt? Misschien kan ík u helpen.'

'Ik weet zeker dat u dat niet kunt.'

'Het kan geen kwaad om het te proberen.'

Ze dacht even na en zei toen: 'Ik ben mijn verlangen kwijt.'

'Hier heb ik geen tijd voor.'

'Dat begrijp ik. Tijd is kostbaar. Maar verlangen is nog kostbaarder.'

'Niet echt,' zei hij. 'Verlangen is een vloek. U mag blij zijn dat u ervan verlost bent.'

'O ja? Ik neem aan dat u er niet van verlost bent?' vroeg Lynn.

'Inderdaad. En ik zou er alles voor over hebben om ervanaf te zijn. Mag ik ook vragen hoe u eraf bent gekomen? Als u me dat vertelt, dan vertel ik u de voornaam van meneer Dupont.'

'Ik ben het kwijtgeraakt. Per ongeluk. Ik weet niet hoe. Ik zou er alles voor doen om het terug te krijgen. Ik denk dat hij me kan helpen om het weer te vinden.'

'Des te meer reden om u niet te helpen. U zou moeten beseffen hoe gelukkig u bent dat u het bent kwijtgeraakt. Maar dat doet u niet, en ik weet niet waarom. Uw verlies is een leugen. U beweert dat u uw verlangen bent kwijtgeraakt, en toch hebt u het verlangen om de voornaam van meneer Dupont te weten, toch?'

'Eigenlijk niet. Ik vraag het om medische redenen.'

'Zal ik meneer Dupont op de hoogte stellen van uw verontrustende aanwezigheid?'

'Maakt u zich geen zorgen, mijn aanwezigheid is niet verontrustend en het is ook niet de moeite waard hem ervan op de hoogte te stellen.'

'Goed. Dan moet ik nu echt weer aan het werk, dus als u me wilt excuseren,' zei de portier, en hij wendde zijn blik af.

'Ik begrijp het,' zei Lynn. 'U wordt ervoor betaald om elke dag een zekere hoeveelheid niets te doen, en u zou in de problemen kunnen komen als uw superieuren zien dat u minder niets hebt gedaan dan waarvoor u betaald wordt.'

Hij stond volkomen stil en ging zo op in zijn werk dat hij geen krimp gaf onder haar scherpe blik.

Ze liep weg.

Het dagelijks stalken van meneer Dupont vereiste om allerlei redenen een enorme wilskracht, vooral omdat Lynn altijd tamelijk hoge hakken droeg, die niet bedoeld waren voor lange wandelingen in het tempo van een lange man. Maar helaas, hoe meer Lynn zichzelf dwong om meneer Dupont te willen, hoe minder ze hem wilde.

Ik heb hulp nodig, dacht ze. Dus gaf ze haar assistente opdracht om haar coach te zijn in het stalken en voortdurend aan haar hoofd te zeuren dat ze die man moest volgen.

Soms werd Lynn gevolgd door haar eigen stalker, Alan, terwijl zij meneer Dupont volgde. Omdat Alan alleen oog had voor Lynn, merkte hij niet dat Lynn een andere man volgde. Het enige wat hij in de gaten had was dat ze in zichzelf gekeerd was.

Hij stelde zich voor dat hij de rest van zijn leven met haar zou doorbrengen. Dat ze samen zouden ontbijten: zij gebogen over haar eieren, waar ze precies de juiste hoeveelheid zout op strooide. Op dat moment zou hij haar beetpakken, tegen het aanrecht duwen, haar badjas openrukken en haar een goede beurt geven, terwijl zij een beetje pruilde omdat ze met iets anders bezig was. Intussen zou ze onverstoorbaar naar het zoutvaatje op tafel blijven kijken, wat hij ook met haar deed. Zelfs als hij haar zou omdraaien, zoals hij nu in gedachten deed, en haar van achteren zou nemen, haar borsten tegen het aanrecht, terwijl alleen de randen van haar teennagels licht de grond raakten. Ze zou het zoutvaatje vanuit die hoek niet kunnen zien, maar ze zou eraan blijven denken, dat wist hij zeker. Hoe hij het ook met haar zou doen, ze zou aan dat zoutvaatje blijven denken, ook al deed hij haar pijn.

Hij vroeg zich af hoe hij een deel van haar leven zou kunnen worden. Hij zou kunnen proberen om zijn liefde haar leven binnen te smokkelen. Ze was het soort vrouw dat zich niet druk maakte over een stalker. Ze werd zelfs zo in beslag genomen door andere dingen dat ze het misschien niet eens zou merken als hij in haar leven zou opduiken. Voordat ze het in de gaten zou hebben, zouden ze vrienden zijn. Op een dag zou ze misschien gedachteloos een uitnodiging voor een etentje aannemen. En een volgende keer zou hij misschien seks met haar kunnen hebben terwijl ze met iets anders bezig was. Voordat ze het wist zou hij misschien wel bij haar intrekken. Als op een dag een aantrekkelijke man tegen haar zou zeggen: 'Ik wil graag met je uit eten. Heb je een vriend?', zou ze misschien even nadenken en lichtelijk verbaasd antwoorden: 'Ik geloof het wel', terwijl ze zich afvroeg wanneer dat precies was gebeurd.

Het was een uitstekend plan. Hij zou langzaam in haar leven doordringen.

Maar áls hij wilde dat dit zou gebeuren, dan moest hij er wel op zijn best uitzien. Hij besloot om nog actiever te worden en racquetball te gaan spelen. Hij werd lid van een sportschool een paar straten verderop. Hij vond het jammer dat hij Lynn nu niet meer zou kunnen stalken in zijn oude sportschool, maar hij troostte zich met de gedachte dat hij dat ene genoegen moest opgeven als hij haar wilde veroveren. En er waren trouwens genoeg andere plaatsen waar hij haar nog zou kunnen stalken.

Hij werd ingedeeld voor een partij tegen een man die ook net lid was geworden van de sportschool. Terwijl hij met zijn partner de lift nam naar de banen, keek Alan naar hem en verbrak de stilte met: 'Leuk medaillon.'

'Dank je.'

'Wat zit erin?'

'Iets persoonlijks.'

Ze speelden. De man won. Geen slechte speler, dacht Alan, voor een Fransman.

2

Op een dag, toen Patricia net de galerie had verlaten, gaf ze een paar muntstukken aan een roodharige dakloze man op de hoek. Hij zwierf nu al twee jaar in de buurt rond en ze gaf hem regelmatig wat geld omdat hij niet opdringerig of intimiderend was. Behalve 'Dank u' had hij nog nooit iets tegen haar gezegd. Tot die dag.

'Neem me niet kwalijk,' zei hij. 'Ik weet dat u bij die vrouw in die dure galerie op de hoek werkt. Ik vroeg me af of u me misschien zou kunnen vertellen waarom ze elke dag een man volgt, terwijl ze zelf wordt gevolgd door een andere man?'

Verbaasd vroeg Patricia: 'Valt het erg op?'

'Een beetje. Mij in ieder geval wel. Waarom doen ze het?'

'Wie zal het zeggen?'

'U misschien?'

'Nou, nee.'

'Waarom niet? U moet er meer van weten. Ik zou het heel graag willen weten. Ik ben geen gewone dakloze.'

'Dat zeggen ze allemaal,' antwoordde ze in de hoop dat ze niet gemeen klonk.

'Nee. Ze zeggen: "Geef me geld." Ik zeg: "Geef me antwoorden." Ik smeek u om een antwoord. Dat zal me vanavond warm houden.'

'Ik weet het echt niet.'

'En ik geloof u echt niet. Prettige avond verder.'

Teleurgesteld keek Ray hoe de vrouw wegliep. Hij wilde echt weten waarom de elegante galeriehoudster elke dag achter een gebruinde man met een strak gezicht aan liep, terwijl zijzelf werd gevolgd door een man die eruitzag als een clown, ondanks zijn zwarte kleding (een hele prestatie, volgens Ray). Alle drie gaven ze hem geld als ze hem passeerden, de een na de ander. Hij had ze eerder in de buurt gezien, maar had nooit echt goed op hen gelet, tot voor kort, toen ze elkaar gingen volgen. Zijn diagnose luidde dat ze gestoord waren. Hij had moeite met dit soort abnormaal gedrag omdat hij psycholoog was geweest en zijn praktijk ten onder was gegaan aan Rays betreurenswaardige ON, ofwel Overmatige Nieuwsgierigheidsstoornis. Hij was nieuwsgierig naar de geringste afwijkingen in menselijk gedrag. Ray was het tegenovergestelde van therapeuten die in slaap vielen terwijl hun patiënten aan het praten waren; hij was juist té geïnteresseerd in hun soapachtige leven. De spanning was voor hem zowel opwindend als ondraaglijk. Hij belde de meeste patiënten vele malen per dag op om te vragen of er nog nieuwe dingen waren gebeurd. Zo was er eens een patiënte die na een ruzie met haar vriend bij de telefoon bleef wachten totdat haar vriend zou opbellen. Ray belde haar vervolgens elk uur om te vragen of haar vriend het al had goedgemaakt. Dit obsessieve gedrag had zijn praktijk geruïneerd, om nog maar te zwijgen over de geestelijke gezondheid van zijn patiënten.

Twee weken nadat Lynn van Judy het advies had gekregen om een verslaving te nemen, werden Lynn en Patricia opgeschrikt door het nieuws dat Judy was aangereden door een vrachtwagen. Op wat kneuzingen na mankeerde ze niets. Ze moest een nacht ter observatie in het ziekenhuis blijven, maar kon daarna naar huis om te herstellen.

'Dat komt vast door al die drugs,' zei Lynn.

Patricia wist niet zeker of Lynn hiermee bedoelde dat Judy door de drugs een groter risico liep om door een vrachtwagen te worden overreden, of dat ze daardoor zo weinig mankeerde. Het interesseerde haar niet genoeg om het te vragen. Gehoor gevend aan Lynns expliciete en dringende opdracht zette Patricia haar bazin onder druk om te blijven stalken.

Lynn wist dat ze het stalken serieuzer moest nemen. Ze begon briefjes te schrijven aan meneer Dupont. Ze waren niet zo goed als de briefjes die haar eigen stalker haar stuurde. Hij schreef dingen als: 'Ik ben ondersteboven van jouw concentratie. Die is verbluffend. Ik geniet van de manier waarop je naar mijn cadeautjes kijkt. Ik heb nog veel meer cadeautjes in petto. Eén in het bijzonder. Dat verlangt hevig naar jou.' Het was walgelijk. Waarom kon ze niet zelf zoiets bedenken? In plaats daarvan schreef ze dingen als: 'Je intrigeert me. Ik hoop dat je het niet erg vindt dat ik je volg. Ik hoop dat je je gevleid voelt door de aandacht die ik je geef.' In een ander briefje schreef ze: 'Je ziet er echt intelligent en goed uit. Ik bedoel "goed" natuurlijk in de zin van "aantrekkelijk", want hoe kan ik weten of je goed bent of niet? Ik weet trouwens niet of je intelligent bent, maar je zou het kunnen zijn. En dat is goed genoeg voor mij.'

Maar ze was slecht in briefjes schrijven. Daar kwam nog eens bij dat ze last had van *stalker's block*. Ze vond dat ze alle voor de hand liggende dingen wel had gezegd. Ze was verbaasd dat haar eigen stalker constant nieuwe dingen wist te bedenken.

Uit frustratie begon ze de briefjes van haar stalker te kopiëren en die naar meneer Dupont te sturen. Ze stuurde briefjes met boodschappen als: 'Ik observeer je voortdurend. En als ik ergens anders ben, kijk ik in gedachten naar je.' En: 'Aan mijn kleine Poekie-beer. Ik poek je.' Ze had geen flauw idee wat het betekende. Het enige wat ze wist was dat ze het zelf niet had kunnen bedenken.

Uiteindelijk kreeg ze zelfs genoeg van het overschrijven. Om tijd te besparen besloot ze de naam van haar stalker met correctievloeistof weg te witten en daaroverheen 'Je fan' te schrijven, voordat ze de briefjes naar meneer Dupont doorstuurde.

Alan speelde voor de tweede keer racquetball met de Fransman, Roland Dupont. Er waren tien dagen verstreken sinds hun eerste wedstrijd en ook al had Roland hem opnieuw ingemaakt, toch vond Alan dat hij meer gespannen leek. Misschien beviel Amerika hem niet zo goed.

Na de wedstrijd stelde Alan voor om naar de sapbar te gaan voor een smoothie. Roland nam de uitnodiging aan. Ze bestelden hun drankjes, Banana Lipgloss en Blueberry Beach Sand, en namen plaats aan een tafeltje.

Alan complimenteerde Roland met zijn spel. De Fransman gaf hem een compliment terug.

'Hoe bevalt de buurt je?' vroeg Alan.

Roland streek met zijn vingers langs zijn medaillon en zei: 'Wonderlijk dat je dat vraagt. Niet zo goed.'

'Wat is er aan de hand?'

'Mensen kunnen soms zo vreemd doen,' zei hij. 'Ik heb last van een enge vrouw.'

Dat klonk Alan interessant in de oren. 'In wat voor opzicht?'

'Ik ken haar niet eens. Maar ik denk dat ze een beetje geobsedeerd is door mij. Ze stuurt me van die… van die belachelijke briefjes.' Hij grinnikte vermoeid.

Roland Dupont sprak goed Engels voor een Fransman. Dit ergerde Alan. Als zijn partner zijn voordeel wilde doen met het feit dat hij Fransman was (en hem versloeg met racquetball), dan kon hij op zijn minst de beleefdheid hebben om slecht Engels te spreken.

'Wat staat er in die briefjes?' vroeg Alan.

'In een ervan noemt ze me een knuffelbeer, Poekie-beer of zoiets. Ik kan het me niet goed herinneren.'

'Vind je dat niet lief klinken?'

'Nee, niet echt.'

'En je bent hetero?' vroeg Alan.

'Wat dacht je dan!' zei Roland verontwaardigd, en hij bekeek Alan eens nauwkeurig. Hij snapte wel waarom dit vreemde kereltje het een aantrekkelijke gedachte vond om het voorwerp van een obsessie te zijn: hij wilde waarschijnlijk niets liever dan een vrouw die door hem geobsedeerd werd. Aan zijn uiterlijk te zien had hij waarschijnlijk nog nooit een vrouw gehad die in hem geïnteresseerd was.

'Wat zegt ze nog meer in haar briefjes?' vroeg Alan.

'Eens denken...' Roland staarde naar het tafeltje terwijl hij er met zijn vingers op trommelde. 'Ze schreef iets in de trant van: "Jou zien maakt me elke morgen weer gelukkig." Ze volgt me. En ze gaat aan het tafeltje schuin tegenover me zitten als ik met een cliënt lunch.'

'Een cliënt? Wat voor werk doe je?'

'Ik ben advocaat. En jij?'

'Accountant. Ik denk dat iedereen op een ander manier tegen dat soort dingen aankijkt, maar ik weet zeker dat iedereen wel eens in die andere situatie heeft verkeerd,' zei Alan.

'Wat bedoel je?'

Alan roerde in zijn smoothie en staarde veelbetekenend naar Rolands medaillon. 'Ik bedoel, misschien was je op een bepaald moment in je leven geïnteresseerd in iemand zonder dat het wederzijds was en gedroeg je je ook toen ook zo ten opzichte van die persoon.'

'Je bedoelt dat ik wel eens iemand gestalkt heb?'

'Als je het zo wilt noemen.'

'Nee. Jij wel?'

'Natuurlijk. Wie niet?'

'Ik. En heel Frankrijk. Er is niet eens een woord voor in het Frans. Ik probeerde mijn familie over de telefoon te vertellen dat die vrouw een stalker is, en ik realiseerde me ineens dat er geen Frans woord voor bestaat.'

'Dat komt waarschijnlijk doordat stalken in Frankrijk zo'n normaal onderdeel is van het dagelijks leven dat ze er geen speciaal woord voor nodig hebben. Ze noemen het waarschijnlijk leven,' antwoordde Alan verontwaardigd.

'Dus jij hebt ooit gestalkt?' vroeg Roland.

'Zo zou ik het niet noemen. Maar jij waarschijnlijk wel.'

Alan wilde niet dat deze man hem een stalker noemde. Het was racistisch, haattaal. Het aardige woord was 'bewonderaar'. Hem een stalker noemen was net zoiets als iemand die weigert zijn leven op het spel te zetten een lafaard noemen in plaats van slim. Of om een vrouw met veel seksuele contacten een slet te noemen in plaats van een bevrijde of sensuele vrouw.

'Nou, je bent erg ruimdenkend,' zei Roland. 'En vergevensgezind, neem ik aan. Voor jezelf. Maar nogmaals: ik denk niet dat jij iemand ooit zulke briefjes hebt gestuurd.'

'Dan zit je ernaast.'

Als Roland het type was geweest dat graag lachte, dan zou hij dat nu hebben gedaan. Maar hij kon zelden ergens om lachen. Als hij dat al deed, voelde hij zich nooit op zijn gemak, zoals nu. Een glimlach zag er vreemd uit, alsof de gezichtsspieren die nodig waren voor een glimlach bij hem ontbraken en hij zijn toevlucht moest nemen tot andere spieren, zoals die van zijn hals, voorhoofd, ogen, neus en oren. Het resultaat was telkens weer anders.

'Hou je je op dit moment bezig met dergelijke activiteiten?' vroeg hij Alan, doelend op het stalken.

'Min of meer. Zo nu en dan.'

'Ik heb medelijden met haar,' zei Roland. 'Je hebt geen idee hoe onaangenaam het is als je wordt gestalkt.'

'Ik heb medelijden met die vrouw. Je hebt geen idee hoe onaangenaam het is als je pogingen worden geminacht. Hoe ziet ze eruit?'

'Ze is niet dik, als je dat soms bedoelt.'

'Dat vroeg ik niet.'

'Ze ziet er goed uit. Maar ik zou nooit op een vrouw vallen die me achtervolgt. En ik denk dat jij ook moet ophouden haar te stalken.'

'Gemakkelijker gezegd dan gedaan. Ik zie trouwens niet in waarom dat jou iets zou aangaan.'

'Sorry. Ik denk dat dit onderwerp wat gevoelig ligt.' Roland stond op en schoof zijn half-opgedronken smoothie opzij en nam vervolgens afscheid. Terwijl hij de bar verliet, pakte hij onopvallend een paperclip uit de zak van zijn tennisbroek en liet die op de grond vallen. Hij had zelf ook wel een paar excentrieke gewoontes, maar hij schaamde zich daar op gepaste wijze voor, en hij zou er niet over peinzen om ermee te koop te lopen. Hij was fatsoenlijk en beheerst en stelde het niet op prijs als anderen die eigenschappen niet hadden.

Roland Dupont had nooit veel op gehad met rare mensen.

Alan was ongewoon in meer opzichten dan Roland ooit kon vermoeden. Zo liep Alan bijna iedere dag de zeventien trappen van zijn flatgebouw af om zich ervan te overtuigen dat alle deuren van het trappenhuis dicht waren. Dat kostte hem meestal zo'n vier minuten.

Patricia vond het niet leuk dat ze zich als een bullebak moest gedragen, maar ze kon niet tegen Lynns verwijtende blikken als ze even naliet om Lynn aan te sporen te gaan stalken.

'Zorg je wel goed voor jezelf? Heb je de laatste tijd nog gestalkt?' vroeg Patricia.

Lynn was blij met Patricia's gedram. Het loonde de moeite. 'Ja, ik heb nog een paar keer gestalkt.'

'Wat heb je dan precies gedaan?'

'Ik ben hem gevolgd.'

'Ik denk dat je nog meer zou moeten doen,' zei Patricia.

Lynn sloeg haar ogen neer. Ze begreep dat Patricia streng was. Niet omdat ze een gemeen mens was, maar omdat ze om haar gaf en omdat ze wist hoe belangrijk het was dat Lynn het stalken serieuzer nam, om zo haar verlangen terug te krijgen.

'Ik heb nog wat meer gedaan,' zei Lynn.

'Wat dan?'

'Briefjes gestuurd en zo.'

'Briefjes? Wat stond erin?'

'Wat er meestal in de briefjes van stalkers staat.'

'Wat bedoel je daarmee?' vroeg Patricia, terwijl ze vanonder haar borstelige wenkbrauwen achterdochtig keek en niet losliet, precies zoals Lynn haar had geleerd.

'Wat denk je dat ik bedoel?' zei Lynn terug, spottend.

Patricia hield er niet van als iemand haar nadeed, vooral niet als ze opdrachten uitvoerde die ze eigenlijk helemaal niet wilde uitvoeren en die geen deel uitmaakten van haar taakomschrijving. Ze greep een flexibele metalen roe die werd gebruikt om schilderijen aan op te hangen, en sloeg daarmee op het bureaublad. Het maakte een verpletterend geluid. Opgewonden sperde Lynn haar ogen wijd open.

'Wat stond er in die briefjes?' vroeg Patricia.

'Eh… "Voor mijn Poekie-beertje. Ik poek je."'

Patricia fronste haar voorhoofd. 'Dat heeft jouw stalker ook aan jou geschreven.'

'Ik vond het wel een goeie, dus heb ik hem ook gebruikt.'

'Heb je jouw stalker geïmitéérd?'

'Nou én?' mompelde Lynn, en ze wendde haar gezicht plotseling af.

'Plagiaat is een misdaad en een onrechtmatige daad,' zei Patricia.

Op dat moment kwam er een man de galerie binnen. De twee vrouwen zwegen en keken naar Mark Bricks, een van Lynns collega-galeriehouders. Hij was eind twintig en had drie straten verderop een galerie. Ze begroetten elkaar vriendelijk.

Mark zag de lege muren. 'Ach. Je voelt je nog steeds niet goed?' zei hij tegen Lynn.

'Nee.' Lynn schaamde zich voor haar kale muren, maar ze zou zich nog meer hebben geschaamd als ze hadden volgehangen met werk dat ze niet mooi vond. Het was in de hele kunstwereld bekend dat Lynn in een crisis zat. Haar muren waren al twee maanden leeg.

'Wat jammer,' zei Mark. 'Met Judy gaat het ook niet goed. Heb je het al gehoord van haar ongeluk?'

'Ja, vreselijk. Daarbij valt mijn probleem in het niet,' zei Lynn.

'Helemaal niet. Bovendien gaat het met Judy inmiddels beter, en met jou niet. Is er dan niets wat je uit deze depressie kan halen? Ik wil weer concurrentie! Ik hoop dat er binnenkort weer iets aan je muren hangt,' zei hij vriendelijk. 'Hoe zit het met je familie? Kan die niet helpen?'

'Mijn familie?' vroeg Lynn verbaasd.

'Mensen die om je geven? Kunnen die je geen advies geven? Wat doen je ouders?'

Mensen uit de kunstwereld vroegen Lynn vaak wat haar ouders deden. 'Mijn moeder is politieagente en mijn vader is verzamelaar,' zei ze dan, net zoals nu.

'O ja? Wat verzamelt hij?' vroeg hij.

De definitie van kunst was subjectief. 'Hij is dol op *objects trouvés*.'

27

Lynns vader was vuilnisman. Haar moeder was politieagente en had Lynns vader op een avond ontmoet toen ze allebei aan het werk waren. Ze zagen elkaar en het was liefde op het eerste gezicht. Haar moeder stapte net uit een politiewagen die was opgeroepen omdat er in een appartement op de benedenverdieping een raam was ingegooid. Op hetzelfde moment sprong er een charmante man uit een vuilniswagen, greep een vuilniszak van het trottoir en gooide die achter in de wagen. Hij had de mooie agente opgemerkt die hem gadesloeg. Hij voelde zich verlegen en vies, wat hij ook was. Ze keken elkaar alleen maar aan, en aarzelden wie als eerste iets zou zeggen. Dat was Lynns vader.

'Hallo. Enig idee wie dat raam vernield kan hebben?'

'Nee, mijn collega en ik vroegen ons net af of het misschien vernield is door iets dat bij het vuilnis zat.'

De charmante vuilnisman knielde naast een zak met vuilnis. 'Laten we eens kijken of er aan de zak glasscherven kleven die erop wijzen dat deze zak is gebruikt om door het raam te gooien.'

Ze wisten allebei dat de vuilniszak nooit het raam had kunnen breken. Hij zat vol met zachte dingen. Maar dat gaf niet; nu konden ze blijven praten.

Lynns ouders waren een beetje volks en joviaal. Ze hielden van bowlen, ze hielden van motorrijden, en van caravans. En ze hadden een dartbord. Ze staken de draak met een familielid van hen dat van kunst en mode hield, wat zij bekakt vonden. Ze dreven de spot met verfijning.

Lynn genoot ervan dat haar ouders de spot dreven met pretenties, maar tegelijkertijd genoot ze ook van die pretenties. Ze lachte samen met hen om arrogantie, maar begon stiekem modieuze kleren te kopen. En die droeg ze ook zo onopvallend mogelijk. Toen haar ouders aanmerkingen begonnen te maken, zoals: 'Die schoenen die jij daar draagt, zijn die niet een beetje te chic?', riep ze vol afkeer: 'Welnee!' En draaide zich vervolgens om, haar voeten prikkend van schaamte.

Maar het gebeurde opnieuw. Nog geen week later merkte haar moeder op dat Lynn zich opvallend goed kleedde. Ze zei: 'Is dat niet een beetje damesachtig, die stijl?'

Lynn zei dat het absoluut niet damesachtig was, maar ze wist dat dit een leugen was. Ze was een stiekeme draagster van damesachtige kleding. Ze vond het heerlijk om door modetijdschriften te bladeren en de klassieke stijlen te volgen.

De eerste keer dat Lynns ouders haar galerie bezochten, keken ze naar de schilderijen en zeiden: 'Zo vader, zo dochter.' Het duurde even voordat Lynn zich realiseerde dat ze suggereerden dat zij net als hij troep verzamelde. Ze vroeg zich af van wie ze haar goede smaak had. Zeker niet van hen. Misschien sloeg goede smaak een generatie over, net als krankzinnigheid.

Toen Mark Bricks op het punt stond de galerie te verlaten, stapte Judy binnen in een rood broekpak.

'Ik maakte me al zorgen over je,' zei Lynn, terwijl ze Judy voorzichtig omhelsde.

'We hadden het net over je,' zei Mark.

'Sorry dat ik niks van me heb laten horen,' zei Judy, 'maar het leven is in een stroomversnelling geraakt. Kort en krachtig: laat je aanrijden door een vrachtwagen. Jullie alle drie. Maar vooral jij, Lynn. Ik kan dat van harte aanbevelen. Er is niets wat je hoofd zo helder maakt. Het zal je helpen om je passie terug te krijgen. Vergeet die andere trucjes, de verslavingen en zo. Dit is veel effectiever. Volkomen veilig. Als je gebrek aan passie je ooit tot zelfmoord drijft, probeer dan eerst om tussen rijdend verkeer door te lopen.'

Mark zei: 'Probeer je de concurrentie soms om zeep te helpen?'

'Nee, ik ben volkomen serieus.'

'Je ziet er inderdaad goed uit,' zei hij.

'Dat is waar,' zei Patricia.

'Het gaat ook goed met me. Het was een zware klap, maar gelijkmatig verdeeld over de volle lengte van mijn lichaam, waardoor het vooral traumatiserend was voor mijn ziel. En nu heb ik een ongelofelijke levenslust. Er zijn allerlei dingen die ik wil doen – reizen die ik wil gaan maken, mensen die ik wil ontmoeten. Daarom dacht ik aan jou, Lynn. Ik voel me het tegenovergestelde van jou. Dat ik door die vrachtwagen ben aangereden was het beste wat me ooit is overkomen. Maar het effect kan minder worden. De euforie, het geweldige perspectief kan vervagen, dus op een dag moet ik het misschien opnieuw doen om enthousiast te blijven.'

Judy zweeg even. 'Nou, ik kwam even langs om jullie dat te vertellen. Lynn, je muren zijn nog steeds leeg, dus denk er maar eens over na.' Ze kuste hen alle drie en verliet de galerie.

Mark vertrok kort daarna en zodra hij weg was zei Patricia: 'Zoals ik al zei: plagiaat plegen is een misdrijf. Weet je dat bepaalde auteurs zelfmoord hebben gepleegd omdat mensen ontdekten dat ze letterdieven waren? Ze pleegden uit schaamte zelfmoord. Heb je al iets anders gedaan, behalve hem volgen en briefjes sturen?'

'Ik heb hem wat lingerie gestuurd.'

'Wat?! Hij is een mán! Je zult nooit een succesvolle stalker worden als je er de spot mee drijft.'

'Dat doe ik niet. Ik heb er een briefje bij gedaan waarin stond dat ik die lingerie voor hem zou kunnen dragen. Het was de lingerie die mijn stalker mij had gestuurd.'

'Mijn god! Dat is nog erger dan plagiaat. Je zult op deze manier nicts bereiken.'

'Sorry. Ik zal het niet meer doen.'

'Beloof me dat je zelf dingen zult bedenken.'
'Ik zal zelf dingen bedenken.'

Lynn probeerde inderdaad om zelf met ideeën te komen, maar intussen bleef ze simpelweg Roland volgen op straat. En op haar beurt werd zij vaak gevolgd door Alan.

Ray, de dakloze ex-therapeut, bleef hen observeren. Soms interesseerden mensen hem nog, zoals deze keten van stalkers, maar hij was gedesillusioneerd geraakt door mensen die zogenaamd intrigerend waren. Die hadden hem een jaar van zijn vrijheid gekost. Terwijl hij probeerde het mysterie van menselijke motivatie te doorgronden, had hij de grenzen van het geoorloofde overschreden (door zijn Overmatige Nieuwsgierigheidsstoornis). Uiteindelijk moest hij een jaar de gevangenis in voor het uitoefenen van dwang en raakte hij zijn bevoegdheid voorgoed kwijt.

Het was onschuldig begonnen: een van zijn patiënten vertelde hem dat een vrouw tegen hem had gezegd dat ze niet in hem geïnteresseerd was.

'Heb je enig idee waarom ze niet met je uit wil?' had Ray gevraagd.

'Nee, en het kan me ook niet schelen.'

'Het kan je niet schelen? Maar het zou nuttig kunnen zijn om het te weten, voor de toekomst, als je weer eens met een vrouw uit wilt.'

'Maar ik wil helemaal niet met haar uit.'

'Waarom heb je haar dan mee uit gevraagd?'

'Dat heb ik niet gedaan.'

'Waarom zei ze dan dat ze niet in je geïnteresseerd was?'

'Geen idee.'

Ray schraapte zijn keel, leunde naar voren in zijn stoel en zei heel duidelijk: 'Wat heb je tegen die vrouw gezegd waardoor ze dacht dat jij met haar uit wilde?'

'Niets.'

'Hoe bedoel je: niets? Zei ze dat zomaar, zonder enige aanleiding? Wees ze je bij voorbaat af?'

'Ja. Het was nog niet eens bij me opgekomen om haar mee uit te vragen.'

'Het zou goed zijn om te weten waarom ze dat heeft gezegd. Je zou haar moeten opbellen als je thuiskomt en het haar te vragen.'

'Dat weet ik nog zo net niet.'

'Nou, ik wel. Het is belangrijk dat je dat doet. We zullen anders niet veel vooruitgang boeken.'

Deze patiënt veranderde dankzij Ray langzaam in een neurotisch wrak en vluchtte uiteindelijk in alcohol en drugs, om de spanningen, die werden verergerd door zijn therapeut, aan te kunnen.

Het mysterie wist Ray overigens te doorgronden. Hij vond de vrouw die zijn patiënt had gevraagd geen avances te maken, bond haar vast aan een stoel en dwong haar, onder bedreiging van een mes, eindelijk een antwoord te geven. Ze zei: 'Hij had me mee uit eten gevraagd.' En vanwege dat banale antwoord moest Ray een jaar de gevangenis in. Patiënten hadden hem al eerder teleurgesteld, maar deze spande de kroon. Hoe verlokkelijk patiënten ook leken, uiteindelijk stelden ze hem toch teleur. De mens was een minder interessant dier dan hij had gedacht. Hij had weinig persoonlijkheid, geen echt karakter – het was niets anders dan vlees. Vlees, vlees, vlees. En Ray was heel wat keren voor de gek gehouden. Als hij nu gestoorde mensen zag, hield hij zich afzijdig. Hij wantrouwde vreemd gedrag – hij vermoedde dat het banaler was dan het leek.

Het speet Ray dat hij veel van zijn patiënten had beschadigd. Door een dakloze te worden had hij zichzelf tot de hel van menselijke banaliteit veroordeeld. Het was alsof je dag in dag uit in een poel van teleurstelling stond. Inmiddels was hij ongevoelig voor vreemd gedrag en hij zou niet toelaten dat deze vreemde keten van stalkers – drie gestoorden – zijn nieuwsgierigheidsstoornis weer zou laten ontwaken. Hij was tevreden met zijn nieuwe identiteit als zwerver die alles al had meegemaakt en had zich voorgenomen zich niet opnieuw te laten verleiden.

Ray was in zekere zin opgelucht dat Patricia zijn vragen over Lynn niet had beantwoord. Vragen stellen was spelen met vuur. Hij vroeg haar dan ook niets meer en nam ook geen geld meer van haar aan.

Ze zouden een uiterste verkoopdatum op die pitabroodjes moeten zetten. Die supermarktmensen zaten fout. Ze logen tegen Alan. Ze zeiden tegen hem dat er elke dag verse pitabroodjes lagen, maar dat was niet zo. Om dat te bewijzen had hij ze stiekem gemarkeerd toen er niemand keek, door met een pen een kruisje op het etiket achter op de verpakking te zetten. Vijf dagen later lagen die broodjes er nog steeds.

Om zijn zenuwen te bedwingen zette hij nog twee six-packs bier bij de broodjes in zijn winkelwagentje en liep naar de kassa. De caissière vroeg naar zijn identiteitsbewijs. Hij zocht zijn rijbewijs maar kon het niet vinden. Hij kreeg het bier niet mee zonder identiteitsbewijs.

'Maar ik ben vierendertig en zie er zelfs ouder uit,' zei hij.

'Sorry, dat zijn nu eenmaal de bedrijfsregels.'

'Ik voel me gevleid, ik waardeer je poging om aardig te doen na die foute pitabroodjes, maar sla die six-packs nou even aan. Ik heb bier nodig om over die pitabroodjes heen te komen. Dat helpt beter dan vleierij.'

Ze bleef weigeren.

'Als je dit bier niet aanslaat, word ik nog kwader over die pitabroodjes, en dan schiet je je doel voorbij.'

Ze leek de verwijzing naar de pitabroodjes niet echt te begrijpen. Misschien was niet iedereen ervan op de hoogte. 'Oké, wat je wilt. Dit is een slechte supermarkt,' zei hij, terwijl hij de broodjes afrekende.

Boos liep hij naar huis. Het feit dat zijn rijbewijs was verdwenen hielp ook niet echt, maar hij wist dat hij zich boos maakte over iets heel anders. Het zat hem dwars dat de stalker van zijn racquetballpartner net zulke briefjes schreef als hij. Het beviel hem niet dat zijn stalkideeën kennelijk zo weinig origineel waren, zo wijdverbreid. Geen wonder dat Lynn er niet op reageerde als zijn benadering zo afgezaagd was. Hij kreeg ineens een origineler idee.

Thuis zette hij zijn polaroidcamera op een statief, trok zijn kleren uit, drukte op de zelfontspanner en ging voor de camera staan. De flitser ging af en de foto gleed eruit. Hij wachtte totdat zijn naaktheid verscheen. Zijn hele lichaam en gezicht waren duidelijk te zien. Hij schoof de foto in een envelop, kleedde zich aan en bezorgde de foto bij Lynns galerie.

Toen Lynn de envelop opende, was ze geschokt door de aanblik van haar naakte stalker. Ze verdrong haar belofte aan Patricia om met eigen ideeën te komen, stopte de polaroid in een nieuwe envelop, deed er een kort briefje bij, en liet de envelop bij meneer Dupont bezorgen.

Toen Roland Dupont de envelop opende, schrok hij van de aanblik van zijn naakte racquetballpartner.

Later die middag stond Alan op Roland te wachten bij de racquetballbanen. Toen Roland eindelijk verscheen, stopte hij de foto in Alans handen en zei: 'Leg dit eens uit.'

Alan staarde naar zijn eigen naaktfoto. De door de lucht schietende racquetballen op de aangrenzende banen klonken als explosieven. 'Hoe verklaar jij dit dan?' schreeuwde Alan, in de hoop dat de rode kleur van zijn gezicht zou doorgaan voor kwaadheid in plaats van schaamte.

'Mijn stalker stuurde me die foto. Het lijkt me allemaal vrij duidelijk. Lees dat vervloekte briefje maar.'

Alan las: 'Beste meneer Dupont. Hier is het bewijs dat ik een begerenswaardige vrouw ben. Dit is een foto van mijn stalker, die hij me vanmorgen heeft gestuurd. U ziet het, ik heb er zelf ook een.'

'Ben jij de stalker van mijn stalker?' vroeg Roland.

'Ik ben niemands stalker. Ik ben misschien de bewonderaar van jouw stalker. Of liever gezegd: de bewonderaar van jouw bewonderaarster.' Plotseling veranderde de uitdrukking op Alans gezicht. 'O, mijn god. Ze imiteert me! Ze stuurt jou dezelfde briefjes die ik haar heb gestuurd.'

'Ze zitten in mijn koffertje in de kleedkamer. Laten we ze eens bekijken.'

Ze liepen naar de kleedkamer: Alan met zijn borst vooruit, zijn tred vol verontwaardiging. Roland haalde een muntje uit de zak van zijn tennisbroek en liet het stiekem op de grond vallen.

Toen het koffertje openging, snakte Alan naar adem. 'Maar dit zijn de briefjes die ik aan Lynn heb gestuurd!' Hij nam er een in zijn hand en krabde aan de opgedroogde correctievloeistof. 'Wat heeft ze je nog meer gestuurd?'

'Bloemen, snoep, een bonsai, lingerie.'

'Ze imiteert me zonder erbij na te denken, zonder zelfs na te gaan of het ergens op slaat. Ze is een machine, een stalkautomaat. Waarom zou ze je lingerie sturen? Zodat jij die kunt dragen?'

'In haar briefje stond dat zij hem voor mij wilde dragen.'

'Hoe zag het eruit?'

'Geel met roze kant.'

'Dat heb ik bij Macy's gekocht. Het was behoorlijk duur.'

'Als je wilt kan ik het je teruggeven.'

'Dat lijkt me redelijk.'

'Alan, indirect ben jij mijn stalker.'

Alan kreeg een kleur. 'Ik heb je al eerder gevraagd om een ander woord te gebruiken.'

'Goed dan. Mijn bewonderaar.'

'Wat ironisch dan dat ik je niet bewonder.'

De twee mannen keken elkaar strak aan. Alan zei: 'Dat bedoel ik niet kwaad.'

'Mooi, zo vat ik het ook niet op. Luister, als jij die vrouw zo vaak hebt gevolgd, hoe komt het dan dat je nooit hebt gemerkt dat ze míj volgde?'

'Ik bewaar altijd afstand, en dat doet zij waarschijnlijk ook, dus dan is de afstand tussen jou en mij tamelijk groot. Ze heeft ons waarschijnlijk samen gezien en toen besloten om jou te stalken. Om het mij betaald te zetten. Ze wilde me in verlegenheid brengen door mijn methode op jou toe te passen. Ze wist dat het uiteindelijk aan het licht zou komen door die foto, zodat ik volslagen voor gek zou staan.'

'Maar ze stalkte me al voordat wij elkaar leerden kennen.'

'O,' zei Alan, achterdochtig. 'Dus het is allemaal een vreemd toeval?'

'Volgens mij wel. Deze vrouw wil mij, maar ze is te lui om haar eigen stalkmethode te verzinnen. Te gierig om haar eigen lingerie te kopen, haar eigen bloemen, haar eigen snoep. We kunnen dit niet toelaten. Dit vraagt om wraak.'

Alan vroeg zich af waarom Lynn de voorkeur aan Roland gaf boven hemzelf. Beleefdheid weerhield hem ervan dat te vragen. Hij dacht dat Roland snel genoeg zelf op die vraag zou komen.

Ze speelden hun wedstrijd racquetball. De Fransman won. Voordat hij het sportcentrum verliet haalde hij een overhemdknoopje uit zijn zak en liet dat op de grond vallen. Hij had altijd een voorraadje knopen, muntjes, paperclips en bioscoopkaart-jes in zijn zakken, zodat hij altijd iets te verliezen had.

Ray, de dakloze, popelde om therapeutische opmerkingen te fluiste-ren tegen Roland, Lynn en Alan als ze langs hem heen liepen. Hij probeerde de drang te weerstaan om zijn invloed uit te oefe-nen en zijn suggestieve kracht te gebruiken. Soms lukte dat niet.

Hij fluisterde tegen Alan: 'Doe zelf iets met je leven. Manhat-tan is een stad vol mogelijkheden. Breng wat variatie in je ge-stalk. Ga eens een dag lang iemand anders stalken.'

Een van Lynns kunstenaars liet haar een pasvoltooid abstract schilderij zien, opgebouwd uit heldere kleuren en geometri-sche vormen. Lynn staarde ernaar zonder dat ze het mooi vond en maakte beleefde maar weinig enthousiaste geluiden.

De kunstenaar zei: 'De titel van dit schilderij is: *Je zou meer moeten stalken.*'

Geschokt vroeg Lynn: 'Waarom heb je het zo genoemd?'

'Patricia stelde het voor. Ze zei dat je dat wel een leuke titel zou vinden.'

Lynn kreeg genoeg van Patricia's grappen. Op een keer nam ze een hap uit een sandwich en stuitte op iets wat niet lekker smaakte. Het was een stuk papier waarop Patricia had gekrab-beld: 'Waarom stalk je niet?'

'Hoe kan ik ervoor zorgen dat je ophoudt met dit soort grap-pen?'

Patricia overhandigde haar een getypt document. Lynn las:

Stalkopdrachten
Om verdere ergernissen te vermijden, moet je dagelijks ten min-ste één van de volgende dingen doen:

- *Volg meneer Dupont een uur lang.*
- *Hang anderhalf uur rond bij zijn flatgebouw.*
- *Zeg iets tegen hem. Maak oogcontact. Maak je aanwezigheid kenbaar.*
- *Schrijf hem briefjes, bel hem, bespioneer hem, benader mensen met wie hij omgaat, maak nog eens een praatje met zijn portier.*

3

Alan kon bijna niet wachten om Roland zijn theorie toe te lichten waarom Lynn de voorkeur gaf aan Roland. 'Het heeft te maken met kleur,' zei Alan. Hij laste een theatrale pauze in, duidelijk bedoeld om Roland 'O?' te laten zeggen. Dus Roland deed wat er van hem verwacht werd en zei: 'O?'

Alan knikte verrukt. 'Het komt door de kleuren die je draagt.'

'Welke kleuren?'

'Alle kleuren. Jij draagt kleurige kleding. Ik niet. Ik draag meestal zwart. Ik keek gisteravond naar een natuurfilm over vogels. En: bingo! Onze kleine Lynn heeft iets van een vogeltje, heb je dat niet gemerkt? Dus het is normaal dat ze positief reageert op mannen die zich uitdossen in felle kleuren.'

Roland vond het vreemd dat Alan zo blind was voor Rolands andere, meer in het oog springende kwaliteiten, maar hij wist niet hoe hij Alan dat moest vertellen zonder beledigend te worden of walgelijk zelfingenomen over te komen.

Nadat ze uren had gestalkt keerde Lynn terug naar de galerie. Ze was uitgeput, voelde overal pijn en ging daarom languit op de grond liggen. Patricia boog zich over haar heen zonder medelijden te tonen.

'Stalken is vernederend,' kreunde Lynn.

'Mooi,' zei Patricia. 'Je leven is te lang probleemloos geweest. Een beetje vernedering af en toe is heel gezond, dat hoort bij het leven. Net als de zwaartekracht. Zonder zwaartekracht ben je als een astronaut die een tijd in de ruimte heeft gezweefd. Je spieren worden slap en je krijgt problemen als je niet een speciaal trainingsprogramma volgt. Jouw trainingsprogramma is stalken.'

Charlie Santi kwam de galerie binnen. Lynn sprong overeind. Hij wilde haar een paar van zijn nieuwe schilderijen laten zien. Lynn vertegenwoordigde Charlie al vijf jaar en was altijd zijn trouwste bewonderaarster geweest, totdat haar passie plotseling verdween. Ze nam hem mee naar de gevreesde lichtbak, terwijl ze zich herinnerde dat ze Charlie vroeger bijna elke dag opbelde en hem smeekte om haar te vertellen waar hij aan werkte.

Charlie legde dia's van zijn schilderijen neer. Zijn tamelijk grote doeken waren bedekt met witte structuurverf. In een hoek was een klein figuurtje te zien dat vaag op een mens leek, maar ook iets anders kon voorstellen. Op Lynns favoriete schilderij zag het figuurtje eruit alsof het op zijn zij lag te slapen met zijn handen onder zijn wang. Het was een heel vredig schilderij, maar ze vond het net als alle andere schilderijen op de wereld niet langer mooi.

Verstijfd boven de lichtbak maakte Lynn beleefde maar gereserveerde geluiden. Ze zag niet hoe haar stalker voor het raam van de galerie liefdevol naar haar stond te staren. Hij droeg een rode broek, een groen overhemd, een blauwe das, een geel jack, oranje schoenen en een paarse hoed met een witte veer. Hij zag eruit als een kabouter, of een papegaai.

Toen Charlie zijn laatste dia aan Lynn had laten zien zei hij: 'Wat vind je ervan?'

'O, Charlie. Ik denk dat je op je eigen gevoel moet afgaan. Ik ben op dit moment niet de juiste persoon aan wie je dat moet vragen.'

'Ik wil een antwoord. Een eerlijk antwoord. Ja of nee. Vind je ze mooi?'

'Charlie, ik ben niet…'

'Ja of nee, Lynn! Ja of nee, verdomme!'

De koekoeksklok die Patricia kortgeleden had gekocht deed zoals elk uur zijn kunstje. De deurtjes vlogen open, het gele vogeltje kwam naar buiten, maar er klonk geen 'Koekoek'. Het zei met Patricia's stem: 'Stalk! Stalk! Het is vier uur! Waar is meneer Dupont?'

Charlie was niet van plan zich te laten afleiden: 'Geef eens antwoord, Lynn: vind je ze mooi?'

'Nee,' zei ze zacht. 'Maar dat zegt niets.'

'Ssst! Ik heb twee doeken meegenomen.' Hij pakte ze uit. 'Dit werk is fenomenaal,' zei hij. 'Ik vraag het je niet langer, ik zeg het je. Omdat ik er geen enkele twijfel over heb.'

'Geweldig,' zei Lynn.

'Echt waar? Vind je ze mooi?'

'Nou… ik bedoel, het is geweldig dat je er zo zeker van bent.'

'Maar vind je ze nu mooi of niet?'

Lynn bekeek de schilderijen nauwkeurig, op zoek naar het kleinste stipje dat haar zou kunnen enthousiasmeren. Voor de allereerste keer had Charlie op een van de schilderijen niet één maar twee kleine figuurtjes geschilderd. Het ene leek het andere te wurgen of te omhelzen. Het tweede schilderij liet een figuurtje in foetushouding zien, of misschien was het een houding als van *De denker* van Rodin. Ze kreeg tranen in haar ogen.

'Mag ik je iets vragen?' zei Charlie na een poos. 'Denk je dat er iets mis is met mij, of denk je dat er iets mis is met jou?'

'Waarschijnlijk met mij,' zei ze.

'Hoezo waarschijnlijk? Ik heb een Amerikaanse Prix de Rome gewonnen, een Guggenheim, een NEA, en een NYFA. Ik ben een vooraanstaand schilder in de ogen van kunstkenners. Zegt dat niet iets over mijn werk?'

Patricia lachte zacht. Lynn schrok van haar tactloosheid.

'Zie je je stalker, Lynn?' vroeg Patricia, terwijl ze naar het raam wees.

Lynn keek naar hem. 'Waarom draagt hij zulke kleren?'

'Wie zal het zeggen?' zei Patricia. 'Misschien heeft hij gisteravond naar die natuurfilm over vogels gekeken en toen besloten zich kleurig te kleden om zo jouw aandacht te trekken.'

Charlie pakte zijn kunstwerken op en vertrok zonder iets te zeggen.

Terwijl Roland wat kleingeld in de hand van de dakloze liet vallen, fluisterde deze hem toe: 'Je wordt gevolgd.'

Tien seconden later gaf Lynn hem ook wat kleingeld. De dakloze zei: 'Je zit in een neerwaartse spiraal van zelfvernietiging. Zet niet alles op één kaart.'

Daarna volgde Alan: 'Doe een cursus, neem vakantie, multivitamine. Denk niet meer aan romantiek, neem je leven en je toekomst in eigen hand.' Terwijl Alan omkeek riep Ray: 'Ga naar de bioscoop, volg een cursus om aan jezelf te werken. Jij bent beter dan zij!'

Alan en Roland hadden afgesproken elkaar voor de wedstrijd te ontmoeten in een klein café vlak bij het sportcentrum. Alan vertelde dat zijn kleurentheorie niet had gewerkt. Roland was daar blij om, maar liet niets merken: 'Wat naar voor je.'

Alan zweeg somber.

Roland probeerde van onderwerp te veranderen. 'Wat heb je gisteravond gedaan? Ben je nog uit geweest?'

'Ik ben alle trappen van mijn appartementengebouw af gelopen om te zien of de deuren van het trappenhuis dicht waren.'

'Waarom?'

'Voor het geval er brand ontstaat. Het is heel belangrijk dat de deuren van het trappenhuis gesloten zijn. Dat voorkomt dat het vuur zich te snel verspreidt. Ik controleer ze elke dag.'

'Gaat dat niet ten koste van het stalken?'

'Ik ben er in een minuut of vier mee klaar.'

'Heb je gisteravond nog iets anders gedaan?'

'Ik heb geprobeerd uit te vogelen waarom mijn kleurentheorie niet werkte,' zei Alan ontgoocheld. 'Ik dacht echt dat dat de sleutel was. Ik bedoel, het leek zo logisch. Kijk naar ons. Kleur was het enige verschil tussen ons. Nu we allebei kleurig gekleed zijn, zouden we een tweeling kunnen zijn. Ik overdrijf, maar je begrijpt wel wat ik bedoel. We zijn allebei mannen die er goed uitzien, charismatisch, redelijk atletisch, en we zijn intelligent en tamelijk goed opgeleid.'

Roland kon niet langer beleefd blijven. 'Op welke universiteit heb jij gezeten, Alan?'

'Op Putman.'

'Ik op Harvard.'

'Zie je wel?' zei Alan met een knikje. 'Allebei goede universiteiten. Of wil je bekvechten over welke beter is?'

'Wie wint er altijd de wedstrijden racquetball?'

'Tot nu toe heb je me misschien vaker verslagen, ik hou dat soort dingen nooit bij, maar volgens mij zijn we aan elkaar gewaagd.'

'Wie van ons is advocaat en wie is er accountant, niet eens registeraccountant?'

'Dat weet je zelf ook wel.'

'Wie is er een meter negentig, gespierd, weegt zesentachtig kilo en heeft een volle kop met haar? En wie is er een meter zeventig, niet gespierd, weegt zesentachtig kilo en is kaal?'

Met een klein stemmetje zei Alan: 'En wie heeft er blond haar en blauwe ogen?'

'Sorry?'

'Nou, wie heeft er blond haar en blauwe ogen?'

Roland staarde Alan even aan en zei toen: 'Jij bent een klein, dik, kalend mannetje met blauwe ogen en een paar plukjes geel dons. Je lijkt op een blonde uitvoering van Danny DeVito met blauwe ogen.'

'Maar jij hebt geen blond haar en blauwe ogen.'

'Dat is waar.'

'Wacht,' zei Alan glimlachend. 'Probeer je me soms te vertellen dat we niet even aantrekkelijk zijn? Probeer je te suggereren dat je… superieur bent?' Alan staarde medelijdend naar Rolands medaillon. Wat moest degene die daarin zat – een familielid of geliefde – met zo'n opgeblazen idioot?

Roland zag hem naar zijn medaillon kijken en raadde zijn gedachten. In het medaillon zat geen aandenken van een familielid of geliefde, maar cyaankali. Het dragen van een medaillon met cyaankali was een traditie in zijn familie. Al vier generaties lang werd het sieraad doorgegeven. Toen Roland veertien werd, had zijn vader hem meegenomen op een wandeling voor een gesprek 'van man tot man'. (Eigenlijk zei hij *homme à homme*, aangezien ze Frans waren.)

'Ik wil je dit geven,' had zijn vader gezegd, en hij overhandigde hem een halsketting waaraan een medaillon hing. Zelf droeg hij er net zo een, maar wat er precies in zat was altijd een mysterie geweest voor Roland en zijn zus. De jonge Roland nam het medaillon aan.

'*C'est du cyanure,*' zei zijn vader. ('Dat is cyaankali.')

Roland sperde onschuldig zijn ogen wijd open. 'Om iemand mee te doden?'

'Nee!' zei zijn vader, geschokt dat Roland zulke overhaaste conclusies kon trekken. 'Voor jezelf.'

Roland huiverde. Hij keek zijn vader aan, om zich ervan te overtuigen dat hij geen grap maakte. 'Maar ik wíl mezelf helemaal niet doden.'

'Op een dag wil je dat misschien wel.'

'Waarom?'

'Soms gebeurt dat in het leven,' zei zijn vader op zijn gebrui-kelijke ongeduldige toon.

Roland probeerde niet te huilen, maar hij kon zijn tranen niet tegenhouden. Hij gooide het medaillon op de grond en schopte er zand overheen. Zijn vader raapte het haastig op en veegde het zand eraf. *'Non mais, ça va pas la tête?'* ('Ben je niet goed bij je hoofd?') Rolands wangen waren als perziken in de regen.

'Kun je je nou nooit eens als een man gedragen?' zei zijn vader. 'Het is een eer dat ik je dit geef. Je zus krijgt er geen. Ben je daar niet blij om?'

'Dat is omdat u niet wilt dat zij doodgaat!'

Zijn vader greep hem bij de arm en schudde hem heen en weer. 'Ik wil helemaal niet dat je doodgaat. Behalve als je dat zelf wilt.'

Roland bleef pruilen.

Ze liepen verder. Zijn vader begon een toespraak die Roland nooit meer zou vergeten. 'Het leven is een gevangenis. Meestal is het een plezierige gevangenis, maar hij is nog plezieriger als de deur niet op slot is. De wetenschap dat je er op elk willekeu-rig moment uit kunt stappen maakt je tijd in de gevangenis meer ontspannen, dat is alles. Door je dit medaillon te geven zeg ik je: "Je bent oud genoeg, mijn zoon, om te beslissen of je ooit die deur wilt openen." Ik schenk je vrijheid. Doordat we een snelle en gemakkelijke toegang tot de dood te hebben, staan we op een hoger plan, zijn we verder dan andere mannen. We lijken zo minder op vrouwen. We dragen constant een stuk-je perspectief met ons mee.'

Met tegenzin begon de jonge Roland het medaillon te dra-gen. Hij probeerde het idee van spontane zelfvernietiging aantrekkelijk te vinden. Na een paar maanden genoot hij van de betekenis. En nu, als volwassen man, kon hij zich niet voorstellen hoe de rest van de bevolking ermee kon leven om niet zo snel en gemakkelijk toegang tot de dood te hebben. Natuurlijk hadden de anderen ook bepaalde middelen tot hun beschikking, zoals uit het raam springen of zich voor de trein te gooien, maar die methoden waren inefficiënt en melodramatisch.

'Nou,' herhaalde Alan, 'probeer je soms te suggereren dat jij in een of ander opzicht superieur bent aan mij?'

'Niet in een of andere opzicht. In élk opzicht,' zei Roland. 'Het spijt me, maar ik kan het niet langer verdragen. Ik wil al die onzin niet meer horen. Ik weet zeker dat je begrijpt waarom.' Hij stond op en voegde eraan toe: 'We kunnen deze wedstrijd maar beter vergeten. Misschien zie ik je de volgende keer wel.' Toen liep hij weg en liet een knoopje vallen.

Alan bleef een hele tijd zitten. Hij was nog nooit van zijn leven zo beledigd. Zijn huid prikte. Er was helemaal geen groot verschil tussen hen. Het zat hem dwars dat zelfs één levende ziel op aarde (Rolands ziel) dacht dat dit wel zo was.

Hij bestelde een biertje. De serveerster vroeg naar zijn identiteitsbewijs. Hij kon zijn oren niet geloven. 'Ik ben vierendertig,' riep hij tegen de serveerster, maar die leek niet onder de indruk. Terwijl hij in zijn tas zocht naar zijn rijbewijs, dacht hij: misschien ben ik klein, dik en kalend, maar in ieder geval lijk ik jonger dan eenentwintig. Hij vond zijn rijbewijs niet en kreeg dus ook geen biertje.

Ray fluisterde tegen Roland: 'Ze zitten nog steeds achter je aan. Je bent niet alleen.'

Tegen Lynn zei hij: 'Jij wordt ook gevolgd. Schrijf je in bij een datingbureau, ga vrijwilligerswerk doen. Neem vakantie, een antidepressivum. Zorg dat je jezelf onder controle krijgt.'

En Alan kreeg te horen: 'Vergeet haar. Neem een huisdier, een hobby, kies een ander uiterlijk, behoud je waardigheid. Verken de wereld en relativeer.'

Roland voelde zich schuldig. Hij betreurde de dingen die hij tegen Alan had gezegd. Hij probeerde zich bij Alan te verontschuldigen, maar die was niet bereid hem te vergeven.

Alan was slim genoeg om te weten dat hij in een gunstige positie zat. Hij zou blijven mokken, totdat hij een manier had bedacht om te profiteren van Rolands schuldgevoel.

Hij kreeg er lol in om een hekel te hebben aan Roland. Eigenlijk had hij al vanaf het begin een hekel aan hem willen hebben, maar dat was moeilijk omdat Roland meestal aardig was.

In een poging om de schijn van vriendschap te laten herleven kwam Roland terug op een oud gespreksonderwerp. 'Weet je, het is eigenlijk doodzonde dat we nooit een plan hebben bedacht om het Lynn betaald te zetten. Ze speelt met ons. We moeten ook met haar spelen.' Roland slaagde erin om een soort glimlach te voorschijn te toveren door de spieren van zijn hals en ogen te gebruiken. 'Ik weet zeker dat wij daar veel plezier aan zullen beleven,' zei hij. 'Dus laten we daar eens over nadenken, goed?'

Alan zat thuis in zijn geliefde witte fauteuil zonder armleuningen en liet er inderdaad zijn gedachten over gaan. Hij kwam met een plan. Een uitstekend plan, voor iemand die niet op Harvard had gezeten, zo dacht hij tevreden. Hij deed een beroep op Rolands nog steeds aanwezige schuldgevoelens en vertelde hem zijn plan. Snel legde hij uit dat dit de énige manier was waarop Roland het ooit kon goedmaken.

Wrokkig zei Roland: 'Dat was niet wat ik in gedachten had.'

Vastberaden antwoordde Alan: 'Dat weet ik.'

'Luister,' zei Roland, 'je ergerde me vreselijk toen je deed alsof je geen verschillen tussen ons zag dat ik uiteindelijk stomme dingen heb gezegd. Daar heb ik nu spijt heb. Als je het grappig vindt om daar misbruik van te maken door me tot iets te dwingen wat ik vreselijk vind, mij best. Dan zal ik dit enorme offer voor je brengen. Maar dan heb ik het ook wel met je gehad.'

Roland Dupont liep Lynns galerie binnen; nonchalant liet hij een knoopje vallen en ging voor Lynn en Patricia staan, die voor een lege muur stonden te discussiëren. Ze waren perplex door de komst van meneer Dupont.

'Ik moet met je praten. Ik wil je een voorstel doen,' zei Roland tegen Lynn. 'Als jij een weekend met Alan weggaat, de man die op jou valt, zal ik een weekend met jou doorbrengen.'

Lynn had geen idee waar hij het over had. Ze wist niet eens wie die Alan was. Ze kende tamelijk veel Alans en het kwam niet in haar op dat haar stalker en de man die zijzelf stalkte elkaar zouden kennen. Niettemin stootte het aanbod haar af.

'Wie is Alan?' vroeg ze.

'De man die op jou valt.'

'Zou je iets duidelijker kunnen zijn?'

'Er zijn heel wat mannen die haar leuk vinden,' zei Patricia.

'Alan is de man die je misschien wel eens is opgevallen doordat hij nu en dan achter je aan loopt,' zei Roland. 'Hij heeft je een naaktfoto van zichzelf gestuurd, en je was zo vriendelijk die aan mij door te sturen. Begint er nu iets te dagen? Hij heeft je tientallen briefjes gestuurd, ondertekend met "Alan", de naam die jij telkens met correctievloeistof hebt weggelakt. Jij hebt me het ondergoed gestuurd dat hij jou stuurde. Jij hebt me de bonsai gestuurd die hij jou gaf. En zijn bloemen en koekjes. Het is altijd goed om zuinig te zijn. Passie hoeft niet duur te zijn, en waarom zou je er geestelijke energie of creativiteit aan verspillen?'

O.L.Vrouwziekenhuis

Welkom

313

Raadpleging

Patent pending

Q-MATIC

www.q-matic.com

Lynn begon te vermoeden dat ze een gek had uitgezocht om te stalken. 'Ken je mijn stalker dan?'

'Jouw stalker, Alan, is mijn racquetballpartner.'

Ze keken elkaar strak aan.

'Waar kom je eigenlijk vandaan?' vroeg Roland. 'Als we samen een weekend weggaan, zou ik graag wat meer van je willen weten.'

'Van Long Island.'

'Heb je belangstelling voor mijn aanbod? Tijdens die weekends wordt er door geen van de partijen seks verwacht.'

Aangezien Lynn niet meteen antwoordde voegde hij eraan toe: 'Ik weet dat de helft van de overeenkomst je afstoot, maar denk eens aan de andere helft: het weekend met mij.'

'Dat doe ik ook.'

'Ze wil er graag even over nadenken,' zei Patricia. 'Nietwaar, Lynn?'

'Ja,' zei Lynn.

Ze wisselden visitekaartjes uit en haar stalkobject vertrok.

'Ik weet nog niet zo zeker of mijn stalktherapie wel werkt,' zei Lynn tegen Patricia. 'Ik word al beroerd bij de gedachte aan die weekends.'

'Je ziet inderdaad wat bleek. Maar Roland is zo slecht nog niet, Lynn,' zei Patricia. 'Hij is tamelijk knap en hij zou best eens intelligent kunnen zijn. Je weet het maar nooit. Misschien is hij wel de man van je dromen.'

'Niemand kan ooit de man van mijn dromen zijn, tenzij hij mijn geheime naam uitspreekt,' zei Lynn.

'Welke geheime naam? Repelsteeltje?'

'Zoiets.'

'Wat is die geheime naam dan?'

'Dat kan ik tegen niemand vertellen. Dat zijn nu eenmaal de regels.'

'Welke regels?'

'Die stammen uit mijn jeugd,' zei Lynn.

'Het klinkt inderdaad nogal kinderlijk.'

'Het is niet kinderlijk, het is romantisch.'

'Stel dat niemand ooit jouw geheime naam zal uitspreken?'

'Dan zal ik wel een vriend hebben, misschien zelfs een levens-partner of echtgenoot, maar niet de man van mijn dromen.'

'Wat droevig.'

'Misschien, maar zo is het nu eenmaal.'

'Je stalkers zijn er nog steeds,' fluisterde de dakloze tegen Roland.

'Ga vrijwilligerswerk doen, maak nieuwe vrienden, leer een instrument bespelen, ga eens wat meer lezen,' preste hij Lynn.

En tegen Alan zei hij: 'Drink acht glazen water per dag. Gebruik een sunblock. Breng je leven in gevaar, zodat je alles wat meer in perspectief ziet.'

Lynn dacht na over Rolands aanbod. Omdat ze hoopte dat het meer effect zou hebben op haar verlangen dan stalken, stemde ze uiteindelijk toe met als voorwaarde dat ze eerst met Roland weg zou gaan en dan pas met Alan. Ze wilde maximale afkeer opbouwen. De mannen stemden hiermee in.

Om haar verlangen naar hem te stimuleren besloot Lynn voor Roland eau de toilette te kopen bij Bloomingdale's. Op de parfumerieafdeling liep ze op een man achter een toonbank af en vroeg hem naar de meest effectieve eau de toilette voor mannen. Hij stak zijn hand uit naar een fles. Het ergerde haar mateloos dat hij niet vroeg wat ze bedoelde. Het was duidelijk dat hij haar alleen maar iets wilde verkopen.

Ze rook aan het geopende flesje. 'En hiermee bereik ik mijn doel?'

'Ja, mevrouw,' zei hij, terwijl hij duidelijk verveeld in een andere richting keek.

'Hoe weet u wat mijn doel is?' vroeg ze.

'Het doet er niet toe wat uw doel is. Het zal al uw dromen werkelijkheid laten worden. En die van hem ook.'

'Maar stel dat de mijne en de zijne niet hetzelfde zijn? Stel dat ze onverenigbaar zijn?'

'Ook dan komt het wel goed.'

'Krijg ik mijn geld terug als het niet werkt?'

'Als u de verpakking niet hebt geopend en het bonnetje nog hebt.'

'Hoe kan ik hem testen als ik die verdomde verpakking niet mag openen?'

'Pardon?'

'Hoe kan ik nou weten of deze eau de toilette ervoor zal zorgen dat mijn dromen en de zijne uit zullen komen als ik de verpakking niet mag openen?'

'U moet vertrouwen hebben. Als u de verpakking opent en het werkt niet, dan betekent dat dat u er geen vertrouwen in hebt, en dan is het weggegooid geld. Maar als u erop vertrouwt, dan zal het ook werken.'

Lynn voelde een prikkel van verlangen, maar het was het verlangen om de verkoper te vermoorden, dus dat telde niet.

Ze kocht de eau de toilette en liep naar huis.

4

Op zaterdagmorgen tijdens de autorit naar het hotelletje zat Lynn zo ver mogelijk bij Roland vandaan. Ze drukte zich tegen het portier aan en keek zwijgzaam uit het raam.

'Je gedraagt je niet als een stalker,' zei hij.

'Ik ben mijn krachten aan het verzamelen,' antwoordde ze, en ze hield haar blik op het landschap gericht. Ze deed haar best om hem te willen.

'Als je al zo futloos bij mij bent, hoe zul je dan tijdens je weekend met je eigen stalker zijn?'

'Laten we het alsjeblieft niet over hem hebben.'

Ze zocht wat afleiding in meditatie. Ze sloot haar ogen en in gedachten concentreerde ze zich op een grote zwarte stip – een enorme punt. En ze probeerde te willen. Ze stelde zich open voor verlangen, om Roland te begeren. Terwijl hij tegen haar sprak, probeerde ze de klank van zijn stem mooi te vinden. Ze wachtte tot hij iets aantrekkelijks zou doen. Het leek hopeloos. De tranen liepen langs haar wangen. Roland zei: 'Shit, wat krijgen we nu? Een huilende stalker? Wat is er aan de hand?'

'Let maar niet op mij.'

'Je kunt moeilijk gaan huilen en vervolgens zeggen dat ik er geen aandacht aan moet besteden. Dat is bot.'

Ze opende haar tas en zei: 'Ik heb een cadeautje voor je.' Ze haalde de eau de toilette te voorschijn die ze voor hem had gekocht.

'O nee,' kreunde hij. 'Je gaat me toch niet het hele weekend overladen met cadeaus, hè?'

'Dit is het enige wat ik heb.' Ze haalde het dopje van het flesje en spoot wat op hem.

Ze werd overvallen door een golf van misselijkheid. 'Naar de kant!' gilde ze.

Hij stopte. Ze struikelde de auto uit, maar kon niet overgeven. Ze haalde diep adem en probeerde zichzelf te kalmeren.

Uiteindelijk ging ze weer in de auto zitten. Roland had alle ramen naar beneden gedraaid. 'Ik vind niet dat het zo vies ruikt,' zei hij.

Hij toetste een nummer in op zijn mobiele telefoon. 'Ik moet de hotelmanager even bellen om hem te laten weten dat we later komen. Hij wil precies weten hoe laat we aankomen, anders is hij er misschien niet om ons binnen te laten.'

Lynn dacht na over Patricia's opmerking dat Roland misschien wel eens de man van Lynns leven zou kunnen zijn. Ze moest glimlachen bij de gedachte dat ze Patricia had verteld over haar geheime naam. Lynn geloofde niet echt in het verhaal, maar ze vond het wel romantisch. Toen ze ongeveer zes jaar was, gaf een vriendinnetje een verjaardagsfeestje. Haar familie was zo rijk dat ze zich de luxe konden veroorloven om een fee in te huren, een zekere Miss Tuttle.

'Bent u echt?' had Lynn aan de fee gevraagd.

'Nee, ik ben een fee. Feeën zijn niet echt.'

'Ik bedoel, bent u een echte fee?' vroeg Lynn ongeduldig. 'Kunt u bewijzen dat u een echte fee bent?'

'Hoe dan?'

'Dat weet ik niet. U bent de fee. U zou moeten weten hoe u dat kunt bewijzen.'

'Goed. Ik zal je iets vertellen wat een mens je nooit zou vertellen. Bedenk een geheime naam. Dat zal je echte naam worden.

Op een dag zal je prins op het witte paard langskomen en zul je hem herkennen, omdat hij jouw geheime, echte naam zal zeggen.'

'Wat is mijn geheime, echte naam dan?' vroeg Lynn.

'Dat moet je zelf beslissen. En het moet een naam zijn die je nog nooit hebt gehoord, een naam die je zelf verzint. En je mag hem nooit tegen iemand zeggen.'

'Mag het een mooie naam zijn?'

'Ja.'

Lynn dacht even na en zei toen: 'Mag het Slittonia zijn?'

'Nee,' zei Miss Tuttle, omdat ze vond dat het nogal pornografisch klonk. Ze wilde geen slechte reputatie krijgen.

'Waarom niet?'

'Omdat je het net tegen mij hebt gezegd. Je mag tegen niemand de naam zeggen. Ook niet tegen mij. Je mag hem niet hardop zeggen, niet eens fluisteren. Alleen in gedachten.'

Dus koos Lynn voor Alima.

Pas toen Lynn ouder werd, realiseerde ze zich dat de fee waarschijnlijk genoeg had van mannen, genoeg had van de liefde, en dat ze Lynn een geheime boodschap had willen geven die luidde: er bestaan geen prinsen op witte paarden, net zomin als feeën.

Want waar, wanneer en hoe zou Lynn een man tegen het lijf moeten lopen die haar geheime naam zou zeggen – een naam die ze had verzonnen toen ze zes was?

Lynn hoorde later dat Miss Tuttle, de strenge fee, kapster was in de naburige stad Cross.

Toen Lynn en Roland de lobby van het hotelletje binnenkwamen, was daar niemand. Op de balie lagen twee sleutels, met een briefje erbij: 'Voor Roland Dupont en gast: voor het geval ik nog niet terug ben, kunt u direct naar uw kamers gaan. Max, de manager.'

Ze gingen naar boven. Lynn pakte de sleutel van kamer 6 en Roland de sleutel van kamer 7. De deur van kamer 6 had geen nummer, maar aangezien het de enige deur tussen de kamers 5 en 7 was, nam Lynn aan dat het de juiste was. Toen ze haar sleutel in het slot stak, zwaaide de deur uit zichzelf zachtjes open.

In de kamer waren twee mensen de liefde aan het bedrijven, terwijl ze over het weer spraken. Ze hadden Lynn niet meteen in de gaten, zodat ze een deel van hun gesprek opving. De vrouw lag op haar rug, op een bureau, en de man stond tussen haar benen. De man zag Lynn het eerst. Hij werd rood, knipperde met zijn ogen en was als verstijfd. Lynn deinsde achteruit, terwijl ze een verontschuldiging stamelde.

De man maakte zich los van de vrouw. 'O, mijn god, wat spijt me dit. Jullie zijn de nieuwe gasten?' Roland voegde zich bij Lynn in de deuropening. Beiden keken sprakeloos hoe de man zijn overhemd van de grond pakte en om zijn middel sloeg. De naakte vrouw hurkte snel achter het bureau in een poging zich te verstoppen.

'Dit spijt me heel erg,' zei de man tegen Lynn en Roland. 'Dit is ontzettend, afschuwelijk gênant. Maar weet u, u hebt een fout gemaakt. Het nummer op uw sleutel is 6. Dit is kamer 8.'

'Kamer 8? Maar deze kamer bevindt zich tussen 5 en 7! Waar is kamer 6 dan?' vroeg Lynn.

'Verderop in de gang. De kamernummers zijn niet helemaal op volgorde. Dit is maar een klein hotel,' zei de man.

'Wie bent u?' vroeg Roland.

'Ik ben Max, de manager. Waarom gaat u niet naar uw kamer om uit te pakken? Dan kom ik bij u nadat ik me even heb opgeknapt.'

Een paar minuten later kwam hij naar hen toe. 'Ik ben blij dat u er bent. Eindelijk een stel interessante mensen! Ik ben hier de laatste tijd niet gezegend met de gasten. Ze zijn allemaal zo burgerlijk.' Hij pakte Lynns hand, kuste die en zei: 'Aangenaam.' Hij maakte een diepe buiging, zodat de ruches van zijn overhemd de grond raakten.

Lynn nam hem kritisch op. Hij leek achter in de twintig. Hij was langer dan Roland. Hij had een beter postuur, zag er beter uit en had lang haar – iets wat Lynn leuk vond bij mannen. En toch was hij, door zijn kleding, zijn manier van doen en zijn praten, niet zo aantrekkelijk als Roland, die al niet bijster aantrekkelijk was.

'Tussen haakjes, meneer Simon Peach heeft voor u gebeld. Hij vroeg of u hem terug wilde bellen,' zei Max tegen Roland. Hij draaide zich toen om en zei terwijl hij wegliep: 'Als u iets nodig hebt, dan hoeft u alleen maar mijn naam te dénken. Ik kan buitenzintuiglijk waarnemen.'

Simon Peach was Alans codenaam. Hij had tegen Roland gezegd dat hij een codenaam zou gebruiken, zodat hij Roland in het hotel kon bellen zo vaak hij wilde zonder zichzelf voor schut te zetten bij Lynn en zonder haar de indruk te geven obsessief te zijn (of in ieder geval obsessiever dan hij al had laten blijken door zijn dagelijkse gestalk).

Roland had Alan beloofd dat hij hem zou bellen zodra hij in het hotel was aangekomen. Toen hij de naakte Max zag, moest Roland denken aan Alans naaktfoto. Hij voelde zich niet langer verplicht om Alan direct te bellen. Nadat ze zich hadden geïnstalleerd in hun kamers, besloten Lynn en hij een wandeling te gaan maken. Hij zou Alan later wel bellen.

Een klein mannetje wachtte hen op voor Rolands kamer. 'Ik ben Charles, de assistent-manager, en ik wilde mijn verontschuldigingen aanbieden voor het incident toen u de manager stoorde tijdens zijn vrijpartij.'

'Dat was nogal vervelend,' zei Roland.

'Het was geen ongelukkig toeval. Het windt Max enorm op als mensen hem storen terwijl hij de liefde bedrijft. Hij vindt het heerlijk om zich te generen. Hij is een soort exhibitionist. Als hij wordt betrapt, wordt hij erg rood, maar in werkelijkheid geniet hij ervan. Het hele gedoe is geënsceneerd. Hij geeft zich niet zo vaak over aan zijn favoriete pleziertje. Dat zou slecht voor de zaak zijn.'

'Waarom vertelt u ons dit dan?' vroeg Lynn.

'Omdat het deel uitmaakt van zijn plezier dat zijn gasten het te horen krijgen, voor het geval ze het al niet zelf hadden bedacht.'

'Maar voelt hij zich dan niet ongemakkelijk?'

'Nee, hij vindt het heerlijk dat hij zich ongemakkelijk voelt, maar zijn gêne verdwijnt heel snel. Daarom koestert hij die zo. Het is een vluchtige ervaring.'

'Is hij afgestompt?' vroeg Lynn.

'Gevoelloos en blasé,' zei de kleine man. 'Hij heeft me vaak het plezier beschreven dat zijn gêne hem bezorgt. Het is een fysieke sensatie, bijna alsof je drugs gebruikt. Als zijn gezicht rood wordt, voelt hij hoe het bloed door zijn lijf schiet, zijn haarwortels prikkelt. Hij voelt hoe zijn poriën zich openen. Er trekt een warmte door hem heen. Het is een heftig gevoel. Zijn ongemakken en pijntjes verdwijnen even. En hij ervaart zichzelf als aantrekkelijker, zowel uiterlijk als innerlijk. Hij vindt mensen die zich generen erg, erg charmant. Hij benijdt hen. Hij denkt dat hun gêne een soort zuiverheid en onschuld laat zien, en vaak zelfs goedheid.'

'Stel dat wij ons nu smerig voelen?' zei Roland. 'En gebruikt? En seksueel gemolesteerd, aangerand? Stel dat we hem een proces aandoen?'

'Misschien ben ik wel gek. Alles wat ik net heb gezegd, kan een leugen zijn. We hebben immers de bewijzen al klaarliggen die mijn gestoordheid aantonen,' zei Charles, en hij vertrok.

Roland en Lynn overlegden of ze wel in dit hotelletje moesten blijven. Maar ze waren te lui om op zoek te gaan naar een ander, dus maakten ze vervolgens een wandeling.

Ze liepen zwijgend een lief smal paadje af. Roland liet een muntje vallen. Omdat ze elkaar niets te zeggen hadden, besloot Lynn hem vragen te stellen over haar stalker Alan. Ze vroeg hem wat voor soort man hij was. Roland onthulde dat Alan uit Long Island kwam.

'Ik ook. Weet je ook uit welke stad?' vroeg Lynn.

'Natuurlijk niet.'

Omdat Roland genoeg had van het onderwerp vroeg hij: 'Wat vind je aantrekkelijk aan mij?' Dat was een moeilijke vraag voor Lynn, die eigenlijk niets aan Roland aantrekkelijk vond. Gelukkig sprong er ineens een dier over de weg. Ze rende er een paar stappen achteraan terwijl ze met een hoge stem uitriep: 'O, een haas!'

Roland vond het walgelijk dat ze zelfs in de natuur nog aan het stalken was, en vroeg haar of ze zich een beetje kon inhouden. 'Moet je nu echt achter dingen aan?'

De afkeer in zijn toon wekte een interessant gevoel bij haar op. Ze wist niet goed wat dat gevoel was. Misschien een sprankje opwinding.

'Ben je niet een klein beetje gevleid dat ik in jou geïnteresseerd ben?' vroeg ze.

'Nee. Totaal niet.'

'Waarom niet?'

'Omdat ik je niet aantrekkelijk vind.'

'O?' zei ze. Ze werd zo in beslag genomen door het feit dat ze hem totaal niet aantrekkelijk vond dat ze vergat dat hij zich kennelijk evenmin tot haar aangetrokken voelde. Waarschijnlijk bewees hij zijn vriend Alan een dienst. Hij begon interessanter te lijken. Ze keek naar zijn profiel. 'Weet je dat zeker, of zeg je dat zomaar?'

Hij keek haar perplex aan. 'Dat weet ik zeker. Ik zou nog in geen miljoen jaar op een romantische manier iets voor je kunnen voelen. Dit weekend is tijdverspilling, dat kan ik je verzekeren.'

Ze overdacht haar gevoelens voor hem en vroeg zich af of er iets was veranderd.

'Kun je wat duidelijker zijn?' vroeg ze. 'Me vertellen in hoeverre dat het geval is?'

'Wat bedoel je precies?'

'Me vertellen waarom ik niet aantrekkelijk voor je ben? En in wat voor opzicht?'

'Hoezo? Ben je een masochist?'

Goede vraag. Daar zou ze over na moeten denken. 'Ik dacht van niet. Alleen nieuwsgierig. Kom op, vertel het me.'

'Nou, om te beginnen stalk je me.'

'Dat telt niet. Ik neem aan dat er goede redenen zijn waarom je nooit ook maar een klein beetje geïnteresseerd zou kunnen zijn in mij, zelfs niet al had ik je nooit gestalkt.'

Hij keek naar haar. 'Ja, die zijn er zeker.'

'En wat zijn die redenen?'

'Dat kan ik niet uitleggen. Je stoot me af, dat is het in het kort.'

'Is er iets aan mij wat je niet afstoot?' vroeg ze, terwijl ze probeerde nonchalant te klinken.

Hij lachte (iets tussen een niesgeluid en een stuiptrekking in) en zei: 'Nee, eigenlijk niet. Waarom kijk je me zo aan?'

'Eigenlijk zie je er best aantrekkelijk uit.'

'Ik neem aan dat je me niet zou stalken als je me niet aantrekkelijk vond.'

Lynn bleef lang stil terwijl ze voortwandelden, en Roland verbrak die stilte niet. Lynn dacht dat ze een steek van verlangen voelde. En toch durfde ze nauwelijks te hopen dat dit echt zo was. Zijn afkeer leek zo concreet. Zo verfrissend en stimulerend. Hij begon afgezaagde opmerkingen over het landschap te maken. Het deed er niet toe hoe saai hij was – hij wilde haar niet, en dat was belangrijk. En bovendien liet hij het voorkomen alsof ze daar niets aan zou kunnen veranderen.

'Je ziet er zelfvoldaan uit,' zei hij.

Ze lachte breed. Hoe zou ze reageren als hij haar toch zou proberen te versieren, vroeg ze zich af. Maar natuurlijk zou hij dat nooit doen zolang hij dacht dat zij zijn stalker was. Ze zou hem daar op een gegeven moment de waarheid over moeten vertellen. Of misschien ook niet. Plotseling, onverklaarbaar, voelde ze niet langer die steek van verlangen. Ze keek naar hem. De geringe aantrekkingskracht die hij even voor haar had gehad was alweer verdwenen.

Intussen werd Alan in de stad treurig bij de gedachte dat Roland en Lynn samen waren. Hij was dankbaar dat Roland erin had toegestemd om met Lynn te praten ter wille van hem en dat hij dit weekendplan had bedacht, maar waarom belde Roland hem niet, zoals hij had beloofd?

Hij probeerde bezig te blijven, liep de zeventien trappen van zijn flatgebouw af om te controleren of alle deuren van het trappenhuis gesloten waren, en ging naar een reformwinkel om wat rustgevende kruiden te kopen die hem zouden kunnen helpen om dit weekend door te komen.

Lynn en Roland hadden een late lunch in de eetzaal van het hotelletje. Ze waren nieuwsgierig naar de andere gasten. Terwijl ze wachtten op de menukaart keken ze om zich heen. Ze zagen een man en een vrouw aan een tafeltje zitten, maar konden geen tekenen van ongewone overdreven burgerlijkheid bij hen bespeuren, of iets anders ongewoons. Toch voelden ze zich gevleid dat Max hen intelligenter vond dan dat andere stel, zelfs al was hij gestoord en leugenachtig. Het was moeilijk om je niet gevleid te voelen door complimenten, nog moeilijker als ze inhielden dat je beter werd geacht dan andere mensen, en helemaal moeilijk als de reden daarvoor volkomen onduidelijk was.

Er was geen menukaart. Max had geen personeel. Er waren champignonomeletten voor de lunch.

Plotseling kwam Max bij Lynn en Roland aan tafel zitten. Onderuitgezakt in een stoel zei hij: 'Vertel me eens wat meer over jullie zelf.'

'We komen hier voor een rustig weekend,' antwoordde Roland.

Max boog zich naar voren en legde zijn handen op hun beider schouders. Hij zei: 'Kinderen, zijn jullie tortelduifjes?'

'Nee,' zei Roland.

'Daar kan ik wel iets aan doen. Als jullie dat zouden willen.'

'Daar zullen we over nadenken,' zei Lynn.

'Ik heb zo mijn methoden en middelen, voor het geval jullie van gedachten mochten veranderen. En, wat zijn jullie dan van elkaar?' vroeg Max, terwijl hij met zijn vinger beurtelings naar hen wees. 'Zijn jullie familie? Is dit een blind date?'

'Nee,' zei Roland. Lynn merkte dat hij bescheiden zijn blik omlaagrichtte.

'Is ze je secretaresse, je verpleegster?' vroeg Max.

Geërgerd door zijn seksistische opmerkingen antwoordde Lynn: 'Ik ben zijn stalker. Hij was zo vriendelijk om me een kans te geven.'

'Echt waar?' zei Max. 'Ik kom uit een rijke familie. Ik denk dat het goed is om dingen gewoon ronduit te zeggen.'

Ze keken hem verbaasd aan.

Hij ging door. 'Mijn ouders waren vrienden van de Kennedy's en Truman Capote. Ik ben opgegroeid met pracht en praal, maar werk nu in dit gat.'

'Waarom?' vroeg Lynn.

'Omdat mijn ouders en ik niet zo goed met elkaar konden opschieten. Wat veel voorkomt bij rijke families, en binnen vorstenhuizen.'

Op dat moment werd Max weggeroepen van hun tafeltje door het andere stel.

'Dit wordt een vreselijk weekend,' zei Roland, terwijl hij zijn omelet at.

'Wat bedoel je?'

Roland koos zijn woorden zorgvuldig. 'Ik ben in het gezelschap van mensen die ik nauwelijks kan verdragen.'

'Je bedoelt hem en mij?'

'Mm-mm.'

'Vind je me echt zo erg?'

'Ja.'

Ze glimlachte. Ze smolt, en plotseling moest ze denken aan de manier waarop de assistent-manager had beschreven dat Max een plezierig gevoel kreeg als hij zich schaamde. Ze voelde hetzelfde; haar poriën openden zich, een warmte overstroomde haar, haar pijntjes verdwenen even. Wat kon dit anders zijn dan ernstig masochisme? Ze besefte dat ze zichzelf moest afvragen waarom ze afwijzing aantrekkelijk vond. Ze probeerde zich de laatste keer te herinneren dat ze was afgewezen.

Zacht zei ze: 'Ik moet je iets bekennen.'

'Wat dan?'

'Ik ben geen stalker. Ik heb mezelf gedwongen om jou te stalken.'

'Mooi,' zei hij, maar het was wel duidelijk dat hij haar niet geloofde. 'Dan kunnen we nu met dit weekend stoppen en naar huis gaan.'

'Nee, zo simpel ligt het niet. Ik voel geen passie meer voor iets of voor iemand, en dus koos ik jou uit om daar iets aan te doen. Ik wil jou willen.'

Hij zuchtte en legde zijn servet naast zijn bord. Hij zei dat hij naar zijn kamer ging om even wat te rusten.

Alan was vreselijk ongerust. Roland had nog steeds niet gebeld. Hij probeerde zichzelf bezig te houden met de voorbereidingen voor zijn weekend met Lynn. Hij zocht naar zijn zoekgeraakte rijbewijs: hij wilde geen watje lijken door Lynn te moeten laten rijden. Nadat hij er twintig minuten naar had gezocht, realiseerde hij zich dat hij belangrijkere zorgen had. Hij stelde een lijst van gespreksonderwerpen op, ging op zoek naar aantrekkelijke kleding, bezocht een goede kapper en ging naar de sportschool.

Maar dat was allemaal niet genoeg. Als hij niet meer zou doen om zijn tekortkomingen goed te maken, zou hij haar nooit voor zich winnen. Doe meer moeite, zei hij tegen zichzelf. Maar hij wist niet zeker of hij dat nog in zich had.

Later die middag stelde Roland voor om nog een wandeling te gaan maken. Lynn nam wat brood mee voor de eekhoorns. De lucht was aangenaam koel zo aan het eind van de middag. Hun stemmen leken onnatuurlijk hard in de stilte van het platteland.

Lynn droeg een crèmekleurige blouse en een bruine suède rok. Ze was een keurige vrouw, dacht Roland. Het sloeg nergens op dat ze hem stalkte. Niet dat hij zelf niet keurig was of dat keurige vrouwen niet stalkten, maar er klopte iets niet.

Hij zei: 'Je hield me voor de gek, hè, toen je zei dat je jezelf had gedwongen om mij te stalken?'

'Was dat maar waar,' zei Lynn. 'Maar nee: stalken is een beproeving. Ik weet niet hoe Alan het voor elkaar krijgt om me met zoveel energie te stalken.'

'Luister, ik heb geen idee of wat je zegt waar is, maar vreemd is het wel. Weet je dat ik je misschien wel leuk had gevonden als we elkaar op een andere manier hadden leren kennen?'

'Ik zou willen dat ik hetzelfde tegen jou zou kunnen zeggen, maar ik geloof niet dat ik je als we elkaar op een normale manier hadden ontmoet wél leuk zou hebben gevonden.' Ze voegde eraan toe: 'Jij, of om het even wie. Dat zeg ik er niet altijd bij, omdat het dan zo langdradig wordt.'

Zacht zei hij: 'Ik denk dat je het er wel bij moet zeggen, zelfs als het langdradig wordt.'

Ze gingen op een bank zitten. Lynn speurde naar eekhoorns. Vanuit de struiken verscheen een klein puntig kopje. Een wasbeertje. Ze gooide brood naar het wasbeertje om het dichterbij te lokken. Het werkte.

'Je moet dat beest niet voeren. Het is ongedierte,' zei Roland.

'Welnee.' Lynn bleef het diertje voeren; het kwam steeds dichterbij.

'Je probéért niet eens om me aardig te vinden. Waarom ben je dit weekend eigenlijk met me meegegaan?'

'Ik probeer het wél,' zei ze.

Roland ging over op een andere tactiek. 'Ik heb honger. Ik wil brood. Geef het alsjeblieft aan mij.'

'Ik heb niet veel meer over.'

'Geef je je brood liever aan een dier dan aan een hongerige man?'

'Ja.'

Lynn ging door met het wasbeertje te voeren. Ze vond het heel wat leuker om een dier te temmen dan om te stalken. Misschien was de wereld verdeeld in twee soorten mensen: de temmers en de stalkers. Zij was duidelijk een temmer. Voor temmen moest je meer kunnen. Stalken was alleen doen. Net als eten. Net als neuken.

'Misschien heeft het wel rabiës,' zei Roland, terwijl hij naar het wasbeertje keek, dat nog geen halve meter bij Lynns been vandaan was. 'Ik zou maar uitkijken.'

Nu at het wasbeertje uit Lynns hand. Het stemde haar op een vreemde manier droevig dat dit het niveau was waarop de dingen wel goed voelden. Roland deed er verstandig aan om doodstil te blijven zitten om dit mooie moment niet te bederven, anders zou ze hem vermoorden.

Hij was niet zo verstandig.

En het wasbeertje beet haar.

Ze trok haar hand met een ruk terug en keek geschokt naar het dier, dat de struiken in schoot. Het kreng had haar plotseling gebeten.

'Bloedt het?' vroeg Roland.

'Ja,' zei ze.

Terwijl ze terugliepen naar het hotel om de manager te zoeken, liet Roland stiekem een knoopje vallen. Hij zei: 'Ik zei je toch dat je mij het brood moest geven? Ik zou je niet hebben gebeten.'

'Er is hier ooit één geval geweest,' zei Max, 'in dit deel van het land, van iemand die rabiës kreeg door een wasbeertje. De enige manier om erachter te komen of iemand het heeft, is door een lijkschouwing. Als je het niet zeker weet, moet je zes injecties halen. Was het wasbeertje agressief? Gedroeg het zich vreemd? Kwam het zonder angst naar je toe? Als... o, ik weet het niet... als een stalker?'

'Nee, niet zonder angst. Het duurde even voordat het uit mijn hand durfde te eten.'

'Dat is een goed teken. Maar toch denk ik dat je maandag even naar je huisarts moet. De symptomen openbaren zich pas na een week of twee, maar als je wacht tot het zover is, kan er niets meer aan gedaan worden en ga je dood.'

'Wat zijn de symptomen?' vroeg Roland.

'Prikkelbaarheid, hoofdpijn, koorts, samentrekkingen van de keelspieren, en uiteindelijk stuiptrekkingen en delirium. Het meisje dat is overleden aan rabiës had een prachtige toekomst voor zich. Het is een erg pijnlijke dood. Rabiës schijnt besmettelijk te zijn.' Max keek Lynn aan. 'Als je je vreemd begint te gedragen, zal ik je uit je lijden moeten verlossen.'

'Me doodmaken?' vroeg Lynn.

'Als ik geen andere keuze heb.'

'Dat is belachelijk.'

'Gedraag je dus niet vreemd.'

Alle drie staarden ze elkaar aan. Abrupt zei Max tegen Roland: 'Simon Peach heeft weer gebeld. Hij vroeg zich af of je zijn eerste boodschap wel had gehad.'

Tijdens het diner had Lynn een in zichzelf gekeerde, afwezige blik. Ze probeerde bij zichzelf rabïesachtige gevoelens te ontdekken, gevoelens van agressiviteit. Ze maakte zich zorgen omdat ze meer speeksel leek te produceren. En ze voelde zich vreemd aangetrokken tot haar mes.

Ze klaagde over die dingen tegen Roland, die haar probeerde af te leiden. Als je je gedachten wilt afleiden van een probleem, is er niets beters dan je richten op een ander probleem. Roland begon met haar te praten over haar gebrek aan verlangen, hoe onaangenaam dat geweest moest zijn, en nog steeds was. Al snel klaagde ze niet meer over een vreemde belangstelling voor messen.

Max had vegetarische lasagne voor hen klaargemaakt. Hij kwam even bij hen zitten, en praatte tegen Roland terwijl hij naar Lynn keek. 'Ze had het cr eerder over dat ze je stalker was. Ik weet dat het waarschijnlijk niet juist van me is, maar ik heb de neiging om een stalker gelijk te stellen aan een hoer.'

Lynn en Roland keken beiden naar Max. Ze vonden hem niet goed bij zijn hoofd. Roland nam het voor Lynn op. 'Lynn stalkt me niet omdat ze me wil, maar juist omdat ze me niet wil.'

'Dat maakt niet uit,' zei Max. 'De reden dat ik vrouwelijke stalkers gelijkstel aan hoeren is dat ze wanhopig graag seks willen. Dus als ik op een gegeven moment tegen je zeg: "Wil je op mijn pik zitten?", dan moet je dat niet persoonlijk opvatten. Ik zou dat tegen elke vrouwelijke stalker zeggen die niet een van mijn eigen stalkers is. Misschien is het je al opgevallen dat ik een broekklep draag? Dat hoeft je geen angst aan te jagen. Het is waar dat ik een grotere penis heb dan de meeste mannen, vooral in deze contreien, maar hij is lang niet zo groot als je op grond van die broekklep zou kunnen denken.'

'Geef je een soort show om je gasten te vermaken?' vroeg Roland.

'Nu voel ik me beledigd.'

'Jíj voelt je beledigd?'

Max knikte. Niemand zei iets, dus stond Max op en zei terwijl hij wegliep: 'Het geeft niet, ik kom er wel overheen.'

Lynn vroeg zich af of haar ergernis over Max een teken van rabiës was of dat een normale, gezonde vrouw zonder rabiës net zo geërgerd zou zijn geweest.

Peinzend zei ze tegen Roland: 'Neemt de waanzin plotseling van je bezit of geleidelijk? Ik bedoel, heb je de tijd om je te realiseren wat er gaande is?'

Na het eten wensten ze elkaar welterusten en trokken zich terug in hun kamer. Roland belde Alan, die meteen de telefoon opnam.

'Je hebt me helemaal niet gebeld!' kermde Alan hysterisch.

'Het spijt me, ik heb er de hele dag aan gedacht,' zei Roland.

'Ben je onaantrekkelijk geweest?' vroeg Alan.

'Ik geloof het wel.'

'Heb je dat afschuwelijke overhemd gedragen dat je me liet zien?'

'Nog niet.'

'O, alsjeblieft, trek het aan. Heb je je beledigend gedragen?'

'Ik denk het wel.'

'Hoe dan? Wat heb je gezegd?'

'Nou, toen we gingen wandelen gaf ik kritiek op haar, omdat ze achter een haas aan rende. Ik zei tegen haar dat ze haar stalkneigingen moest zien te bedwingen.'

'Ah! Dat is mooi. Ze rende achter een haas aan? Wat leuk!'

'Ja.'

'Hoezo ja?'

'Ik ben het met je eens.'

'O ja?'

'Wat bedoel je precies?'

'Je bent het met me eens dat het leuk is als Lynn achter een haas aan rent?'

'Ik druk me verkeerd uit. Ik vind het niet echt leuk. Het was gewoon een automatische reactie.'

'Je vindt het dus niet echt leuk. Dat klinkt altijd nog positiever dan hoe jij eerst over haar dacht. Je vond haar eerst afschuwelijk.'

'Je zit te muggenziften.'

'Val je op haar?'

'Nee!' zei Roland verontwaardigd. Alan voelde zich wat beter.

'Ik zou willen dat ik in jouw schoenen stond, man. Ik zou willen dat ik nu bij haar was,' zei Alan.

Ze hingen op en Roland ging naar bed.

Tijdens het ontbijt leek Roland nogal nors. Lynn vroeg niet naar de reden; ze had zo haar eigen zorgen. Aan het einde van de maaltijd verbrak Roland plotseling de stilte. 'Ik zal je helpen om mij aardig te vinden. We kunnen samen naar dat doel toe werken. Vertel me wat ik moet doen. Wat vind je leuk aan mannen?'

Lynn keek naar buiten. 'Ik denk dat we de hotelmanager erbij moeten hebben.'

'Max? Waarom?'

'Omdat ik je aantrekkelijker vind wanneer hij in de buurt is.'

Roland fronste. 'Je bedoelt in vergelijking met hem?'

'Ja. Jij gaat erop vooruit in zijn aanwezigheid.' Dit was slechts gedeeltelijk waar, maar ze wilde niet dat Roland zou weten dat vooral zijn afkeer haar hem aantrekkelijk maakte.

Ze vonden Max en nodigden hem uit om thee te komen drinken in de zitkamer. Hij bracht de thee met een paar koekjes naar hen toe en leek blij met hun gezelschap. Ze wilden hem net wat vragen stellen om zijn afstotelijkheid tot uiting te laten komen toen hij een opmerking maakte. Hij wendde zich tot Lynn en zei: 'Ik geloof niet dat je ooit een vrouw zult tegenkomen die na een goede beurt nog wil stalken. Wat me op mijn volgende gedachte brengt, die voor ons allebei gunstig zou kunnen zijn. Je zou de mannen die in dit hotel verblijven van dienst kunnen zijn. Ze zouden je een redelijk bedrag betalen, dat we dan samen delen. Voor jou is dat geen slechte deal, omdat je niet alleen geld krijgt, maar ook gratis seks. De mannen hoeven niet te weten dat ze jou van dienst zijn. Nou, denk er eens over na.' Hij wendde zich tot Roland en zei: 'Ik weet zeker dat ze met enige aandrang iedere man in het hotel ter wille zou zijn. Je moet haar gewoon een beetje stimuleren.'

Lynn keek even naar Roland. Hij leek er in vergelijking met Max inderdaad op vooruit te zijn gegaan. Ze glimlachten samenzweerderig naar elkaar, al was zijn glimlach wat scheef.

Na de thee geloofde Roland dat hij en Lynn hun doel bereikt

hadden: in Lynns ogen was Roland aantrekkelijker geworden. Rustig beklommen ze de trappen naar Lynns kamer. Ze stonden op het punt om dit verder te observeren, toen Lynn zei dat zijn aantrekkingskracht was verdwenen zodra Max bij hen was weggelopen.

Roland was van streek. Er moet een andere oplossing zijn. Stel dat je telkens naar een foto van Max zou kijken terwijl jij en ik aan het praten zijn?'

Ze vond hem op dat moment aardiger dan ooit. Ze begreep het niet goed, want hij toonde geen spoortje afkeer van haar. Niettemin besloot ze haar instinct te volgen. 'Zou je nog meer van dat soort opmerkingen kunnen maken?' vroeg ze.

'Zoals?'

'Ik weet het niet. Maar als je nog zoiets weet, zeg het dan. Het was innemend, edelmoedig en gevoelvol.'

'Oké. Ik zal eraan denken. Innemend, edelmoedig en gevoelvol.'

'Nu doe je het alweer,' zei Lynn verbaasd.

'Wat doe ik?'

'Aantrekkelijk zijn. Dat is heel aardig, wat je net deed.'

'Je bedoelt dat ik probeer me de woorden te herinneren?'

'Dat ook!'

'Wat?'

'Wat je net zei. Toen je zei: "Je bedoelt dat ik probeer me de woorden te herinneren?"'

'Zei je dat dat aantrekkelijk was?'

'En dat ook, min of meer!'

'bedoel je soms dat ik aantrekkelijk ben?'

'Inderdaad.'

'Wauw!'

'Inderdaad.'

Ze voelden zich allebei nogal schaapachtig.

70

'Misschien hebben we die foto's uiteindelijk helemaal niet nodig,' zei hij.

'Laten we kalm blijven.'

'Ik hoop dat dit geen grote klap voor je is, maar ik ben bang dat je het weer kwijt bent. Of dat ik het kwijt ben. Ik zie het niet meer.'

Hij knipperde een paar keer met zijn ogen. 'Dat geeft niet. Misschien komt het weer terug.' Hij glimlachte, niet van opwinding, maar bijna van droefheid. Hij kreeg die glimlach voor elkaar door zijn neus op te trekken.

'Ja,' zei ze, resoluter nu. 'Ik zie het.'

'Ik durf me niet te bewegen. Ik durf niets te zeggen. Ik wil niet dat het weggaat.'

'Het is er nog.' Ze begon langzaam naar hem toe te lopen, alsof ze een wild dier benaderde. Ze wilde de aantrekkingskracht niet verjagen.

'Is het er nog?' fluisterde hij. Hij bewoog zijn lippen nauwelijks terwijl ze dichterbij kwam.

'Ja,' fluisterde ze bijna onhoorbaar.

Ze wilde het alleen even aanraken voordat het zou verdwijnen. Het alleen even aanraken. Ze stak haar hand uit naar zijn gezicht, maar stopte voordat ze hem aanraakte. Het was een beetje minder geworden, ook al had Roland zich niet bewogen. Ze was overrompeld door dit bewijs van haar waanzin. Was het rabiës, vroeg ze zich af. Ze betwijfelde dat – het leek op de gekte die ze normaal al had.

Toen zijn aantrekkelijkheid weer toenam, bewoog ze weer haar hand. Ze raakte hem aan. Het was er. Ze bekeek hem wat beter, vanaf de zijkant.

'Je bent aantrekkelijk,' zei ze.

Hij bewoog alleen zijn ogen.

'Nee, niet kijken,' zei ze. 'Hiervoor was het beter.'

Hij wendde zijn blik af.

'Ja, nu zie ik het. Ik zie het.' Ze kuste zijn wang. Ze voelde het. Ze zag het.

Het was het beste als hij zich niet bewoog. Dan verdween zijn aantrekkingskracht waarschijnlijk niet. Ze was het aan het temmen. Ze kuste hem meer in de buurt van zijn mond, maar durfde zijn mondhoeken niet te kussen.

'Het is er, maar ik weet niet of ik het risico moet nemen het te verjagen,' zei ze.

Hij zei niets. Ze verzamelde moed en kuste hem zacht op zijn lippen. Ze keek naar zijn ogen. Ze stonden glazig, staarden recht vooruit. Mooi. Zijn haar was ook leuk. Ze hield haar hoofd schuin, keek naar zijn gezicht en koesterde zich in haar lichte, maar duidelijke waardering voor hem. Waardering was bijna verlangen. Ze wilde dat hij haar terug zou kussen, maar durfde dat niet te vragen, bang dat het dier zou wegvluchten.

Hij begon haar kussen te beantwoorden en de aantrekkingskracht was er nog steeds. Ze kon zijn aanwezigheid voelen, ook al hield ze haar ogen gesloten. En niet alleen was het voelbaar, maar het werd onverwacht ook duidelijker. Hun omhelzingen werden hartstochtelijker. Ze begonnen elkaars kleren uit te trekken. Plotseling hield hij op met haar te kussen en bood aan om haar vast te binden.

'Waarom?' vroeg ze. Haar verlangen was inmiddels zo groot dat ze geen verdere aansporing meer nodig had.

'Ik bedoel, denk je echt dat we verder moeten gaan zonder dat we je vastbinden?' vroeg Roland. 'Ik wil geen rabiës krijgen. Ik vraag me af of het seksueel overdraagbaar is.'

'Ik denk dat het meestal gebeurt door bijten,' zei Lynn. 'Ik zal je echt niet bijten.'

'Dat zeg je nu. Maar stel dat je die aandrang krijgt, dan doe je het misschien toch. Behalve als ik mijn gezicht en lichaam weghoud van jouw hoofd en jij vastgebonden bent.'

Ze stemde erin toe. Hij bond haar polsen vast aan de spijlen van het hoofdeinde. Hij gebruikte een smalle leren riem voor haar ene pols en een badstof band voor de andere.

Er klonk een klop op de deur.

'Ja?' riep Lynn vanaf het bed.

'Ik ben het, Max. Ik wilde alleen even vragen of het nog goed met je gaat, vanwege de kans op rabiës.'

'Ja, dank je,' zei Lynn. 'Tot nu toe geen rabiës.'

'Mooi zo. O ja, Simon Peach heeft nog gebeld voor Roland, maar die is niet op zijn kamer.'

'Hij is een wandeling gaan maken,' zei Lynn, met moeite omdat Roland op haar lag.

'Oké. Ik zal die boodschap doorgeven aan meneer Peach. Tot later.'

'Ja!'

Ze hoorden hoe de voetstappen van de manager zich verwijderden.

Lynn fluisterde: 'Wat ga je doen als ik hondsdol gedrag vertoon terwijl ik vastgebonden ben?'

Roland bond haar nog wat strakker vast en zei: 'Ik denk dat ik dan Max moet roepen om je te laten neerschieten.'

'Wil je alsjeblieft rabiës niet met andere dingen verwarren?'

'Zoals?'

'O, je weet wel ... hartstocht.'

'Het is goed dat je dat zegt.'

Ze begonnen. Ze keken elkaar aan, maar kusten elkaar niet. Ze vonden het merkwaardig opwindend. Hun liefdesspel voelde zo goed dat Lynn op een zeker moment dacht dat ze toch rabiës had. Het was plezierig om bang voor jezelf te zijn, om te weten dat ze op enig moment de controle zou verliezen.

Naderhand, toen hij naast haar lag te slapen, slaagde ze erin om haar polsen te bevrijden. Ze genoot van haar waardering voor hem. Ze keek even naar zijn rustende lichaam. Zijn mooie benen. Zijn holle maag. Zijn medaillon. Wat zou er trouwens in zitten?

Toen hij wakker werd vroeg ze het hem.

Hij streelde haar haar. 'Dat is iets persoonlijks.'

Dat had zijn vader ook tegen zijn moeder gezegd toen ze elkaar pas kenden, tweeënveertig jaar geleden. Zijn vader had er nog bij gezegd: 'Dat beetje privacy heb ik nodig.' Maar Roland zei dat er niet bij. Hij had heel wat meer nodig dan dat beetje privacy.

Hij maakte haar polsen weer vast en ze vreeën opnieuw. Haar zelfvertrouwen groeide. Hij had haar blokkade opgeheven, haar het verlangen teruggegeven om iets te willen. Iets anders interesseerde haar niet. En hem evenmin. Hij leek niet langer bang dat er iets zou verdwijnen – zeker niet zijn aantrekkingskracht; misschien zijn belangstelling, maar dat was een heel ander verhaal.

Zondagavond was Roland alleen in zijn hotelkamer, na een hele dag seks. Het was bijna tijd voor het diner, hij was uitgehongerd. Hij had net zijn kleren uitgetrokken om onder de douche te gaan toen hij een klop op zijn deur hoorde.

'Hallo, ik ben het, Max. Er is iemand voor je aan de telefoon, die meneer Simon Peach. Hij heeft al eerder gebeld, ik weet niet of je stalker je dat heeft verteld.'

'Ja, dat heeft ze inderdaad gedaan.'

'Moet ik het gesprek doorverbinden?'

'Oké,' zei Roland. Hij vroeg zich af waarom Max deze boodschappen persoonlijk overbracht in plaats van via de telefoon. Roland pakte de hoorn op.

'Ik ben het,' zei Alan. 'Heb je de boodschap gekregen dat ik al eerder heb gebeld?'

'Het spijt me erg dat ik je dit moet vertellen, maar er is een onverwachte wending. Ik ben bang dat jouw weekend met Lynn niet doorgaat, want… uiteindelijk bleken we het samen goed te kunnen vinden.'

'Heb je het gedaan?'

Roland kon het niet over zijn hart verkrijgen om die vraag te beantwoorden, dus deed hij alsof hij de vraag niet goed had verstaan. 'Heb ik het fout gedaan? Ik geloof van wel.'

'NEE! HEB JE HET MET HAAR GEDAAN?!'

Roland zuchtte en ging op zijn bed liggen om een uitweg te bedenken. Hij hield zijn bijna slappe penis tussen duim en wijsvinger. Hij zwaaide zijn geslachtsdeel heen en weer, waarbij het telkens tegen zijn dij sloeg. Het licht viel prachtig naar binnen door het raam.

Alan wachtte op een antwoord. Hij staarde strak voor zich uit, verontrust over het weekend met de vrouw van zijn dromen: zijn koningin, zijn godin, zijn vogeltje.

Roland zocht naar een manier om Alan op een dwaalspoor te brengen. Lynn was vastgebonden geweest. Daardoor was het eigenlijk geen neuken. Nee. Hoe zat het met het feit dat ze mogelijk rabiës had en binnenkort zou kunnen sterven? Ook dat telde niet. Was hij maar vastgebonden geweest, dan had hij ongestraft kunnen beweren dat hij niet haar had geneukt, maar zij hém.

'Ik denk het wel,' zei Roland uiteindelijk. Hij kon Alan horen ademhalen.

'Was het lekker?' vroeg Alan.

'Het spijt me, Alan. Het was niet mijn bedoeling dat dit zou gebeuren, maar toen ze me vertelde dat ze me niet echt stalkte, maar alleen probeerde mij te willen, veranderde alles voor mij.'

'Wat maakt het ook uit? Maar ik vind toch dat mijn weekend met haar moet doorgaan.'

'Dat zou ik niet kunnen verdragen. Daarvoor is het nu te laat. Zij en ik hebben iets met elkaar.'

'Verrader,' fluisterde Alan. 'Mijn hele leven draait om die vrouw. Ik zou alles doen om een kans bij haar te krijgen. Begrijp je dat? Echt álles.'

'Is dit... een soort... bedreiging?'

'Denk wat je wilt. Ik heb niets meer om voor te leven als zij uit mijn leven verdwijnt. En dat betekent dat ik niets te verliezen heb.'

Roland hield op met zijn penis heen en weer te zwaaien en ging overeind zitten. 'Heb ik het mis of is dit een dreigement?'

Alan snoof.

'Kom op man, wees even realistisch,' zei Roland. 'Zo'n groot verraad is het niet. Zo goed ken ik je nu ook weer niet. We zijn geen oude vrienden. Eigenlijk zíjn we niet eens echte vrienden. Luister, ik moet nu gaan. Maar als je wilt, kun je me morgen bellen als ik weer in de stad ben.'

Alan gaf geen antwoord, dus hing Roland op. De kamer voelde koud aan. Roland trok wat kleren aan en ging op zijn bed zitten.

5

Patricia voelde zich schuldig omdat ze Lynn had gedwongen dat weekend weg te gaan, ook al had Lynn haar dat opgelegd. Natuurlijk hoefde Patricia niet te doen wat Lynn haar opdroeg. Sommige bevelen in het leven kon je maar beter niet opvolgen. En had Patricia echt gedacht dat dit weekend Lynn zou helpen? Nee. Ze had het zelf wel grappig gevonden en had daarom druk uitgeoefend op Lynn. Zo afschuwelijk was het eigenlijk.

Toen Lynn op maandagmiddag de galerie binnenkwam, nadat ze die morgen haar eerste rabiësprik had gehaald, zei Patricia: 'Ik zal je niet dwingen om volgende weekend weg te gaan met je stalker. Het kan me niet schelen als je me dan ontslaat. Je kunt me niet dwingen om jou te dwingen.'

'Ik ben blij dat je me niet zult dwingen, want ik ga niet,' zei Lynn.

Lynn deed verslag van het weekend. Verbaasd vroeg Patricia: 'Maar waarom zou jouw verlangen zijn opgewekt doordat Roland jou niet wilde? Ben je nog nooit iemand tegengekomen die jou niet wilde?'

'De laatste tijd niet. Of tenminste niet dat ik gemerkt heb. Ik ben in de afgelopen twee jaar door niets of niemand afgewezen.'

'Jij boft maar.'

'Hoe kun je dat nou zeggen? Je weet wat ik heb doorgemaakt,' zei Lynn geërgerd. 'Ik bof helemaal niet, want ik ben iemand die wordt gestimuleerd door weerstand. Ik heb succes gehad, misschien te vaak, te veel, bij alles waar ik aan begon. Ik heb alles gekregen wat ik wilde.'

'Maar hoe ging het dan toen Roland jou begon te willen? Waarom verdween jouw verlangen toen niet?'

'Misschien omdat het gewoon weer opgewekt moest worden, en toen het eenmaal opgewekt was, was het goed.'

'Maar stel dat het op een dag opnieuw gebeurt?'

'Het zal niet meer gebeuren.'

'Hoe weet je dat?'

'Omdat ik het niet laat gebeuren. Ik heb daar een methode voor bedacht.'

'En wat is die methode?'

'Ik ga ervoor zorgen dat ik regelmatig word afgewezen.'

'Maar stel dat dat niet gebeurt?'

'Ik zal ervoor zorgen dat het wel gebeurt! Ik ga me aanmelden bij clubs die me nooit, in geen duizend jaar, zullen accepteren als lid.'

'Maar stel dat zulke clubs niet bestaan?'

'Dat is onmogelijk. Ik meld me aan bij mannenclubs, kinderclubs, desnoods bij Mensa. En bovendien zijn er nog andere manieren om afgewezen te worden.'

'Misschien word je wél toegelaten bij Mensa.'

'Aardig dat je dat denkt, maar ik betwijfel het.'

'Hoe vaak moet je worden afgewezen om gezond te blijven?'

'Dat weet ik niet. Ik pak het voorzichtig aan en zorg ervoor dat ik zeker twee keer per maand word afgewezen.'

Lynn had gelijk. Ze zou haar verlangen nooit meer kwijtraken. Of dat nu kwam door haar afwijzingsmethode was een andere kwestie. Als je eindelijk verlost wordt van een tergend probleem, heb je misschien niet meer in de gaten dat er dan weer andere problemen opduiken.

'Laten we wat dia's bekijken!' zei Lynn. Ze namen honderden dia's door die hun de afgelopen paar maanden waren toegezonden door kunstenaars. Lynn wilde zien of haar passie ook was teruggekomen op andere gebieden in haar leven dan alleen de romantiek, vooral op het gebied van het werk waarmee ze de kost verdiende.

Het duurde niet lang of ze wist zeker dat dit het geval was. Ze had haar plezier in de kunst terug en ook haar goede kijk erop. Ze voelde zich slim en was vol zelfvertrouwen, als vanouds.

Patricia stelde haar een lastige vraag: 'Denk je dat je het weer goed kunt maken met al die kunstenaars die bij je zijn weggegaan? Denk je dat je al die mensen terug kunt krijgen die nu bij andere galerieën zitten?'

Uren nadat hij Roland had gesproken, zat Alan nog steeds in zijn witte fauteuil. Zijn liefde voor Lynn was het enige wat zijn leven betekenis had gegeven. Zijn vader was een jaar geleden overleden. Kort daarna was zijn kat doodgegaan. Zijn ex-vriendin, die zijn beste maatje was geweest, een succesvolle secretaresse, had kennelijk genoeg van hem gekregen want ze belde hem nooit meer op.

Roland had ongelijk gehad toen hij zei dat het verraad niet zo groot was en dat ze eigenlijk geen echte vrienden waren. Roland was Alans enige vriend. En dus zijn beste vriend.

Alan vroeg zich af wat het trouwens uitmaakte dat hij een vriend had. Hij kon er niet met hem over praten dat hij wel eens aan moord dacht. Misschien moest hij een huisdier aanschaffen. Tegen een huisdier kon hij praten over zijn moordneigingen.

Hij ging naar een dierenwinkel en keek naar verschillende dieren. Hij probeerde zich voor te stellen hoe hij tegen ze zou praten over moord. Hij deed deze kleine oefening eerst met de jonge poesjes en hondjes, maar die waren te schattig en te zacht. De slangen en hagedissen waren zo slecht nog niet, maar hij had het gevoel dat ze de spot dreven met zijn milde kwaadaardigheid, wat hem weer een gevoel van minderwaardigheid gaf. Bij de konijnen kreeg hij het tegenovergestelde gevoel. De vissen keerden hem gewoon de rug toe. En de muizen waren zich nergens van bewust.

Hij was ervan overtuigd dat hij nooit iemand zou vermoorden, maar door erover na te denken kon hij door deze moeilijke periode heen komen.

Toen Alan zonder huisdier de dierenwinkel uit liep en naar de stoeprand keek, dacht hij aan het ideale dier waaraan hij zijn geheimen zou kunnen toevertrouwen. Hij ging terug en vroeg: 'Hebt u ook ratten?'

Een rat zou perfect zijn. Hij kon uren achtereen moordzuchtige gedachten op hem afvuren, daarvan was hij overtuigd.

'We hebben er maar één.'

Die zag er niet uit als de ideale rat omdat hij bijna helemaal wit was met een paar bruine vlekjes. Maar de wetenschap alleen al dat het een rat was, zou zijn brave kleur ruimschoots goedmaken. Als hij zich ooit onzeker zou voelen, dan zou hij gewoon naar zijn ogen en neus staren en het woord 'rat' in zijn hoofd herhalen. Dan zou hij in overdrachtelijke zin een stijve krijgen. Dat wist hij gewoon zeker.

Hij kocht de rat. De liefdesaffaire begon meteen en was heftig. Dezelfde avond keken ze samen tv, waarbij de rat met zijn pootjes wijd, plat als een pannenkoek, op Alans buik lag. Alan streelde zijn rug terwijl de rat haast spinde van tevredenheid en in slaap viel. Toen het diertje wakker werd, gaf Alan het chocoladecake te eten en samen controleerden ze de trapdeuren.

Alan nam samen met de rat een bad. Toen kamde hij hem, praatte tegen hem en noemde hem Pancake. De kleine abrupte bewegingen van de rat waren lichtelijk irritant. Alan vond dat Pancake intelligenter zou overkomen als hij zich niet zo spastisch zou bewegen. Dat was eigenlijk het enige foutje van het dier: slechte lichaamstaal.

Alan hield Pancake tegen zijn borst, zijn hand over de rug van de rat, zijn vingers om zijn kop om te voorkomen dat Pancake bewegingen zou maken waardoor het leek alsof hij de ziekte van Parkinson had. Alan keek in de rattenoogjes en zei: 'Wat denk je? Moet ik hem vermoorden? Moet ik dat doen?' Hij keek dieper in de zwarte oogjes, die op punten leken.

Lynn belde Charlie Santi en vroeg hem om met al zijn nieuwe werk langs te komen.

'Je bedoelt met al dat werk dat jij rotzooi noemde?' vroeg hij.

'Ik zei niet dat het rotzooi was, ik wist gewoon niet... Maar goed, wil je het meenemen?'

Een halfuur later keek Lynn opnieuw naar Charlies werk. 'O, Charlie.'

'Wat is er?' vroeg hij koel.

Met haar hand op haar hart bleef ze strak kijken naar het figuurtje dat werd gewurgd of het andere figuurtje omhelsde te midden van al het wit. 'Het spijt me heel erg,' zei ze.

Hij wachtte totdat ze het zou toelichten.

Maar het enige wat ze zei was opnieuw: 'Het spijt me heel erg.'

'Dat zei je de laatste keer ook toen ik hier was.'

'Ik was toen ziek. Deze schilderijen zijn geweldig. Veruit je beste werk totnogtoe. Je bent mijn beste kunstenaar. Ik hoop dat ik je niet kwijt ben.'

Na een lang moment zei hij: 'Ik geloof het niet. Maar ik wil die ellende niet opnieuw doormaken.'

'Ik ook niet.'

'Ik had het gevoel dat ik jóú kwijt was.'

'Dat ben je niet,' zei ze, terwijl ze hem omhelsde. Ze merkte op dat Patricia glimlachend een wenkbrauw optrok.

De volgende dag voelde Alan zich dankzij het gezelschap van de rat iets beter en kon hij wat eten. Hij ging weer niet naar zijn werk en aan het einde van de middag voelde hij zich sterk genoeg om Lynn en Roland te gaan stalken.

Alan wist dat stalken niet goed voor hem was. Hij zou ermee stoppen. Hij had al een idee hoe hij dat zou aanpakken. Maar voordat hij zijn leven zou beteren, wilde hij zich overgeven aan het meest vulgaire gedrag waartoe hij in staat was.

'Verraders!' schreeuwde hij naar hen toen Roland Lynn afhaalde na haar werk bij de galerie.

Met een wit kooitje in zijn hand volgde hij hen door de straat. Hij deed niet eens zijn best om goed te stalken. 'Hé, vuilak, aanmatigende lul die je bent. En jij, Lynn, je bent afschuwelijk! En wat is dat voor flauwekul over dat je probeerde hem te willen! En dat je hem niet echt aan het stalken was! Je bent gestoord! Jullie zijn allebei volkomen gestoord!'

Lynn en Roland liepen door. Roland liet stiekem een knoopje vallen. Ze gaven Ray wat kleingeld. Alan deed hetzelfde. De roodharige dakloze ex-psycholoog nam hem aandachtig op en probeerde zijn nieuwsgierigheid te onderdrukken. Hij hoorde Alan tegen de andere twee schreeuwen: 'En kijk eens wat ik hier heb!'

Alan haalde een tegenspartelend dier uit een kooitje en zei: 'Dit is een rát!' Pancake droeg een halsbandje met een riem, dus kon zich niet in de goot bij de andere ratten voegen. 'Hij wil je kussen, Lynn! Wil je hem geen kusje geven? Ik weet dat je het heerlijk vindt om ongedierte te kussen.' Zoals vaak het geval is met mensen die van plan zijn om binnenkort met een verslaving te stoppen, liet Alan zich nog even helemaal gaan.

Roland bleef plotseling stilstaan voor een stoffenzaak en zei: 'Ik moet hier even naar binnen.'

'Waarom?' vroeg Lynn.

'Ik heb geen knopen meer.'

Gelukkig ging Alan niet mee naar binnen. Roland koos wat knopen uit en betaalde ze. Lynn bekeek de knopen en kon niet bedenken bij welke kleren ze pasten. Sommige knopen waren rood, sommige geel, sommige waren van suède, sommige waren gestreept en sommige waren omhuld met stof. Maar ze waren allemaal klein. 'Waar zijn die knopen voor?' vroeg ze.

'Nergens voor. Ik heb ze gewoon nodig.'

'Verzamel je knopen?'

'Nee, ik verlies ze. Ik weet niet wat er mis is met me.'

'Waarom moet er iets mis met je zijn? Iedereen verliest knopen.'

'Maar niet zoveel als ik.'

Alan stalkte het paar de volgende dag opnieuw. Roland smeekte hem om ermee op te houden en beloofde dat hij hem zou helpen om andere vrouwen te leren kennen. Maar Alan wilde Lynn. Het paar besloot om het stalken te negeren. Ze geloofden niet dat Alan gevaarlijk was, en ze hadden medelijden met hem.

Alan raakte gefrustreerd door hun onverwachte onverschilligheid. Na wat ze hem hadden aangedaan konden ze op z'n minst de beleefdheid tonen om te doen alsof ze zich ergerden. Hij ging onopvallender stalken, om hen zenuwachtig te maken. Toen ze niet van hun stuk werden gebracht door subtiel gestalk, maar ook niet door opvallend gestalk, sloot Alan zich op in zijn appartement. Dagenlang ging hij niet naar zijn werk en at niets. Hij staarde urenlang uit zijn raam. Soms hield hij Pancake op zijn schoot. Op een middag, toen hij slap maar toch niet hongerig was, trok hij uiteindelijk zijn laarzen aan en ging naar een bijeenkomst van de Anonieme Stalkverslaafden.

De meesten van Lynns vijftien kunstenaars kwamen bij haar terug. Een paar van hen huilden zelfs van blijdschap omdat zij hen wilde. Ze raakte er maar twee kwijt, die zich hadden aangesloten bij een andere galerie. Maar zelfs zij waren teleurgesteld dat hun band met Lynn was verbroken.

Toen Patricia op een morgen Lynns post opende, zag ze dat Lynn al was begonnen met haar afwijzingsmethode. Ze stak haar hoofd om de deur van Lynns kantoor en zei: 'Je hebt net een afwijzing ontvangen van de Zeventig-Plus Club uit Zuid-Florida.'

6

In de zeven daaropvolgende maanden gebeurde er iets bijzonders. Door de Anonieme Stalkverslaafden en de emotionele steun die hij van Pancake kreeg, begon Alan te geloven dat hij misschien zijn leven een andere wending kon geven.

Het begin van Alans metamorfose vond plaats in de ondergrondse op de dag waarop hij nadacht over een artikel dat hij die ochtend had gelezen: 'Op zoek naar alternatieven voor de ratrace.' Hij realiseerde zich dat hij niet langer geïnteresseerd was in het beklimmen van de maatschappelijke ladder en veel geld verdienen. Hij wilde gelukkig zijn, geestelijk gezond, en niet stalken. Maar geluk kon behoorlijk kostbaar zijn. Om nog maar te zwijgen over geestelijke gezondheid. Hij volgde daarom het advies van het artikel en bekeek de website *FrugalLifestyle.com*. Maar dat schrok hem af: 'Alternatieve methoden om aan spullen te komen', of: 'Schatgraven in vuilnis', wat vrij vertaald inhield dat je ging snuffelen in afval.

Niettemin was hij van plan om op zoek te gaan naar het volle leven, zelfs als dat zou inhouden dat zijn kansen op promotie daardoor kleiner werden. Hij zou dingen gaan doen die verrijkend waren. Misschien zou hij zijn baas zelfs vragen om een vierdaagse werkweek. Hij wilde een betere balans tussen werk en privé-leven.

Hij stond midden in een wagon van de ondergrondse en klemde zich vast aan een stang, waarbij hij zijn lichaam zachtjes liet bewegen op het ritme van de trein van zijn gedachten. Omdat hij in een verheven stemming was, ging als vanzelf zijn blik omhoog en bleef daardoor hangen op een reclame voor een voortgezet educatieprogramma van de universiteit van New York. De timing had niet beter kunnen zijn. Alan stapte uit bij de volgende halte, nam de ondergrondse naar de universiteit en haalde er hun cursusbrochure. Hij haalde daarna brochures bij Parsons, de New School en de YWCA. En toen diepte hij nog meer brochures op uit vuilnisbakken op straat. Hij ging naar huis en bekeek de brochures liggend op de bank met Pancake.

Hij werd onmiddellijk aangetrokken door cursussen als: 'Hoe zorg ik ervoor dat ik word teruggebeld?', 'Creëer je ideale leven' en 'Zelfvertrouwen'. Maar hij voelde zich ook bijzonder aangetrokken tot 'Brandveiligheid in gebouwen', vooral tot de cursus 'Rampenbestrijding in flatgebouwen'. Hij dacht even na over de omschrijving: 'Deze intensieve workshop behandelt de juiste en noodzakelijke handelwijzen om verwondingen tot een minimum te beperken en het verlies van levens te voorkomen in geval van grote branden en explosies, bomdreigingen, terroristische acties en gijzelingssituaties, aardbevingen, ongelukken met giftige stoffen en kernaanvallen.'

Zijn belangstelling reikte verder dan de veiligheid in flatgebouwen en ervoor zorgen dat hij werd teruggebeld. Hij had een groot verlangen om zijn kunstzinnige aanleg te verkennen, die hij, voorzover hij wist, niet had. Hij wilde die alleen voorzichtig opporren om te kijken of er beweging in zou komen. Hij wilde geen creatieve cursus volgen die te moeilijk was, waardoor zijn gebrek aan talent zich zou openbaren. Verrukt trof hij een aantal cursussen aan die misschien niet te veel druk op hem zouden leggen: 'Blik versieren', 'Waterornamenten', 'Marionetten' en 'Potpourri voor beginners', om er maar een paar te noemen.

Alan las zo lang in de brochures dat hij uiteindelijk cursussen tegenkwam die nóg intrigerender klonken – echt fascinerend. Maar telkens realiseerde hij zich teleurgesteld dat hij de naam van de cursus verkeerd had gelezen. De school bood geen cursussen aan als 'Leer incasseren', 'Trek geluk naar je toe', 'Hoe werk je jezelf verleidelijk op?', 'Versierend yoga' en 'Intuïtief vergiftigen voor beginners'. Maar het bleek een zwakke afspiegeling te zijn: 'Leer investeren', 'Trek geld naar je toe', 'Hoe werk je jezelf geleidelijk op?', 'Versterkende yoga' en 'Intuïtief vergaderen voor beginners'. Wat is de werkelijkheid toch saai, dacht Alan. Als je iets las wat er niet stond, was dat altijd nog interessanter dan wat er werkelijk stond. Je mocht je gelukkig prijzen als je je vergissing niet in de gaten had.

Toen Alans bloeddoorlopen ogen eindelijk contact maakten met 'Hoe kom je in aanraking met de goedheid in jezelf?', in de brochure van het Seminar Center, stond hij perplex. Goedheid: wat een gedachte. Hij voelde plotseling dat goedheid de weg was die hij moest gaan. En bovendien kwamen de cursisten maar één keer bij elkaar, de volgende dag al. Dat leek Alan perfect, want hij stond te popelen om aan zijn transformatie te beginnen.

Die nacht sliep Alan goed. Hij arriveerde vroeg voor de cursus op zaterdagmorgen. Om een tafel in de Hongaarse kerk zaten de cursisten. Hij was de enige man. Hij hoopte dat de vrouwen zouden inzien hoe bijzonder het was dat een man op zoek wilde gaan naar de goedheid in zichzelf.

De docente arriveerde. Het was een stevig gebouwde vrouw van middelbare leeftijd, een soort non. Ze droeg haar grijze haar naar achteren in een strakke knot. Hij kon zich gemakkelijk voorstellen hoe ze hem zou helpen bij het zoeken naar zijn innerlijke goedheid.

Ze ging aan het hoofd staan van de tafel en begon: 'Ik wil jullie laten zien hoe de kennis, passie en koestering van de godin in jezelf je kan helpen om je leven te veranderen.'

Alan begreep niet goed waarom de docent naar een godin verwees. Hij keek even naar de brochure van de school, die hij had meegenomen. Zijn pupillen trokken samen toen hij zag dat hij de titel van de cursus verkeerd had gelezen.

Hij stond op en begon op zijn tenen het lokaal uit te lopen.

'Waar ga je heen?!' riep de docente uit.

'Het spijt me, maar ik dacht dat de naam van deze cursus was: "Hoe kom je in aanraking met de goedheid in jezelf?", in plaats van met "de godheid".' Hij grinnikte schaapachtig.

'Als je weggaat, dan bewijs je de vrouwen in dit lokaal een slechte dienst. Dan creëer je negatieve energie – de energie van de terugtrekking –, die mannen zo graag creëren, wat de reden is waarom we deze cursussen nodig hebben. En dan zul je zeker niet in aanraking komen met de goedheid in jezelf.'

'Maar is dit dan geen cursus voor vrouwen?'

'Kijk maar in je brochure. Daar staat: "Een workshop voor mannen & vrouwen."'

Alan vond het gemakkelijker om weer te gaan zitten dan om de energie van de terugtrekking te creëren. Iedereen kreeg te horen dat ze elkaar tijdens dit seminar zouden aanspreken bij de voornaam, voorafgegaan door de woorden 'zuster-godin.'

Alan dacht dat ze in zijn geval misschien een uitzondering zouden maken en hem 'broeder-god Alan' zouden noemen. Maar dat was niet zo. De docente zei dat, aangezien goden in onze seksistische wereld nog steeds worden beschouwd als belangrijker en machtiger dan godinnen, het oneerlijk zou zijn tegenover de anderen als Alan een god zou zijn. Hij zou daarom gewoon zuster-godin Alan zijn. Geen speciale behandeling.

Nadat ze een korte verhandeling had gegeven over Griekse godinnen, zei zuster-godin Jane (de docente): 'Een deel van het aanvaarden van wie je bent als vrouw is je kruis. Mensen die alle vertrouwen hebben in hun kruis zijn gelukkig. Aan het einde van dit seminar zullen jullie dat allemaal zijn.'

De studenten kregen een stuk boetseerklei en de opdracht om een beeldje van hun vagina te vervaardigen, vanuit het perspectief van een gynaecoloog. Alan staarde perplex naar zijn klomp roze klei. Hij probeerde zich voor te stellen hoe zijn vagina eruit zou hebben gezien als hij er een had gehad. De andere vrouwen begonnen meteen te boetseren, en Alan, die mee wilde doen, begon ook te kneden. Toen hij niet langer kon doen alsof hij nog gewoon aan het boetseren was, legde hij zijn stuk klei op de tafel, drukte er met een trillende vinger een gat in en liet het daarbij.

Hij ging op zijn handen zitten om duidelijk te maken dat hij klaar was. Zuster-godin Jane zei meteen tegen hem dat hij zijn vagina gedetailleerder moest maken. Dus plakte hij er nog een vissenstaart aan.

De docente doemde boven hem op. 'Wat stelt deze creatie voor?'

'Mijn vagina. Als ik er een gehad zou hebben,' mompelde Alan.

'Deze vagina is érg aanstootgevend!'

Alan drukte snel de staart tegen de rest aan, streek hem glad en maakte daardoor het gat kleiner. Zuster-godin Jane vond het aanstootgevend dat hij het gat zo klein had gemaakt. Ze zei dat het een typische uiting was van mannen die vrouwen wilden kwetsen en opgewonden werden als ze een vrouw pijn deden. Ze voegde eraan toe: 'Je zou waarschijnlijk het liefst willen dat er helemaal geen gat was, nietwaar? Of alleen een minuscule opening, die strak, heel strak zou zijn, zodat je het zou openscheuren. Want dat is het enige waar jullie om geven: om jullie eigen plezier.' Ze liep weg.

Hij legde zijn vingers op de klei en probeerde zich zo afstandelijk als een gynaecoloog te voelen. In zijn gedachten zei hij tegen de homp klei dat die zich moest ontspannen, diep adem moest halen. Hij legde zelfs een papieren zakdoekje over de achterkant ervan. Godin Jane kwam terug en wees op het zakdoekje. 'Zuster-godin Alan. Wat is dat?'

'Op die manier voel ik me meer op mijn gemak. Het is… klinischer, onpersoonlijker.'

Ze snoof en liet hem met rust.

Hij maakte het gat groot. Als een grot. Zo groot dat het als je er seks mee zou bedrijven was alsof je seks had met lucht. Maar hij moest voorzichtig zijn, want als hij het te groot zou maken, zou godin Jane er iets van zeggen. Hij wist dat ze zou zeggen dat het aanstootgevend was. Dus maakte hij het iets kleiner, maar toch nog tamelijk groot.

'Zuster-godin Alan?'

'Ja, meesteres,' antwoordde hij tam.

'Godin! Geen meesteres,' zei ze geschokt.

'Sorry! Ik bedoel godin. Ja, godin. Zuster-godin Jane.'

'Je kon het niet zo groot laten, hè? Je moest het per se kleiner maken. Je kon gewoon geen grote vagina maken. Je kon de aanblik van een grote vagina gewoon niet verdragen.'

Het klonk Alan in de oren alsof ze een Japans accent had toen ze het woord 'vagina' uitsprak. Haar tanden sneden door de lucht als een guillotine, drie keer neerkomend op 'va-gi-na'.

'Nee, ik dacht dat het u niet zou bevallen als het te groot zou zijn,' zei Alan.

'Denk je soms dat de mijne niet groot is?'

'Ik ben ervan overtuigd dat die van u groot is. Nee! Ik weet het niet,' zei Alan, in de war, terwijl hij de opening met zijn duimen weer groter maakte.

Het gezegde indachtig dat je meteen weer op het paard moet klimmen waar je net vanaf bent gevallen, schreef Alan zich onmiddellijk hierna in voor een volgende cursus. Dit keer verzekerde hij zich ervan dat hij het goed las. Hij koos voor 'Acupressuur voor uw huisdier; alternatieve gezondheidszorg voor uw hond of kat'. Of rat, dacht hij bij zichzelf. De cursusomschrijving was: 'Acupressuur bestaat uit rustige massagetechnieken die kunnen worden toegepast door de eigenaar van een huisdier bij de behandeling van diverse ziekten en gedragsstoornissen. Breng uw huisdier mee naar de les.'

Alan en Pancake gingen naar de les en vonden het erg leuk. Ze waren populair bij de baasjes van de traditionele huisdieren, op een paar hysterische types na.

Dankzij enorme wilskracht slaagde Alan erin om niet te veel aan Lynn te denken. Hij bezocht regelmatig de Anonieme Stalkverslaafden. Mensen praatten daar over hun drang om te stalken. Hij aanvaardde stap 1 van hun twaalfstappenherstelprogramma, die luidde: 'Ik geef toe dat ik machteloos sta tegenover mijn onweerstaanbare drang tot stalken en dat mijn leven stuurloos is geworden.' En hij nam hun geloof aan van 'eens een verslaafde, altijd een verslaafde'. Hij wist dat hij waarschijnlijk de rest van zijn leven die bijeenkomsten zou moeten bijwonen, net als alcoholverslaafden.

Alans nieuwe leven ging goed. Hij meldde zich nu niet meer zo vaak ziek op zijn werk. Hij probeerde zichzelf in diverse opzichten te verbeteren. De nerveuze lichaamstaal van Pancake had ervoor gezorgd dat Alan zich scherp bewust werd van die van hemzelf. Hij oefende zichzelf erin om zich rustig en zelfbewust te bewegen. Hij verbeterde zijn bewegingen en liet alle onnodige gebaren die zijn imago konden aantasten achterwege.

Hij ontwikkelde ook een persoonlijke filosofie voor geestelijke gezondheid. Nadat hij uren had nagedacht over de oorzaak van stalkneigingen concludeerde hij dat het kwam door een probleem met loslaten. Stalkers hadden er moeite mee de persoon door wie ze geobsedeerd werden los te laten.

Dus oefende hij zich in loslaten. Hij kocht een touw, bond dat vast aan de deurklink van zijn badkamer en trok regelmatig aan het touw, minuten achter elkaar, totdat zijn spieren pijn deden, zijn gezicht rood werd en de pezen in zijn nek strak stonden. Daarna liet hij het touw langzaam los, terwijl hij probeerde zich het plezier van loslaten voor te stellen.

Hij ging geloven dat stress werd veroorzaakt doordat je niet los kon laten, waardoor je je spieren krampachtig spande en bang was om ze te ontspannen. Dus liet hij zich masseren en dwong hij zijn spieren om te ontspannen.

Langzaam veranderde Alan. De verandering was voornamelijk innerlijk. Maar soms zijn innerlijke dingen ook uiterlijk zichtbaar.

Hij volgde nog meer cursussen. Hij maakte vrienden. Sommigen van hen waren herstellende stalkverslaafden, net als hijzelf. Hij ging uit met hen en leerde nog meer mensen kennen. Voordat hij het wist, dacht hij tot zijn verbazing dat hij niet meer om Lynn gaf.

Hij ontmoette Jessica, een vrouw met een wapenvergunning. Ze werd zijn vriendin en na drie weken trok ze bij hem in. Alan verbaasde zich erover hoe slechts een paar veranderingen in je leven, zoals het volgen van een cursus en je laten masseren om te ontspannen, een hele positieve kettingreactie konden veroorzaken. Ze waren gelukkig, met z'n drieën.

Jessica en zijn rat konden goed met elkaar overweg.

Ray, de dakloze, merkte de verandering in Alan op en fluisterde hem bemoedigende opmerkingen toe als: 'Ik ben trots op je', 'Je bent een lange weg gegaan, jongen', en: 'Geweldige nieuwe vriendin.'

In diezelfde paar maanden verhuurden Lynn en Roland allebei hun appartement in de stad onder en trokken in Rolands huis op het platteland. Lynn wilde tijdelijk niet meer fulltime haar galerie leiden, en liet dat aan Patricia over, behalve op dinsdag en vrijdag. Dan reed ze mee met Roland, die iedere dag met de auto naar de stad ging. Patricia stelde haar dan van alles op de hoogte, waaronder de laatste afwijzingen die Lynn per post had ontvangen. Lynn had keurig de overige vijf injecties tegen rabiës gehaald; gelukkig waren er geen neveneffecten.

Ze bracht het grootste deel van haar dagen op het platteland met schilderen door; niet omdat ze daar een passie voor had of enige ambitie koesterde om zich te ontwikkelen als kunstenares, maar gewoon omdat ze het een aangename bezigheid vond. Zolang ze zich nog onzeker voelde over haar verlangen naar Roland, bleven de opwinding en chemie bestaan. De dingen veranderden op de dag dat Lynn eindelijk voldoende vertrouwen had om te zeggen: 'Jouw aantrekkingskracht en mijn verlangen zijn blijvend. Dat weet ik gewoon. Ik kan het voelen.'

Op een dag zei Roland tegen Lynn: 'Ik denk dat je dat weekend met Alan toch nog moet doen.'

Ze staarde hem perplex aan. 'Ben je niet goed bij je hoofd?'

Roland zuchtte. 'Doe het voor mij. Ik vind gewoon dat het niet goed was wat ik heb gedaan. Het was niet goed wat wíj hebben gedaan.'

'Vergeet het maar. Geen sprake van.' Ze stond op en verliet de kamer.

Hij volgde haar. 'Ik denk dat het belangrijk is om je fatsoenlijk te gedragen.'

'Waarom nu? Wat is er aan de hand?' vroeg ze.

Hij gooide zijn handen in de lucht en ging naar buiten naar zijn ligstoel. Hij vond het heerlijk om bruin te worden. Zij niet. Ze zei dat het gevaarlijk was, dat hij er huidkanker van kon krijgen. Hoe meer ze er bij hem op aandrong om niet bruin te worden, hoe meer hij het deed, totdat zijn gezicht helemaal begon strak te trekken.

De waarheid was dat, nu Lynns verlangen naar Roland blijvend leek te zijn, hun romance voor hem minder aantrekkelijk was. Dat Alan Lynn niet langer wilde, maakte het voor Roland moeilijk om haar te blijven willen. Het stel maakte constant ruzie. Roland werd beledigend en kleineerde Lynn regelmatig.

Op de koop toe kreeg Lynn ook nog een telefoontje van Patricia. Judy was overreden door een vrachtwagen en was daarbij overleden. Patricia en Lynn speculeerden over de vraag of Judy het expres had gedaan, om 'haar levenslust een nieuwe impuls te geven', zoals ze het maanden geleden had geformuleerd. Het bericht kwam hard aan bij Lynn.

'Als je het mij vraagt,' zei Roland, 'zullen al haar vrienden zich wel verantwoordelijk voelen voor haar dood.'

'Ik was een van haar vriendinnen,' zei Lynn, terwijl ze hem aankeek.

'Dat weet ik,' zei hij, en hij keek terug.

'Jij vindt dat het mijn schuld is?'

'Zeker. Maar gedane zaken nemen geen keer.'

'Jij noemt de dood van een vriendin een gedane zaak?'

'Als je echt om haar had gegeven, dan zou je ervoor hebben gezorgd dat ze niet in die toestand terecht was gekomen.'

Hij wist dat hij niet aardig was, maar kon het niet laten. Hij was niet gelukkig en wilde dat zij dat ook niet zou zijn. Telkens als zij gelukkig leek, irriteerde dat hem.

Ze vertelde hem dat ze erover dacht om een einde te maken aan hun relatie. Hij zei dat ze dat niet kon doen, omdat hij een verrassingsweekend voor hen had geboekt in een recreatiepark waarover hij had gelezen in het tijdschrift *Hedonisme*.

Ze gingen naar het kuuroord. Ze werden verzorgd en verwend door drie personeelsleden. Hun kamer had een enorm bed met veel kussens, wat de verrukkingen van seks verhoogde. Maar seks was een van de weinige dingen waar ze geen problemen mee hadden. Lynn was altijd al onder de indruk geweest van Roland als minnaar.

Na het weekend probeerde Lynn aardig te zijn, en ze kocht leuke knopen voor Roland.

Toen Roland het pakje openmaakte zei hij: 'O, mooi, mijn knopenvoorraad was op.'

'O ja? Maar gisteren heb je nog nieuwe gekocht.'

'Als je dacht dat ik nog knopen had, waarom heb je deze dan voor me gekocht?'

'Voor je verzameling.'

'Welke verzameling? Ik verzamel geen knopen. Ik verlies ze. Dat heb ik je al eens verteld. Als je van me verwacht dat ik deze knopen bij mijn verzameling ga doen, dan moet ik je teleurstellen, want ik ben van plan om ze te verliezen. Je kunt ze maar beter terugbrengen naar de winkel. Ze zien er duur uit.'

'Misschien naai je ze niet stevig genoeg vast. Misschien moet ik het de volgende keer doen.'

'Het maakt niet uit hoe stevig je ze zou vastnaaien. Ik verlies ze toch.'

'Waarom?'

'Wist ik het maar. Ik denk dat ik er niets aan kan doen.'

Roland probeerde een betere vriend te zijn. Hij probeerde met haar mee te leven en haar complimentjes te geven. Dat deed hij door dingen te zeggen als: 'Zit het je dwars dat je vrienden je niet echt mogen?'

'Waar heb je het over?' vroeg ze. 'Mijn vrienden zijn gek op me.'

'Nee, niet echt. Ik voel die dingen heel goed aan.'

Hij gaf haar complimentjes als: 'Het is echt geweldig dat je vaak modetijdschriften leest.'

'Waarom?'

'Omdat je daarmee laat zien dat je echt geïnteresseerd bent in de buitenwereld. Het is beter dan op de bank zitten en naar de muur staren.'

Maar Roland haalde ook streken uit met Lynn. Gemene grappen. Hij sprak met haar af in een restaurant en ging dan in een ander restaurant zitten wachten. Ze maakten ruzie over sinaasappelsap.

Af en toe, als hij zich ergerde, vloog zijn hand omhoog, alsof hij haar wilde slaan, maar die bleef dan onbeweeglijk in de lucht hangen. Op een keer kwam zijn hand neer op zijn eigen gezicht. Hij gaf zichzelf een klap.

Lynns gevoel van eigenwaarde begon eronder te lijden. Toen ze twijfels uitsprak over hun relatie, zei Roland dat hij, ondanks al haar zwakheden en tekortkomingen, van haar hield. Hij was hulpeloos.

Lynn gaf het nog niet op en hoopte dat het beter zou gaan.

Ze bespraken de problemen in hun relatie, probeerden met oplossingen te komen. Lynn schilderde zijn portret terwijl hij druiven at, een been bengelend over de leuning van zijn stoel.

'We zijn ontevreden,' verkondigde hij. 'We beleven geen plezier aan ons leven of aan elkaar.'

'Dat weet ik,' zei Lynn, terwijl ze zwart met blauw mengde om de juiste schaduw voor zijn ogen te krijgen – een kleur blauw die ze prachtig vond, een blauw dat zo zwart was dat zijn ogen bijna dood leken.

'De reden waarom we niet gelukkig zijn,' zei Roland, 'is dat we door de stad uit te gaan het perspectief zijn kwijtgeraakt.'

'Wat bedoel je?' vroeg ze, terwijl ze nog een beetje zwart toevoegde.

'We moeten omgaan met mensen die een rottiger leven hebben dan wij om onszelf eraan te herinneren hoe gelukkig we zijn. Ik denk dat een ontmoeting met Alan goed voor ons zou zijn.'

Ze dacht erover na. Het was waar dat het goed zou zijn als ze contact hadden met iemand die zo beklagenswaardig was als Alan. Dan zouden ze de weinige goede dingen aan hun relatie niet langer als vanzelfsprekend beschouwen. En misschien konden ze ook proberen om Alan te helpen; dat zou hun het gevoel geven dat ze een goede daad verrichtten.

Roland besloot Alan meteen te bellen om een ontmoeting met hem te regelen.

7

Op dat moment had Alan een pijnlijke erectie, zoals elke middag die week. Alan speelde een rol in een film en de bijzonder sexy vrouw in wier appartement de film werd opgenomen deed er alles aan om hem te verleiden. Hij had een paar dagen vrij genomen om Bob, een van zijn nieuwe vrienden, een dienst te bewijzen. Bob had hem gesmeekt om een rol te spelen in een intellectuele, onafhankelijke film die hij aan het maken was. Het was zelfs een behoorlijk grote dienst, omdat de belastingformulieren binnenkort ingeleverd moesten worden en Alan er elke week gemiddeld veertig moest invullen. Bob was erin geslaagd om Alan over te halen door hem te vertellen dat Alan weliswaar geen beroepsacteur was, maar toch de ideale persoon voor deze film: iemand met een nobel voorkomen. Gevleid pruttelde Alan een beetje tegen dat hij niet zo iemand was, ook al wist hij dat hij dat nú wel was, en stemde toe.

Het filmen vond plaats in een luxueus appartement aan Fifth Avenue, ter hoogte van Eleventh Street. Alan maakte gebruik van de tijd tussen de opnamen in om de belastingteruggaven voor te bereiden, maar de verleidelijke eigenares van het appartement leidde hem telkens af. Zijn penis was constant in erectie, wat hem schokte, aangezien hij zijn geweldige vriendin, Jessica, nooit zou bedriegen. Een maand eerder hadden ze officieel besloten om hun relatie monogaam te maken, ook al was het daarvoor niet anders geweest.

Gelukkig had Alan de dag ervoor een erg plezierige oplossing voor zijn lustgevoelens ontdekt. Het appartement had grote, luxe badkamers, en als zijn erectie zijn concentratie in de weg stond, excuseerde hij zich beleefd door naar zijn mobiele telefoon te wijzen, trok zich terug in een van de verst afgelegen badkamers en belde daar zijn vriendin. Jessica bracht gelukkig haar middagen thuis door, waardoor ze zich zonder problemen met telefoonseks kon bezighouden. Ze hadden dit al vaker gedaan, maar deze week kwam het erg van pas.

'Waarom ben je buiten adem?' vroeg hij toen ze de telefoon opnam.

'Ik ben voor jou aan het trainen,' zei ze. Plotseling hoorde hij een aerobicsvideo op de achtergrond.

Alan vroeg haar om haar kleren uit te trekken. Ze was altijd in voor telefoonseks. Evenals voor echte seks.

'Ik trek nu mijn ondergoed uit,' zei ze, terwijl ze zich heen en weer bewoog over een man die zijn penis in haar had.

'Heb je nu alles uit?' vroeg Alan, terwijl hij op de grond lag, op een groot, zacht roze badkamerkleed met zijn onderbroek en broek op zijn dijen.

'Ja, oeps, wacht even, mijn broekje blijft aan mijn hak haken. Zo,' zei ze, terwijl ze zich langzamer neer liet zakken op de penis van haar minnaar voor de middag, die wist dat hij niets mocht zeggen als Alan belde. Zijn handen lagen op haar billen, terwijl hij probeerde het tempo te verhogen, maar ze hield van langzaam, vooral tijdens telefoonseks met Alan. De middagminnaar was hier niet afkerig van. Hij lag met zijn armen en benen uit elkaar in Alans witte fauteuil, de stoel zonder leuningen, de ideale stoel voor Jessica om haar minnaar te berijden op de manier die ze allebei lekker vonden. De witte stoel begon steeds meer vlekken te vertonen, maar Jessica boende ze na ieder ritje ijverig weg, maar ze werden alleen maar bleker en groter.

Halverwege de telefoonseks kreeg Jessica een wisselgesprek. Omdat ze zich het telefoontje van haar ochtendminnaar niet wilde laten ontgaan nam ze op. Het was een man met een Frans accent die vroeg naar Alan en beweerde een oude vriend te zijn. Hij zei dat hij Roland heette. Ze gaf hem Alans mobiele nummer en voegde eraan toe: 'Maar op dit moment heb ik hem op de andere lijn, dus wacht nog even met bellen.'

Dertig seconden later was het Alans beurt om te vertellen dat hij een wisselgesprek had.

'Wat een klotekerel, ik zei hem nog zo dat hij moest wachten,' zei Jessica.

'Wie?' vroeg Alan.

'De zak die net belde en ons onderbrak. Gewoon niet opnemen.'

'Ik moet wel. Het zou mijn vriend John kunnen zijn, die vreselijk in de problemen zit.'

'Nee, zo heette hij niet. Ik weet het niet meer precies, maar John was het zeker niet.'

'Het zou iemand anders kunnen zijn die in nood verkeert. Blijf even hangen.'

Alan nam het andere gesprek aan. Het was inderdaad zijn vriend John, die vreselijk depressief klonk. Hij verontschuldigde zich tegenover Jessica, omdat hij zo midden in hun telefoonseks moest stoppen.

'Je gaat je gang maar, schat. Het is moeilijker voor jou dan voor mij,' zei ze.

Alan lachte. 'Waarom?'

'Ik kan het afmaken, maar jij moet met John praten.'

'Veel plezier.' Alan deed de rits van zijn broek omhoog en schakelde terug naar zijn vriend in nood: een doorgewinterde stalkverslaafde van een AS-bijeenkomst.

Huilend zei John dat hij op het punt stond de vrouw te stalken die hij al maanden niet probeerde te volgen. Alan probeerde hem voor de zoveelste keer zover te krijgen om die domme vrouw te vergeten. 'Heb je de cadeaubon voor die massage nog gebruikt die ik je heb gegeven?'

'Nee.'

'Nou, gebruik die dan, man. Dat helpt echt.'

'Ik wil haar volgen.'

'Dan belt ze de politie weer.'

John snotterde.

'Of kom hierheen,' zei Alan. 'Kom naar de set. Er is hier een aardige vrouw, de eigenares van dit appartement. Ze is heel sexy, echt een hete meid. Ik zal je aan haar voorstellen.'

'Een andere vrouw interesseert me niet.'

'Ik weet hoe het is. Je hoeft mij niets te vertellen. Laat je dan masseren.'

Er klonk een luide klop op de badkamerdeur. Het was de regisseur die hem riep voor de volgende scène. Het speet Alan dat hij de filmploeg moest laten wachten, maar hij vond dat het zijn verantwoordelijkheid was om met zijn vriend te praten totdat die zijn obsessie weer de baas was.

Roland ijsbeerde heen en weer, niet zeker hoe lang hij geacht werd te wachten voordat hij Alan op zijn mobiele nummer kon bellen. Lynn zat op hun bed en sloeg hem gade.

'Ik denk dat het allemaal goed gaat komen,' zei hij. 'De telefoon in zijn appartement werd opgenomen door een meisje. Het zou een vriendin of familielid kunnen zijn, maar zelfs als het een vriendin is, dan wil dat nog niet zeggen dat zijn leven nu leuk is. Ze stond te hijgen, en ik kon een aerobicsvideo op de achtergrond horen. Waarschijnlijk betekent dit dat ze dik is en probeert calorieën te verbranden, wat zou kunnen verklaren waarom ze omgaat met een man als Alan: ze kon niets beters vinden.'

Lynn bladerde door een tijdschrift.

Roland keek op zijn horloge. Er was een halfuur verstreken. Hij had nu lang genoeg gewacht. Hij belde Alans mobiele nummer. Opnieuw nam Alan niet zelf op. Ditmaal was het een man die vroeg of Roland even wilde wachten. Roland luisterde en spitste zijn oren. Plotseling hoorde hij: 'Cut!' Hij fronste. Toen hoorde hij mensen klappen en zeggen: 'Wauw, dat was geweldig, Alan', en de sexy stem van een vrouw: 'Alan, dat was ongelofelijk', en toen iemand anders: 'Er is hier iemand voor je aan de telefoon, Alan!'

Vier dagen later zat Alan met Lynn en Roland in een koffieshop. Roland had niet gezegd waarom ze hem hadden uitgenodigd; hij had alleen beweerd dat het leuk zou zijn om elkaar te zien. Toen Alan enige druk op hem had uitgeoefend om een meer geloofwaardige reden te geven, met de toevoeging dat hij deze week tweeënveertig belastingformulieren moest invullen en zich ook nog eens moest voorbereiden op een filmrol, had Roland mysterieus geantwoord: 'Ik denk dat het voor ons allemaal goed zou zijn.'

Roland bemerkte Alans aarzeling en overhandigde de hoorn aan Lynn. Hij drong er bij haar op aan iets aanmoedigends te zeggen. Omdat ze niet wist wat ze moest zeggen gooide ze eruit dat ze ook van Long Island kwam, en ze vroeg hem uit welke stad hij kwam. 'Uit Cross,' zei hij. Zij zei dat ze uit Stanton kwam, een naburige stad.

De dag erna nam Alan hun uitnodiging aan.

Maar tijdens hun ontmoeting begon hij zich af te vragen of hij daar wel verstandig aan had gedaan; hun vragen namen een vreemde wending. Eerst hadden ze hem simpele dingen gevraagd, zoals wat de plot van de film was waarin hij speelde.

'Een getrouwde vrouw wordt verliefd op een andere man,' had Alan geantwoord.

'En wat is jouw rol?'

'De andere man.'

Maar daarna vroegen ze hem hoe het met hem ging. Hij antwoordde: 'Het gaat prima met me, dank je.'

'Het moet moeilijk voor je zijn geweest, wat wij hebben gedaan.'

Alan snapte niet wat de bedoeling was – wilden ze soms zijn moordzuchtige gedachten weer oproepen? 'Het was inderdaad moeilijk.'

'Dat kan ik me voorstellen,' zei Lynn. 'Moest je in therapie?'

'Ja.'

'Heb je ooit gedacht aan zelfmoord?' zei Roland.

'Ja.' Alan zag een twinkeling in hun ogen. 'Ik had ook moordzuchtige gedachten.'

Daar waren ze duidelijk minder in geïnteresseerd. Ze leken alleen te willen horen over ellende. En minder over boosheid.

'En nu? Hoe gaat het nu met je? Ben je eenzaam? Depressief? Ongemotiveerd?' vroegen ze hoopvol.

'Nee,' zei Alan.

Roland krabde aan zijn wang. Na een tijdje zei Lynn: 'Het zal niet gemakkelijk voor je zijn om ons nu te zien. Ik bedoel, het zal wel pijnlijk zijn.'

'Nee, integendeel. Ik besef nu juist hoeveel beter ik me nu voel. Hoeveel beter mijn leven nu is. Weet je, in zekere zin zou ik jullie zelfs dankbaar moeten zijn voor wat jullie me hebben aangedaan. Als jullie me niet hadden geholpen om de bodem te bereiken, dan zou ik me misschien niet hebben afgezet om terug te komen.'

Het was walgelijk hoe hij maar doorging over zichzelf, die kleinzielige, egocentrische zak, dacht Roland.

'Dat is een erg edelmoedige manier om ertegenaan te kijken,' mompelde Lynn. Ze sloeg Alan scherp gade. In een paar maanden tijd was zijn lichaamstaal volkomen veranderd. Hij was kalm en hij leek geen wrok te koesteren, wat opmerkelijk was. Hij was erboven uitgestegen. Wacht eens even. Zou hij soms Prozac of iets dergelijks gebruiken?

'Hoe gaat het met je werk?' vroeg Roland.

'Goed.'

'Ben je al partner?'

'Nee.

'Afdelingshoofd?'

'Nee.'

'Dus je doet nog steeds het saaie werk?'

'Ja, maar dat vind ik prima.'

'Gebruik je antidepressiva?' vroeg Lynn.

'Nee.'

'Maar je bent zo veranderd!' zei ze. 'Je beweegt je niet eens meer op dezelfde manier. Je lijkt minder geagiteerd, en je trekt niet meer van die overdreven rare gezichten.'

Alan was zo goed aangepast dat hij nauwelijks de steek onder water voelde. Niettemin wenkte hij de ober, in de wetenschap dat hij dit keer meer kans maakte op een goed resultaat. 'Mag ik een biertje van u?' vroeg hij aan de ober.

'Mag ik uw identiteitsbewijs even zien?' vroeg de ober.

Bingo. Alan keek even pesterig naar Roland, die al een biertje voor zich had staan en wie niet was gevraagd om een identiteitsbewijs.

Roland zei tegen de ober: 'Denkt u echt dat hij jonger dan eenentwintig is?'

'Je weet het maar nooit,' zei de ober.

'Het spijt me, maar ik ben mijn rijbewijs kwijt,' zei Alan. 'Kan ik dat biertje toch krijgen? Ik ben vierendertig, een jaar ouder dan deze man hier, en hem hebt u niet om een identiteitsbewijs gevraagd.'

'Ik heb de opdracht om af te gaan op mijn eigen inzicht,' zei de ober. 'Ik mag geen bier serveren zonder identiteitsbewijs.'

'Best, geen probleem,' zei Alan. 'Geef me dan maar een cola.'

Toen de ober weg was vroeg Roland aan Alan: 'Heb je die rat nog?'

Alan glimlachte. 'Pancake is een geweldig huisdier.'

'Weet je,' zei Roland, terwijl hij glimlachte en Lynns hand streelde, die op het tafeltje ruste. 'Ik vertelde Lynn pasgeleden nog dat ik vond dat je misschien toch dat weekend met haar zou moeten hebben.'

Lynn staarde Roland geschokt aan.

'Ik voel me… gevleid,' zei Alan, niet op zijn gemak. 'Maar ik heb inmiddels een relatie.'

'Ze b. Of is het een hij?' vroeg Roland.

'Een zij,' antwoordde Alan.

'Is het dat meisje dat de telefoon opnam toen ik je belde?'

'Ja.'

'Is ze dik?'

'Nee, waarom vraag je dat?'

'O, omdat ze duidelijk aan het trainen was. Je weet wel; een aerobicsvideo op de achtergrond, hijgend, dus dacht ik dat ze… waarschijnlijk wel dik zou zijn, en aan het proberen was wat om er wat pondjes af te krijgen.'

'Toen jij belde was ze eigenlijk met mij aan het bellen – zoals ze je ook vertelde – en de reden waarom ze hijgde was dat we telefoonseks hadden.'

Roland en Lynn zagen er verslagen uit.

'Wat voor werk doet ze? Heeft ze een sekstelefoonlijn of zoiets?' vroeg Roland.

'Nee, ze is privé-detective.'

'Echt waar?'

'Ja. En ze heeft haar eigen pistool.'

Alan zag hoe ze die informatie in zich opnam.

'Dus ze is een professionele stalker…' overpeinsde Roland. 'Wat een ideale combinatie voor jou. Hoe heb je haar ontmoet?'

Alan aarzelde en bekende uiteindelijk: 'Ik kwam van een bijeenkomst van de AS… dat betekent Anonieme Stalkverslaafden… en zij kwam uit een bijeenkomst in het lokaal ernaast, en we ontmoetten elkaar op de gang.'

'Naar wat voor bijeenkomst was zij geweest?'

Alan wilde niet echt iets kwijt aan deze problematische mensen. Maar uiteindelijk deed hij het toch, omdat hij zich er niet echt voor schaamde. 'Anonieme Seksverslaafden.'

Rolands ogen waren als pingpongballetjes die onder water worden losgelaten. 'Ze is een seksverslaafde?'

'Was.'

'Ben je niet bang dat ze je zal bedriegen?'

'Nee. Het gaat nu veel beter met haar. Net als met mij.'

'Ze zal je rat wel een eng beest vinden.'

Alan fronste en schudde zijn hoofd. 'Nee, vrouwen met een pistool zijn meestal niet bang voor een rat.'

'Je bedoelt, omdat ze die kunnen doodschieten?'

'Nee, het is gewoon een stoerder soort vrouwen.'

Ze stelden hem nog meer vragen en Alan kreeg het gevoel alsof ze het antwoord op een raadsel probeerden te vinden. En het was duidelijk wat dit raadsel was: wat deugt er nog steeds niet in Alans leven? Ze vonden het zo moeilijk om met een antwoord te komen dat Alan besloot om ze een hint te geven, in de vorm van een nieuw raadsel. Hij sloeg zijn handen in elkaar op het tafeltje en zei: 'Wat is groter dan God, slechter dan de duivel, de rijken hebben het nodig maar de armen hebben het?'

'Zeg het maar,' zei Roland.

'Maar ik heb het al gezegd,' zei Alan.

'Wat zei je dan?'

'Ik heb jullie net het raadsel opgegeven.'

'En wat moeten wij daarmee?'

'Het verwijst naar het grotere raadsel.'

'Welk groter raadsel?'

'Het raadsel dat jullie allebei proberen op te lossen sinds we hier zitten.'

'En wat is dat grotere raadsel?'

'Dat hoef ik jullie niet te vertelen. We weten alle drie wat dat is,' zei Alan.

'Nou, wat is het antwoord dan?' vroeg Roland.

'Hetzelfde als het antwoord op het kleine raadsel. Ik zal jullie helpen. Het schijnt dat leerlingen uit groep 5 dit raadsel vaker weten op te lossen dan studenten aan een universiteit.'

Op de rit terug naar het platteland was Roland in een slecht humeur. Hij probeerde het antwoord op het raadsel te vinden. Hij herhaalde het hardop in zichzelf terwijl hij reed. Lynn keek uit haar raam, in gedachten verzonken. Zacht zei ze uiteindelijk: 'Het is niets.'

'Wat?' zei hij, en hij draaide zich boos naar haar toe. 'Wat zeg je? Praat eens wat harder!'

'Niets.'

'Je zei iets. Zou je zo vriendelijk willen zijn om dat ene ding te zeggen wat je zo onbeleefd mompelde, *nom de merde!*'

'Niets, dat is het...'

Hij hief zijn hand op om haar te slaan. Zij hief haar arm op om haar gezicht te beschermen. De auto zwenkte. Ze gilde. Er werd getoeterd. Hij zette de auto aan de kant van de weg.

'Vertel me nou verdomme wat je zei,' zei hij op een kille toon.

Haar ogen werden groot van angst en ze koos haar woorden

zorgvuldig. Ditmaal keek ze wel uit om haar antwoord met 'niets' te laten beginnen. 'Het antwoord op het raadsel,' zei ze, 'ís het woord "niets". Dat probeer ik je nu al de hele tijd te vertellen.' Ze wachtte, nog steeds bang dat hij haar misschien zou slaan. Maar in plaats daarvan keek hij naar het stuur en maakte geluidjes terwijl hij het raadsel overdacht. 'Hmm,' zei hij uiteindelijk.

Lynn voegde eraan toe: 'En wat is er mis met Alans leven? Niets.'

'O, hij denkt dat hij slim is, de zak, met zijn raadsel.'

Lynn staarde naar Roland. Hij startte de auto en mompelde: 'Alan met zijn stomme raadsel dat zo simpel is dat alleen leerlingen uit groep 5 het kunnen raden. En Lynn.'

Drie weken later ging de telefoon toen Alan de liefde bedreef met zijn vriendin. 'Niet opnemen,' mompelde ze, met haar mond vol.

'Ik moet wel. Het zou mijn vriend Martin kunnen zijn, die de laatste tijd zelfmoordneigingen heeft.'

Alan nam de telefoon op en Jessica hield op met datgene waarmee ze bezig was, uit respect voor de suïcidale Martin. Verrast riep Alan uit: 'Lynn?' Hij ging een beetje overeind zitten.

Jessica ging onmiddellijk verder. Alan probeerde haar weg te duwen, maar hij wist dat dat weinig zin had.

'Ja, ik ben het,' zei Lynn. 'Hoe gaat het met je?'

'Goed, en met jou?'

'Hmm, niet zo goed. Daarom bel ik ook. Ik wilde je om een gunst vragen. Eh…' Ze zei dat het niet zo goed ging met Roland.

Alan voelde zich niet op zijn gemak omdat Jessica zo toegewijd en lekker met hem bezig was. Hij wist niet hoe hij het gesprek met Lynn kon afkappen, die tamelijk overstuur klonk.

'Het spijt me te horen dat het niet zo goed gaat. Je zei dat je me om een gunst wilde vragen?'

'Ja, zie je, ik was echt onder de indruk van hoe jij veranderd bent , hoeveel gelukkiger je nu lijkt te zijn. Het is wonderbaarlijk hoe jij je leven een andere wending hebt gegeven, al denk ik niet dat je het een wonder kunt noemen, gezien al het werk dat je er waarschijnlijk voor hebt gedaan. En dus zei ik bij mezelf: als Alan het kan, dan kan iedereen het. Dat is niet beledigend bedoeld, hoor, Alan.'

'Oké,' zei Alan. Hij begon met Jessica's pistool te spelen, dat bij haar kleren lag die in een hoop op de grond waren gegooid. Nadat hij de kogels eruit had gehaald, draaide hij het pistool rond zijn vinger. Jessica was nog steeds met hem bezig.

'Maar goed,' zei Lynn. 'Ik vroeg me af of je het erg zou vinden om met Roland af te spreken, maar deze keer alleen jullie tweeën, zodat jij hem misschien kunt adviseren, of… ik weet niet… gewoon iets voor hem kunt betekenen.'

Alan vroeg zich af of dit een practical joke was. Maar hij wist hoe hij echte ellende kon herkennen. 'Weet Roland hiervan?'

'Nee.'

'En jij denkt dat hij dit wel zou willen?'

'Nee. Nooit. En je zult hem erin moeten luizen; je moet doen alsof jij problemen hebt en hem in vertrouwen wilt nemen. Geef hem het gevoel alsof hij jou een dienst bewijst, en niet of jij mij een dienst bewijst. Dan zal hij het wel doen.'

'Luister, ik ben gevleid dat jij denkt dat ik veranderd ben. Maar weet je, ik heb het erg druk op het ogenblik. Ik zou willen dat ik je kon helpen, maar ik heb er gewoon de tijd niet voor.'

Er was een stilte aan de andere kant. Toen zei Lynn zacht: 'Jij was mijn laatste hoop. Dan zal ik een einde moeten maken aan onze relatie.'

'Is het echt zo erg?'

'Nog erger,' zei ze. Hij kon haar horen huilen. 'Hij mishandelt me geestelijk en soms bijna lichamelijk.'

'Dan moet je bij hem weggaan! Ga bij hem weg!' zei Alan, terwijl hij het pistool op de klok op de muur richtte alsof het een hoofd was.

'Dat kan ik niet… nog niet. Ik denk steeds maar dat het wel weer beter zal gaan,' zei ze. 'Als er maar iemand was die een goede invloed op hem kon uitoefenen.'

Jessica kreeg er kennelijk genoeg van. 'Oké. Ik doe het,' zei Alan. Hij wilde het gesprek graag beëindigen, zodat hij door kon gaan met zijn vriendin.

'Ontzettend bedankt,' zei Lynn.

'Graag gedaan. O, maar welk probleem heb ik?'

'Doet er niet toe. Dat… Dat je bang bent dat je vriendin je bedriegt?'

De volgende dag kwam Lynn thuis met zakkenvol boodschappen. Roland liep opgewekt in zijn boxershort de keuken in. 'Raad eens wie er net gebeld heeft?'

Ze had hem in tijden niet zo vrolijk gezien. 'Wie dan?'

'Alan.'

'O ja?'

'Ja.' Roland plukte een druif uit een van de zakken en stopte die in zijn mond.

'Waarom?'

'Het lijkt erop dat ik toch gelijk had. Niemand heeft een volmaakt leven. Ook hij niet, ook al deed hij nog zo zijn best om te doen alsof het wel zo is. Hij heeft problemen.'

'Wat voor problemen?'

'Hij wil met me afspreken, voor een gesprek van man tot man, voor een vertrouwelijk gesprek. Wat een sukkel.'

Verdrietig zette Lynn de melk in de koelkast.

Roland ging verder. 'En dus bedacht ik heel slim dat wij er misschien ook iets aan zouden kunnen hebben.'

'Wat bedoel je?'

'Nou, in ruil voor de gunst die ik hem bewijs vroeg ik hem of hij ons zijn appartement wil laten zien.'

'Waarom?'

'Zodat we iets zullen hebben waar we daarna om kunnen lachen. Voor het geval zijn problemen niet groot genoeg zijn.'

'Maar als hij je echt van man tot man wil spreken, dan kan ik niet met je meegaan.'

'We kunnen toch gewoon bij hem thuis afspreken, en daarna weggaan? Jij gaat dan iets anders doen terwijl ik met hem ga lunchen.'

'Ik heb geen zin om de stad in te gaan.'

'Wat kun jij vervelend doen. Ik wil dat je meegaat. Ik heb dit voor jou geregeld.'

'Wat heb je voor mij geregeld?'

'Dat hij ons zijn appartement wil laten zien! Ik heb dat geregeld ter wille van onze relatie, zodat er tussen jou en mij hopelijk een beetje *rapprochement* komt doordat we samen ergens om kunnen lachen. Als je niet met me meegaat, dan zie ik dat als een teken dat onze relatie je niet meer interesseert.'

Lynn zuchtte. 'Oké, ik ga wel mee.'

Hij duwde haar tegen de koelkast en tilde haar rok op. De magneetjes op de koelkast piepten terwijl ze in haar rug prikten. Ze deed een zwakke poging om hem af te weren. Hij gaf niet op. Er was eigenlijk nog maar één situatie in hun dagelijks leven waarin ze hem niet afstotend vond, en dat was als hij deed alsof hij zich aan haar opdrong. Maar zelfs het aantrekkelijke daarvan werd minder.

'Je woont hier aardig,' zei Roland. Hij stond in Alans zitkamer met Lynn naast hem. 'Alleen die witte stoel past hier niet. Hij is smerig.'

'Ik weet het,' zei Alan. 'Ik ben er erg aan gehecht, maar hij moet eigenlijk weg. Ik ben telkens van plan om hem weg te doen, maar wil hem ook niet zomaar bij het grofvuil zetten. Ken jij iemand die hem zou willen hebben?'

'Mijn god, nee. Dump hem gewoon. En die rat ook, als je het mij vraagt. Zullen we gaan lunchen?'

'Ja,' zei Alan. 'Lynn, red je het hier wel in je eentje? Je kunt hier gewoon blijven terwijl wij weg zijn, als je soms nog wat wilt rusten. Er is genoeg eten in de koelkast.'

Lynn wilde protesteren, maar Roland onderbrak haar. 'Dat is heel aardig van je, Alan. Ik weet zeker dat Lynn graag even wilt rusten voordat ze gaat winkelen.'

Lynn rolde met haar ogen vanwege Rolands flauwe, beledigende, dubbelzinnige opmerkingen.

'Goed dan. Nog even naar het toilet, en dan gaan we.' Alan verliet de zitkamer.

Roland fluisterde tegen Lynn: 'Als we weg zijn, snuffel dan een beetje rond. Probeer dingen te vinden waar we later om kunnen lachen. Geloof me, dat hebben we nodig.'

Lynn bleef alleen achter in het appartement. Roland liet een knoop vallen bij de buitendeur.

Ray was verbaasd toen hij zag dat Lynn en Roland het gebouw binnengingen, maar was nog verbaasder toen hij Alan en Roland samen zag vertrekken, terwijl Lynn alleen binnenbleef. Hij vroeg zich af wat dit allemaal te betekenen had, maar hij onderdrukte zijn nieuwsgierigheid door tegen zichzelf te zeggen dat er vast een banale verklaring voor was. Vreemde mensen probeerden hem te kwellen, en hij was vast van plan om zich daartegen te verzetten.

'Wat is je probleem dan wel, maatje?' vroeg Roland, terwijl hij in een cheeseburger beet.

Dat Franse accent ging niet goed samen met zijn Amerikaanse manier van praten.

'Ik ben bang dat mijn vriendin me bedriegt,' zei Alan, die niet de tijd had gehad om een betere smoes voor hun afspraak te bedenken.

'Hmm. Vervelend om te horen. Maar voordat we verdergaan: ik heb me altijd afgevraagd waarom een seksverslaving een probleem is.'

'Het staat werk en relaties in de weg.'

'Hoe staat het haar werk als privé-detective dan in de weg?' grinnikte Roland (het lukte hem om op een normale manier te grinniken).

'Ze werd bijvoorbeeld ingehuurd om een man te volgen, om erachter te komen of hij een minnares had. Dat was niet het geval, maar het einde van het liedje was dat ze zijn minnares wérd.'

'O, ik begrijp het. En jij zei dat je haar hebt leren kennen toen ze bij een bijeenkomst van seksverslaafden was geweest, en jij bij een bijeenkomst van stalkverslaafden? Hoe hebben jullie een relatie gekregen?'

'Die twee bijeenkomsten eindigen op hetzelfde tijdstip. Vaak gluren stalkers en seksverslaafden naar elkaar. Het is niet ongebruikelijk dat leden van de ene groep afspraakjes maken met leden van de andere groep.'

'Ga door.'

'Er hangt altijd een broeierige sfeer als de stalkers en seksverslaafden samenkomen in de hal. Ze proberen wel de verleiding te weerstaan, en de meesten gaan er dan ook haastig vandoor. Omdat zij een professionele stalker is, vond ze het leuk dat ik me niet leek te schamen voor mijn verslaving. Dat was belangrijk voor haar, aangezien mijn verslaving haar beroep is en ze niet met iemand wilde omgaan die zich schaamde voor wat zij in het dagelijks leven deed. Het is tamelijk ironisch dat zij zich wel schaamt voor haar eigen verslaving.'

'Schaamt ze zich omdat ze seksverslaafd is?'

'O, ontzettend. Eigenlijk ontkent ze het volledig. Eerst niet, maar later, toen ze haar verslaving onder controle begon te krijgen, wilde ze zichzelf niet langer als seksverslaafd beschouwen. Ze raakte ervan overtuigd dat ze het niet meer was. Ik moest haar constant herinneren aan het twaalfstappenprogramma: eens een verslaafde, altijd een verslaafde.'

'Nou, misschien is ze het inderdaad niet meer,' zei Roland.

Alan keek hem wanhopig aan. 'Een van onze constante twistpunten is dat ze wil dat ik als een roze konijn naar Central Park ga om in het openbaar met haar te neuken.'

'Is ze gestoord?'

'Nee. Ze is verslaafd aan seks.'

'Maar ze wil in het openbaar neuken. Midden tussen de mensen.'

'Ja, maar door het kostuum dat ik dan zou dragen, zou het niet al te expliciet zijn.'

'Hebben jullie vaak seks?'

'Behoorlijk vaak. Ze heeft iets van een lieve patiënte die afhankelijk is van haar medicijnen. Maar de bijeenkomsten van de Anonieme Seksverslaafden hebben haar erg geholpen. Het gaat nu veel beter met haar. Ze heeft wel een paar keer een terugval gehad, maar niet meer sinds ik haar ken. Ik geloof ook niet dat er veel kans is op terugval. Ik vertrouw haar echt.' Alan had zijn fout net op tijd door. 'Nou ja, misschien niet helemaal.'

Roland knikte. 'Maar waarom denk je dat ze je bedriegt?'

'Ik ben gewoon achterdochtig.'

'Je hebt me helemaal hierheen laten komen omdat jij achterdochtig bent? Nee, man, vertel me nu eens de waarheid.'

'Het is gewoon een gevoel. Maar waarschijnlijk heb ik het mis.'

'Maar wat voor bewijzen heb je dan?'

Omdat Alan niet had verwacht dat Roland zo door zou vragen, had hij zich niet op feiten voorbereid. Dus moest hij improviseren. 'Om te beginnen is er die stoel. Mijn witte stoel. Er zitten vlekken op.'

'Kom op zeg, ik kan niet geloven dat je me hiervoor helemaal naar de stad hebt laten komen.'

'Nou, hoe verklaar jij die vlekken dan?' Alan prikte in zijn spinaziesalade. 'Ze zien eruit alsof ze zijn weggeboend.'

'Nou en? Boenen mensen alleen seksvlekken weg, geen etensvlekken? Waarom denk je dat het seksvlekken zijn en geen etensvlekken?'

'Ik weet het niet. Het is gewoon een gevoel. Ik heb je al gezegd dat ik achterdochtig ben.'

'En verder?'

'Het feit dat ze soms als ik haar bel buiten adem is en als ik haar vraag hoe dat komt, dan zegt ze dat ze met aerobics bezig is, maar pas op dat moment hoor ik hoe de videoband op de achtergrond wordt aangezet.'

'Misschien had ze het geluid zachter gezet om de telefoon op te nemen en zette ze het daarna weer harder toen ze hoorde dat jij het was. Wat voor bewijzen heb je verder?'

'Nou, op een keer toen ze aan het trainen was en ik haar vroeg om zich uit te kleden zodat we telefoonseks konden hebben, zei ze: "Wacht even, mijn broekje blijft aan mijn hak haken." Haar hak? Wie draagt er nou hoge hakken bij aerobics?'

'Misschien bedoelde ze de hak van haar sportschoen of van haar voet.'

'Ja hoor. Of misschien bedoelde ze de hak van haar rode hoge hakken die ze alleen draagt als we met elkaar neuken. Of misschien loog ze en was ze al naakt, maakte ze al een nummertje met iemand, in mijn vlekkerige witte fauteuil.'

'Jammer dat je het niet aan de rat kunt vragen. Die heeft het waarschijnlijk allemaal gezien.'

Alan gaf geen antwoord. Hij keek omlaag naar zijn spinaziesalade.

Roland zei: 'Jezus, man, het spijt me. Het klinkt alsof ze je inderdaad bedriegt.'

'Nee, ik weet zeker dat het niet zo is. Het zit gewoon in mijn hoofd.' Abrupt hief Alan zijn hand. Hij wenkte de serveerster en bestelde een biertje. Hij hoopte dat ze hem om zijn identiteitsbewijs zou vragen, maar dat gebeurde niet. 'Maar goed, hoe staat het tussen jou en Lynn?'

'Hmm. Niet zo goed. Mijn probleem met Lynn is dat ik niet kan vergeten dat ze me heeft gestalkt. Ik vind het moeilijk om respect voor haar te hebben. Nee, het is onmógelijk om respect voor haar te hebben.'

'Dat is jammer. Zo kun je haar kwijtraken.'

'Pff! Op welk moment stop je ermee?'

'Ik wil niet arrogant overkomen, maar hebben veel mensen niet hetzelfde probleem? Als je er niet in was geslaagd om haar volledig voor je te winnen, zou je nu misschien nog gek op haar zijn.'

'Het is niet alleen dat. Het is ook wat ik heb gezegd. Ik heb geen probleem met mensen zoals jouw vriendin, die stalken als broodwinning, om geld te verdienen. Maar als mensen stalken voor hun plezier, dan irriteert dat me. Het is hetzelfde als met jagen. Jagen voor je plezier is walgelijk. Jagen om te kunnen eten is prima. En met seks werkt het omgekeerd. Seks voor je plezier is prima. Seks voor geld is fout.'

'Maar ze stalkte je niet echt. Ze dwong zichzelf ertoe.'

'Daar trap ik niet meer in. Ik denk dat het een truc van haar was om mij te krijgen.'

'Dat was haar truc om jou te willen. Niet om jou te krijgen.'

'Ik zei dat ik daar niet meer in trap. En verder, al vind je dat misschien idioot, maar het feit dat jij haar wilde…'

'Ja?'

'Nou, dat maakte het voor mij aantrekkelijker.'

Alan staarde hem aan.

'Nu jij haar niet meer wilt, is het niet meer hetzelfde. Je wilt haar niet meer, toch?'

Alan aarzelde. 'Ze is… een erg aantrekkelijke vrouw.'

Roland snoof. 'Dat zegt me genoeg.'

Alan zong Lynns lof, maar dat leek niet veel te helpen. Hij gaf het op en dronk zijn bier.

Intussen snuffelde Lynn niet in Alans appartement rond, maar bladerde in de witte fauteuil door wat modetijdschriften en pleegde wat telefoontjes met haar mobieltje. En toen ging ze nadenken.

Toen de twee mannen terugkeerden keek Lynn op, maar ze kwam niet overeind uit de witte stoel. Ze zei: 'Het spijt me, maar het is voorbij, Roland. Ik ga niet met je mee terug naar huis. Ik wil een einde maken aan onze relatie. Ik heb Patricia gebeld. Ik kan voorlopig bij haar wonen.'

'Lynn, weet je dat wel zeker?' vroeg Alan. 'We hebben met elkaar gepraat tijdens de lunch.'

'Heel opbouwend, zeker?' zei ze.

Alan kon haar niet, naar eer en geweten, zeggen dat het inderdaad heel opbouwend was geweest. 'Ik weet het niet,' antwoordde hij.

'Nou, ik wel,' zei ze. 'Zo is het beter.'

Roland wilde niet laten zien hoe perplex hij was. Hij zei alleen: 'Oké, best, als jij dat wilt. Dan ga ik nu.'

Toen de deur zich achter hem sloot, huilde Lynn. Ze huilde in Alans armen. 'Ik weet niet waarom ik huil. Ik ben niet echt verdrietig.'

'Het geeft niet,' zei Alan, terwijl hij haar vasthield.

Toen Ray zag hoe Roland alleen vertrok, wist hij niet wat hij ervan moest denken. Hij probeerde helemaal niet te denken. Hij leidde zichzelf af door zijn geldbakje energieker dan anders uit te steken naar voorbijgangers.

8

Nadat Roland was vertrokken, praatten Lynn en Alan de hele middag met elkaar. Alan belde zijn vrienden af met wie hij had afgesproken in het park, zodat hij Lynn kon troosten. Ze dronken kruidenthee op de bank tegenover de lege witte fauteuil en praatten over haar problemen. Lynn verontschuldigde zich voor de manier waarop zij en Roland Alan hadden behandeld, en ook omdat ze Alan nooit een kans had gegeven om avances te maken. Ze drukte opnieuw haar bewondering uit voor de manier waarop hij zijn leven had veranderd, en zei dat ze hetzelfde wilde doen met haar eigen leven. Zou hij haar willen leren hoe ze dat moest aanpakken?

Alan vertelde haar dat het goed was om nieuwe mensen te leren kennen. Misschien zou ze het wel leuk vinden om mee te gaan naar de filmset bij de bootjesvijver in Central Park?

Lynn merkte op dat zelfs het timbre van zijn stem was veranderd. Dat was nu meer ontspannen, minder krampachtig, dieper. Het was alsof hij zijn stem had losgelaten.

Ze bleven praten totdat Jessica thuiskwam. De twee vrouwen werden aan elkaar voorgesteld en Lynn, afgeschrikt door het idee van een seksverslaafde privé-detective, vertrok meteen.

De opnamen van de scène in Central Park duurden uiteindelijk drie dagen. De regisseur was een perfectionist als het aankwam op het filmen van zoenscènes, en deze scène had toevallig twee zoenscènes.

Er kwamen veel mensen naar de opnamen kijken, onder wie zes herstellende stalkers van Anonieme Stalkverslaafden, die Alan wilden steunen. Uitjes waren belangrijk voor deze mannen, die zich maar zelden buiten waagden, en dat alleen in groepjes deden voor het geval de verleiding weer de kop opstak.

Ze arriveerden met klapstoelen en controleerden hun omgeving om zich ervan te vergewissen dat er relatief weinig verleidingen waren. Tot hun schrik ontdekten ze drie banken verderop een groep mensen, met verrekijkers en telescopen, gericht op een groot gebouw tegenover Fifth Avenue.

Een van de stalkers greep de arm van een lid van de filmploeg. 'Wat zijn die mensen in vredesnaam aan het doen?'

'Dat zijn vogelaars.'

'Waarom kijken ze dan naar een gebouw?'

'Er is daar een enorm vogelnest. Boven een raam zit een familie roodstaartbuizerds. De vogelaars komen hier iedere dag om naar de jongen te kijken.'

De stalker wendde zich grimmig tot zijn maten. 'Ze stalken de roodstaartbuizerd. Ze stalken verdorie de hele familie, zelfs de jongen.'

Verslagen zakten de stalkers in elkaar. Ze hadden er niet op gerekend dat ze vogelaars tegen het lijf zouden lopen.

'Jezus, ze hebben vijf, nee zes telescopen, en kijk eens: tien, twaalf verrekijkers!'

Ze bespraken of ze het moesten riskeren om toch te blijven. Ze besloten het risico te nemen en hun vouwstoelen zodanig neer te zetten dat hun rug naar de vogelaars toe was gekeerd.

Het mededeelzame lid van de filmploeg liep opnieuw langs en boog zich naar hen toe. 'En in het gebouw ernaast is het appartement van Woody Allen en Soon-Yi, die zich soms op hun balkon vertonen om wat rekoefeningen te doen. Als dat gebeurt draaien alle telescopen die richting op.'

De stalkers keken geschrokken naar elkaar en schudden afkeurend hun hoofd. Maar toch bleven ze. Ze wilden zien hoe hun vriend Alan het zou doen. Evenals Lynn, die nieuwsgierig was. Ze merkte meteen dat ze niet de enige was die door Alan werd gefascineerd. Er was een bijzonder sexy vrouw die hem gadesloeg; ze kon haar ogen niet van hem af houden en wierp hem suggestieve blikken toe.

Alan stelde Lynn voor aan de filmploeg en aan de sexy vrouw. Na het voorstellen ging hij terug naar de make-up.

Lynns mobieltje ging. Het was Patricia, die haar vertelde dat een conservator volgende week met haar wilde lunchen. Lynn sprak een datum af. Voordat ze ophing zei Patricia: 'O, en ik vergeet je telkens te vertellen dat je bent afgewezen door het trainingskamp van de Wereldfederatie Worstelen.'

'Goed,' zei Lynn zacht, terwijl ze deze informatie tot zich liet doordringen en die de tijd gaf om in haar emotionele bloedstroom te worden opgenomen, voor een preventieve magische uitwerking.

Ze hingen op.

Lynn zag hoe Alan de zoenscène talloze keren overdeed. Ze ging helemaal op in de pauze net voordat hun lippen elkaar raakten. Ze werd ook geboeid door de manier waarop zijn vingers zich door het haar van zijn tegenspeelster weefden, en de manier waarop hij haar hoofd teder naar achteren boog. Lynn bewonderde het feit dat hij de zoenscène met eindeloos veel geduld en welwillendheid herhaalde. En het feit dat zijn tegenspeelster het helemaal niet erg leek te vinden om hem te zoenen. De actrice, die heel aantrekkelijk was, plaagde hem zelfs een beetje, al behandelde ze hem verder volkomen respectvol.

De sexy vrouw kwam naast Lynn zitten. Ze sloegen allebei Alan en zijn tegenspeelster gade.

'Alan vertelde me dat hij vroeger stalker was,' zei de sexy vrouw tegen Lynn, zonder haar ogen van Alan af te halen. 'Dat zou je toch niet denken, hè?'

'Nee,' zei Lynn.

'Ik zou het niet erg vinden als hij mij zou stalken.'

Lynn lachte. 'Ik vond dat wel erg,' kon ze niet nalaten te zeggen.

De vrouw keek naar haar. 'Stalkte hij jou?'

Lynn glimlachte alleen.

'Zag je wel wat in hem?'

'Nee.'

'Hoe kwam dat?'

'Ik was in de war. En hij ook.'

Ze sloegen de opnamen een paar minuten zwijgend gade. Toen zei de sexy vrouw: 'Kijk eens naar de manier waarop ze met hem flirt. Schaamteloos. Ze heeft geen enkele trots.' Alans tegenspeelster liet hem haar behabandje zien. Giechelend maakte ze haar haar in de war.

'Inderdaad,' zei Lynn.

'Ik geef haar geen ongelijk,' zei de sexy vrouw. 'Hij heeft iets.'

Lynn begon door een modetijdschrift te bladeren. De sexy vrouw boog zich naar haar toe en fluisterde tegen haar: 'Als jij een van die mannen daar kon uitkiezen om jou te stalken, wie zou het dan zijn? Alan niet meegerekend, natuurlijk.' Ze wees naar de zes herstellende stalkers.

'Niemand.'

'Ik ook niet.' Ze zweeg even. 'Hoewel, misschien die aan het eind, gewoon voor de lol.' Ze ging met haar tong langs haar onderlip. 'Maar ik zou er niet veel plezier aan beleven.' Na een paar seconden zei ze: 'Ik ben erg ondeugend', en stond op. Ze liep naar de herstellende stalkers toe en zei, hoorbaar ademend: 'Zo jongens, zijn jullie stalkers?'

Ze knikten. Een van hen mompelde: 'Herstellend.'

Ze liep langzaam naar de man aan het eind: 'Maar stel dat een meisje nu gestalkt wíl worden? Zou je dan een uitzondering maken?'

Tot hun schaamte merkten de stalkers dat ze allemaal zwaar begonnen te ademen. Ze probeerden er onmiddellijk mee te stoppen, maar sommigen gingen hyperventileren en anderen snakten naar adem. En toen keken ze naar hun vriend aan het eind, die zichzelf er niet toe kon brengen om naar de vrouw te kijken. Hij staarde naar zijn voeten.

Uiteindelijk vroeg een van hen: 'Weten jullie het antwoord? Zijn er uitzonderingen toegestaan als vrouwen graag gestalkt willen worden?'

'Dat betwijfel ik ten zeerste,' zei de man aan het eind, terwijl hij nog steeds naar zijn voeten staarde en nerveus met zijn been wiebelde.

'Weet je dat zeker?' zei de vrouw. 'Ik zou echt graag door jou gestalkt willen worden. Dat zou echt... opwindend zijn.'

Lynn luisterde, terwijl ze deed alsof ze in haar tijdschrift verdiept was.

'Zeg gewoon nee,' fluisterden de stalkers tegen de man. Ze stootten hem zachtjes aan. 'Zeg de verklaring op.'

'Oké.' Hij schoof heen en weer op zijn stoel, schraapte zijn keel en bleef met zijn been wiebelen: 'Stalken is niets voor mij, ik heb er geen belangstelling voor. Dat wil niet zeggen dat ik niet aan een vrouw of man zou vragen om met me uit te gaan. Ik zou zeggen: "Wil je met me naar het park? Wat rondwandelen? Naar mensen kijken, maar niet stalken? Zou ik je telefoonnummer mogen hebben? Of heb je liever het mijne? Ik respecteer de privacy van een vrouw, evenals die van een man. Ik zou nooit iets doen wat jij niet zou willen. Ik zou je zeker niet stalken.'"

'Maar ik wil gewoon dat je iets doet wat je niet wilt. Ik wil dat jij me gaat stalken. Stalk me!' riep ze uit.

'Oké dan!' barstte hij los, terwijl hij overeind schoot van zijn stoel. 'Ik ga je stalken! Ik zal je dag en nacht stalken, of je dat nu wilt of niet. Ga lopen! Je zult wel moeten lopen als je wil dat ik je stalk. Als je daar gewoon blijft staan, kan ik dat niet doen. Dus loop. Doe een stap, en dan nog een.' Hij schreeuwde in haar gezicht. Ze deed een stap naar achteren, en hij deed een stap naar voren.

De andere vijf stalkers snakten naar adem en hielden hun handen voor hun ogen om deze verleidelijke vertoning van stalken niet te hoeven zien.

Alan hoorde de opschudding en liep eropaf. 'Wat is er aan de hand?'

De vijf stalkers konden geen antwoord geven, omdat ze druk bezig waren zichzelf te beschermen tegen de slechte invloed. De sexy vrouw deed nog een stap naar achteren, en de man deed een stap naar voren.

'Tom,' zei Alan geschokt, 'ben je haar… aan het stalken?'

'Dat zie je toch?'

'Hoe is dat gebeurd?'

De vijf stalkers wezen met hun vinger naar haar, met hun gezichten nog afgewend van het schouwspel. 'Zij heeft het gedaan! Vreselijke vrouw!'

'Iedereen hier is gek,' zei Alan. 'Lynn, vertel me wat er is gebeurd.'

Omdat Lynn de sexy vrouw niet in de problemen wilde brengen zei ze: 'Ik heb het niet gezien. Ik zat… te lezen.' Ze tilde even haar modetijdschrift op.

'Het is waar wat ze zegen,' zei de sexy vrouw, en ze gooide haar hoofd uitdagend naar achteren, waardoor ze Lynn deed denken aan Kathleen Turner. 'Ik heb het gedaan, en ik heb er geen spijt van.'

'Nog niet,' zei Alan.

'Ik vind het leuk, geloof me.'

'Tot nu toe vind je het leuk. Je bent precies twee stappen gestalkt. Wacht maar tot het er duizend zijn.'

'Ik verheug me erop,' zei ze.

Hierna wendde Alan zich tot Tom. 'Draai je om. Het is nog niet te laat. Je kunt je nog steeds omdraaien.'

'Nee,' kreunde de stalker. 'Raak me niet aan. Ik ben nooit van mijn leven zo gelukkig geweest.'

'Jullie mogen dit niet horen,' zei Alan tegen de vijf stalkers.

Ze stopten allemaal hun vingers in hun oren.

'Als dit is wat jullie allebei willen, ga het dan alsjeblieft ergens anders doen. Ik wil dit niet zien,' zei Alan. 'Ik voel hoe mijn weerstand verzwakt.'

Maar ze gingen niet ergens anders heen. Ze waren te erg door elkaar in beslag genomen, waarbij zij steeds een stapje naar achteren deed en hij een stapje naar voren. Het was een prachtige, verleidelijke dans in de ogen van de stalkers.

Een van hen herinnerde zich plotseling dat hij een antistalkingbandje bij zich had – een bandje speciaal gemaakt voor stalkers die geconfronteerd worden met verleiding. Hij rukte zijn walkman uit zijn rugzak en deelde zijn hoofdtelefoon met een van zijn maten. Ze luisterden een paar seconden naar het bandje, en lieten toen de drie anderen even meeluisteren, als duikers die uit één ademautomaat ademen om te overleven. De hoofdtelefoon brak uiteindelijk in tweeën door de hysterische manier waarop hij werd doorgegeven, maar werkte nog steeds.

De stalkers kalmeerden. De opschudding was voorbij: de gevallen stalker was eindelijk vertrokken met zijn prooi. Het enige wat nog voor onrust zorgde in hun omgeving waren de vogelaars, die af en toe verwarrende uitroepen deden als: 'Ze staan allebei bij de balustrade!', en: 'Het is een erg drukke vogeldag.'

Hoewel de stalkers afgaven op de vogelaars, zetten ze hun stoelen toch zo dat ze de ergerlijke dingen hoorden, zoals: 'Ik hou van de manier waarop de duiven naar de roodstaartbuizerd vliegen en dan "Oei oei" roepen!'

Maar de meeste stalkers hoorden het gepraat over de jongen. Telkens als iemand een glimp opving van een donzig wit kopje in het nest, schreeuwde hij, en dan schreeuwden de overige vogelaars ook.

De stalkers rolden met hun ogen en schoven ongemakkelijk heen en weer op hun stoelen.

Een van hen leek nerveuzer dan de anderen, minder nonchalant. Zwetend herhaalde hij: 'Ik ben de volgende, ik weet het gewoon.'

'Denk nu eens niet zo negatief. Hier, gebruik het bandje.' Ze wierpen de walkman in zijn zweterige handen. Hij drukte een helft van de kapotte hoofdtelefoon tegen zijn oor, maar hij kon nog steeds het gevaarlijke gekwetter over vogels in zijn andere oor horen. Zijn frustratie werd groter. Zijn verlangen om de jongen van de roodstaartbuizerds te zien werd onverdraaglijk.

Plotseling ontstond er grote beroering onder de vogelaars. Een aantal van hen riep uit: 'Soon-Yi staat op haar balkon! Kijk! Daar heb je Soon-Yi!'

De opgefokte stalker gooide de walkman naar zijn lotgenoten, sprong van zijn stoel en rende naar de vogelaars. Hij struikelde daarbij over een statief en liet bijna de dure telescoop tegen de grond klappen. Maar zonder een moment te verliezen greep hij iemands verrekijker, zonder de moeite te nemen om de riem van diens nek te halen, en riep uit: 'Ik wil de jongen zien, en Soon-Yi!'

9

Die avond kreeg Lynn weer een telefoontje van Roland. Hij klonk berouwvol. Hij verontschuldigde zich voor de manier waarop hij haar had behandeld en zei: 'Toe nou, pak de bus en kom naar huis.'

'Nee.'

'Best, maar over een paar dagen hoef je dan ook niet meer met hangende pootjes terug te komen!' En hij hing op.

Lynn bleef nog drie filmdagen. En toen was het voorbij. Het werd tijd voor Alan om weer aan het werk te gaan op het accountantskantoor. Toen Lynn liet doorschemeren dat ze gedeprimeerd zou raken zonder zijn gezelschap, grinnikte hij alleen en wist hij niet wat hij moest zeggen – hij kon haar toch moeilijk uitnodigen op zijn kantoor terwijl hij aan het werk was! Hij kon nauwelijks vermoeden dat ze zo'n uitnodiging waarschijnlijk zou hebben aangenomen, zo gefascineerd was ze door zijn nieuwe persoonlijkheid. Maar aangezien die uitnodiging niet kwam, koos ze ervoor om hem heimelijk te volgen naar zijn werk en hem 'toevallig' tegen het lijf te lopen toen hij naar buiten kwam. Ze stelde voor om samen te gaan lunchen, maar hij kon niet, omdat hij met een klant ging lunchen. Hij voegde eraan toe: 'Maar je kunt wel met me meelopen naar het restaurant, als je wilt.' Dus liepen ze er samen heen. Toen ze er aankwamen, nam hij afscheid van haar. Maar ze zei: 'Nou, ik moet toch ook lunchen. Dit is wel een aardige gelegenheid. Ik kom er zelf ook vaak. Ik ga wel aan een ander tafeltje zitten, als je het niet erg vindt.'

Hij kon moeilijk nee zeggen. Tijdens de lunch sloeg ze hem gade terwijl ze deed alsof ze een modetijdschrift las. Het was moeilijk voor haar om te bepalen wat ze nu zo leuk aan hem vond. Maar misschien was het simpelweg het contrast tussen wat hij geweest was en hoe hij nu was. Ze herinnerde zich dat ze al eerder was verleid door contrasten – het contrast tussen Roland en de hotelmanager. Maar een contrast in een en dezelfde persoon was nog prikkelender.

Alan was verbijsterd, niet alleen omdat Lynn in hetzelfde restaurant zat, maar ook omdat ze zo naar hem zat te staren. Wat mankeerde haar? Hij vroeg zich af waarom hij haar zo vreemd vond, terwijl hij zelf toch ook wel eens dat gedrag had vertoond. Hij herkende de symptomen. Ze stalkte hem! Hij vond het vreselijk.

Hij was nog steeds aardig tegen haar wanneer ze hem belde, omdat hij de pijn van stalkers naar al te goed kende.

Omdat Lynn niet na een paar dagen met hangende pootjes bij Roland terugkwam, belde hij opnieuw. Hij klonk nu bedroefder. Voor het eerst was ze een mysterie voor hem.

'Ik mis je,' zei hij. 'Laat me je ophalen. Ik kan nu naar je toe komen met de auto en dan kunnen we samen terugrijden en opnieuw beginnen.'

'Het spijt me, Roland, ik heb er geen zin meer in. Ik hou van Alan.'

'Wat?! De schoft! Wat heeft hij tegen je gezegd? Wat heeft hij je beloofd?'

'Niets. Hij weet niet eens dat ik van hem hou. Of misschien vermoedt hij het wel, maar niet omdat ik hem dat heb verteld. Dag, Roland. Pas goed op jezelf.' Ze hing op.

Hij belde terug. 'Kreng dat je bent! Je stapt nú op de bus en komt terug, begrepen? Of ik kom je halen, en dat zou je niet willen!'

'Laat me alsjeblieft met rust. Ga verder met je eigen leven.' Ze hing op.

O! Roland voelde hoe de verontwaardiging en woede aan de wortels van zijn sinds kort dunner wordende haar prikten.

Hij belde terug. 'Jij was toevallig wel degene die mij stalkte! Jij was degene die zichzelf vernederde, zichzelf omlaaghaalde, als een slet, door me op straat te volgen, en nou heb je het lef om…' Ze hing op. Hij gooide de hoorn erop en schreeuwde. Met beide handen pakte hij de telefoon vast, schudde die heen en weer en kneep er hard in. '*Putain d'bordel de merde!*' zei hij.

Hij zette de telefoon neer en draaide opnieuw haar nummer. Hij ademde zwaar. 'Hang alsjeblieft niet op,' zei hij tegen haar. 'Laat me alsjeblieft mijn zin afmaken, dat is het enige wat ik vraag. Zoals ik al zei: jij was degene die mij over straat volgde, en nu heb jij het lef om tegenover mij de koele dame uit te hangen, terwijl je de hoer voor iemand anders gaat spelen!' schreeuwde hij. 'Je bent een vuile slet!'

'Ik ga nu ophangen.'

'Heb het lef niet! Heb het lef niet!'

Hij zweeg even. Ze hing op.

Hij belde niet opnieuw. Hij reed naar New York en checkte in bij een hotel. Hij kocht bloemen voor Lynn en een ring. Hij volgde haar op straat, terwijl hij een muntje liet vallen.

'Het spijt me. Ik hou van je,' zei hij, terwijl hij naast haar ging lopen en haar een zwart doosje toestak.

Ze wierp hem een schuine blik toe. 'Het is voorbij, Roland. Ik wil niets van je.'

'O, alsjeblieft, neem dit cadeautje van me aan. Dan kan ik rustiger ademhalen.'

Ze bleef staan en opende het doosje. Zoals ze had verwacht zat er een diamanten ring in. Ze klapte het doosje dicht, gaf het aan hem terug en liep verder. 'Dank je. Een lief gebaar. Maar het is over tussen ons, Roland.'

Roland snufte. Er liepen tranen langs zijn hoge jukbeenderen. 'Ik hou van je, Lynn. Ik heb je nodig. Ik heb je nu in elk geval nodig. Ik geloof niet dat ik zonder je kan leven. Als je zeker weet dat je niet de rest van je leven met mij wilt delen, kun je me dan tenminste langzaam laten afkicken, en niet zo abrupt? Alsjeblieft. Anders is het zo wreed.'

Lynn rolde met haar ogen. 'Je bent belachelijk. Waarom ga je niet naar de Anonieme Stalkverslaafden? Alan zei dat het hem erg heeft geholpen.' Ze hield een taxi aan, sprong erin en liet hem achter op het trottoir met zijn bloemen en zijn ring.

De volgende dag volgde Lynn Alan over straat. Hij ging zich laten masseren. Toen hij drie kwartier later weer naar buiten kwam, ging zij naar binnen en vroeg om te worden gemasseerd door dezelfde persoon die net Alan onder handen had gehad. Ze vroeg de masseuse om haar op precies dezelfde manier te masseren als ze bij Alan had gedaan, met al diens voorkeuren. Lynn probeerde zich voor te stellen dat ze Alan was die gemasseerd werd.

Lynn kreeg een warm en aangenaam gevoel als ze Alan volgde en bij hem in de buurt was. Ze vond het prettig om naar hem te kijken. Ze vroeg zich af of Alan echt zoveel veranderd was als ze dacht, of dat de verandering misschien in haarzelf had plaatsgevonden. Om dat te ontdekken sleepte ze Patricia mee op een van haar stalkuitstapjes.

Ze zaten aan een tafeltje vanwaar ze Alan goed konden zien terwijl hij met iemand lunchte. Lynn vroeg haar assistente:

'Wat denk je, is hij nou erg veranderd of niet?'

Vanonder haar borstelige wenkbrauwen keek Patricia aandachtig naar Alan. 'Ja,' zei ze, 'hij stalkt niet meer.'

'Nee! Daar heb ik het niet over. Vind je niet dat hij… normaal lijkt?'

'Ja, maar waarom windt jou dat zo op? Je kent zoveel normale mensen. Of misschien eigenlijk ook niet. Misschien ga je al te lang met alleen maar mensen uit de kunstwereld om. Misschien moet je eens afspreken met wat bankiers of advocaten.'

'Maar is het niet indrukwekkend hoe normaal hij nu lijkt, als je bedenkt hoe vreemd hij vroeger was?'

'Lynn, waar ben je mee bezig?' vroeg Patricia, terwijl ze zich bezorgd naar haar bazin toe boog; haar lange haar dreigde in de olijfolie te belanden. 'Je kunt die man niet blijven volgen. Wat wil je van hem? Wil je met hem uit? Als dat zo is, vraag hem dan gewoon mee uit. Maar volg hem niet.'

'Dat kan ik niet doen, hij heeft een vriendin.' Lynn zweeg even. 'Kijk naar hem. Het is geen oppervlakkige verandering door kleren, lichaamsgewicht of spierontwikkeling, of een ander kapsel. Het is een innerlijke verandering, en dat straalt hij uit. De mensen met wie ik hem heb gezien, lijken hem leuker te vinden. Niemand vond hem vroeger leuk. Nu vinden zelfs zijn kleren hem leuk. Ze omgeven hem op een meer liefdevolle manier, alsof ze er trots op zijn dat ze bij zo'n geweldige man horen. Hun trots is zichtbaar door hoe ze om zijn lijf zitten.'

Patricia lette niet langer op Alan, maar op Lynn. 'Hoe komt het dat je zo geobsedeerd bent door hem?'

Lynn dacht hierover na. 'Waarschijnlijk omdat ik denk dat als iemand zo erg kan veranderen, het wel een bijzonder iemand moet zijn.'

Dag na dag volgde Lynn Alan op straat. Roland volgde haar. Het kwelde Ray de dakloze, en bracht hem in verleiding. Hij had de verandering opgemerkt in de stalkwijze, de stalkvolgorde. Hij voelde dat zijn nieuwsgierigheid werd gewekt. Hij was bang dat hij zijn verstandelijke vermogens begon te verliezen. Maar toch wilde hij weerstand bieden aan de verleiding en proberen de situatie in zijn hoofd te relativeren: vreemd gedrag was altijd verlokkelijk, maar ik moet me niet voor de gek laten houden. Ze veranderen bijvoorbeeld hun stalkvolgorde, maar dat betekent niks. Het draait er altijd op uit dat ze me teleurstellen.

Het zomersemester naderde en Alan probeerde te bepalen welke cursussen hij nog wilde volgen. Hij voelde zich aangetrokken tot een cursus die heette: 'Hoe zeg je nee zonder je schuldig te voelen (en ja tegen meer vrije tijd)?' Hij verbaasde zich erover dat het inmiddels zover was gekomen, want nog geen twee semesters geleden had hij overwogen om bijna een tegenovergestelde cursus te volgen: 'Hoe zorg ik ervoor dat ik word teruggebeld?' Uiteindelijk schreef hij zich in voor de cursussen 'Kaartlezen', 'Zwemmen' en 'Kralenkettingen maken'.

Alan ging opgewekt naar de eerste les van de cursus 'Kaartlezen'. Hij kwam er om kwart voor zeven aan, een kwartier te vroeg. Tot zijn ontzetting volgde Lynn hem het leslokaal in. Ze ging twee stoelen verderop zitten, en hij keek haar vol verbazing aan.
    'Je kunt deze cursus niet volgen,' zei hij.
    'Waarom niet?'
    'Omdat dit mijn cursus is.'
    'Maar er zijn hier toch nog veel meer mensen?' zei ze, gebarend naar de al aanwezige cursisten.
    'Deze cursus interesseert je helemaal niet,' zei Alan.

'O, jawel.'

Op dat moment kwam Roland het leslokaal binnen en ging tussen hen in zitten.

Alan en Lynn keken geschokt naar hem. Alan zei: 'Jullie moeten deze cursus niet volgen. Die is heel slecht voor jullie.'

'Waarom?' vroegen ze allebei.

'Jullie weten niet eens wat voor cursus dit is, waar of niet?'

'Nee, wat voor cursus is het?' vroeg Roland, die zich plotseling zorgen begon te maken.

'Hij heet "Verloren in de ruimte – kaartlezen voor mensen die het geografische spoor bijster zijn".

Roland lachte om Alans opmerking. Zijn lach kwam er ditmaal uit als een lange nnnn-klank. 'Ik snap wat je bedoelt. Het zou kunnen dat we ons gruwelijk vervelen of generen.'

'Nee. Jullie zijn stalkers. Niet eens herstellend, zoals ik. Deze cursus zal jullie stalkneigingen nog meer stimuleren.' Alan probeerde zacht te praten, maar na een snelle blik op de andere cursisten zag hij dat het niet zacht genoeg was. Ze keken elkaar nieuwsgierig aan.

'Waarom zou het onze stalkneigingen stimuleren?' vroeg Lynn enthousiast.

'Omdat deze cursus draait om ruimte, geografie, bestemming, reizen, wat allemaal elementen van stalken zijn. Om nog maar te zwijgen over het element van volgen. Een kaart volgen.'

Roland rolde met zijn ogen. De docent kwam binnen en zei luid: 'Wat is een kaart? Een kaart is een overzicht van iets. Hij maakt het mogelijk om dingen in perspectief te zien. Zou je niet willen dat alles in het leven zo gemakkelijk was als het volgen van een kaart?'

'Nee,' zei Alan. 'Ik zou willen dat een kaart volgen net zo gemakkelijk zou zijn als al het andere in het leven, want dan zou ik hier niet hoeven zitten.' Er werd gegrinnikt.

'Ik wil dat iedereen vertelt over de keer dat hij of zij de weg kwijt was. Als je je geen enkele keer kunt herinneren, dan wil ik dat je hier weggaat,' zei de docent.

Toen het Alans beurt was om iets te zeggen, zei hij: 'Ik kan me haast geen moment herinneren waarop ik de weg níét kwijt was. Ik ben mijn hele leven al de weg kwijt. Ik ben een herstellende stalker, ziet u, en de meeste stalkers worden stalkers door wat psychologen een hechtingsstoornis noemen, door het ontbreken van een liefhebbende, consequente ouder of verzorger in hun jeugd, meestal de eerste zes jaar van hun leven. Maar dat was bij mij niet het geval. Wat er bij mij voor zorgde dat ik een stalker werd, was mijn slechte richtingsgevoel. De eerste keer dat ik de weg kwijt was, als klein kind, was traumatisch. Dat was in Central Park, en uiteindelijk ging ik zomaar iemand achterna, in de hoop dat zij wist waar ze heen ging en ik het dan ook zou weten. Nou, dat was niet het geval, maar ik maakte daardoor kennis met het ziekelijke plezier van iemand volgen. Gek genoeg is een slecht richtingsgevoel erg onhandig voor een stalker, omdat hij daardoor moeilijk de weg naar huis terugvindt.'

De docent trok zijn wenkbrauwen op en richtte zijn aandacht op Roland. 'En hoe staat het met jou?'

Roland besloot om de docent te overbluffen. 'Ik ben nog nooit verdwaald.'

'Denk eens goed na,' zei de docent. 'Ik weet zeker dat er wel een moment is geweest waarop je bent verdwaald. Anders wil ik dat je hier weggaat.'

'Nou,' zei Roland, terwijl hij zachtjes een paperclip onder zijn tafeltje liet vallen, 'ik weet niet of dat telt, maar ik ben nu het spoor bijster. Ik weet niet wat ik hier bij deze cursus doe.'

De docent keek Roland strak aan, draaide zich plotseling om en zei: 'Ja, dat telt.' Hij zweeg even. 'Laten we nu eens praten over de kaartlezende mens, over mensen die geen moeite hebben met kaartlezen versus mensen die dat wel hebben, en wat dat betekent. Zoals je zou kunnen vermoeden, zijn mensen die moeite hebben met kaartlezen vaak creatief.'

Alan realiseerde zich dat hij dan zeker een uitzondering op die regel was.

'En dat mensen die wél goed zijn in kaartlezen,' hervatte de docent, 'vaak analytischer, methodischer, beheerster zijn.'

'Zijn ze minder geliefd?' vroeg Alan.

'Nee, niet minder geliefd,' zei de docent.

'Geliefder?' vroeg Roland.

'Nee, dat zou ik ook niet willen zeggen,' zei de docent. Hij opende vervolgens een koffertje en haalde er aantal kaarten uit. Hij legde ze een voor een op zijn bureau en zei: 'Ik heb veel kaarten meegenomen. Hier is een plattegrond van een warenhuis. En deze hier is van onze ziel. En deze helpt je om je weg te vinden in het leven. Dit groene kaartje helpt je om te ontdekken wat je echt wilt.'

Alan stond op, blij dat hij een excuus had om deze cursus niet te volgen met zijn stalker en de stalker van zijn stalker. 'Het spijt me,' zei hij tegen de docent, terwijl hij zijn schoudertas pakte. 'Ik heb me vergist. Ik dacht dat dit een cursus was over hoe je echte kaarten kunt leren lezen.'

'O, ga alsjeblieft niet weg,' zei de docent. 'Ik kan je elke kaart leren lezen die je maar wilt. Ik heb astrologische kaarten, kookkaarten, kaarten van het hart, het lichaam en de ziel. Seksuele kaarten, sportkaarten, kaarten met allegorische voorstellingen, antiekkaarten.'

Alan schudde zijn hoofd. 'Het spijt me, maar dat had ik absoluut niet in gedachten toen ik me inschreef voor deze cursus.'

Hij stond op het punt naar de deur te lopen toen de docent uitriep: 'Ga zitten! Ik maakte maar een grapje.'

Alan was te verbijsterd om weer te gaan zitten, dus kondigde de docent aan dat ze allemaal met de ondergrondse zouden gaan om de cursus te beginnen met het lezen van de plattegrond van de ondergrondse.

De docent stak zijn arm door die van Alan om te voorkomen dat hij weg zou glippen, en leidde hem naar de deur. Eenmaal in het station van de ondergrondse stonden ze op het perron tegenover een grote kaart van New York. De docent, met zijn arm nog door die van Alan, zei luid tegen hem: 'Waarom vertel jij ons niet welke trein we moeten nemen om op... laten we zeggen Union Square te komen?'

Alan voelde zich lichtelijk beledigd omdat het zo gemakkelijk was. Hij vertelde hun dat ze lijn 6 moesten nemen. Ze namen die allemaal, en toen ze bij de uitgang kwamen, vroeg de docent hem welke kant noord was en welke kant zuid. Alan wist het niet, en deed daarom een gok, maar die was fout. Hij begon bijna te huilen, maar wist dit goed te verbergen. 'Ik wil eigenlijk liever teruggaan naar de kaarten van het hart en van de geest.'

De leraar leek blij en zei: 'Best. Hoe kun je er het snelst voor zorgen dat iemand van je gaat houden?'

'Niet door te stalken, dat is zeker,' mompelde Alan, terwijl hij boos naar Lynn en Roland keek.

'Door die persoon goed te behandelen?' opperde een student.

'Waar heb je het over? Dit is de cursus "Kaartlezen", geen cursus "Psychologie". Ik heb feiten nodig, concrete informatie,' zei de docent.

Niemand had ook maar een flauw idee.

'Via de maag?' waagde Lynn.

De docent snoof en bracht de cursisten terug naar de ondergrondse. 'We zullen nu leren hoe we mensen de weg moeten vragen. Roland, jij begint. Vraag de eerste die langsloopt hoe je op Times Square moet komen.'

Roland weigerde. Hij zei dat hij nooit, onder welke omstandigheden ook, de weg zou vragen. 'Ik weet altijd waar ik heen moet.'

'En waar ga je nu dan heen?' vroeg de docent.

'Ik ga nergens heen. Ik zit hier op deze bank.'

'Dat is helemaal juist. Jouw leven leidt nergens heen, en als je in beweging komt, ga je in de richting van een leven vol ellende. Je moet weten waar je naartoe wilt.' Hij wendde zich tot Alan. 'Laat me het jou eens vragen, Alan. Waar wil jij heen?'

Alan dacht diep na toen de docent eraan toe voegde: 'In het leven.'

Alan zuchtte opgelucht en zei: 'Ik wil een evenwichtig leven leiden en helemaal vrij zijn van stalkneigingen.'

De docent knikte. 'En jij?' Hij wendde zich tot Lynn.

'Ik wil dat deze man van me gaat houden,' zei ze, wijzend op Alan.

'En jij?' vroeg de docent aan Roland.

'Ik wil dat zij van mij houdt,' zei Roland, wijzend op Lynn.

'Goed. Ik zal volgende week kaarten voor jullie meenemen die jullie de weg naar die plaatsen zullen wijzen.'

Roland bromde. 'Heb je daar problemen mee?' vroeg de docent hem.

'Wat voor cursus is dit eigenlijk?'

'DIT IS EEN CURSUS KAARTLEZEN!' brulde de docent. 'Doelen bevinden zich op bepaalde plaatsen. Ik zal jullie kaarten geven om je doelen te bereiken. Ik zal jullie leren hoe je die kaarten moet lezen. Wat wil je nog meer van me? Is dat niet genoeg?'

'Dat is heel wat,' zei Roland. 'Ik heb alleen een beetje moeite met uw opvatting dat doelen zich op bepaalde plaatsen bevinden.'

'In het leven,' verklaarde de docent, 'kun je je doelen op diverse manieren bereiken. Er is voor alles een plaats. Heb je dat nooit eerder gehoord?'

'Ja, maar meestal gaat het dan over opruimen,' zei iemand.

'Er is voor alles een plaats en een tijd. Helaas is bij sommigen van jullie de tijd al verstreken. Maar ook al is de tijd verstreken, toch kun je nog steeds gaan waarheen je wilt door te weten waar die plaats is.'

'Hallo, Lynn,' hoorde Lynn iemand zeggen. Ze draaide zich om in de richting van de stem. Die behoorde toe aan een concurrente die op het perron stond te kijken met haar man, met wie ze de galerie dreef.

'Hoi Tracy, hoi John,' zei Lynn lusteloos.

'Wat ben je aan het doen?' vroeg Tracy.

Lynn keek naar hen en knikte licht met haar hoofd. 'Ik ben hier met wat vrienden, gewoon wat kletsen.'

'In de ondergrondse?' glimlachte Tracy. 'Jouw groep?'

'Ja.'

'Sorry dat ik jullie onderbreek,' zei de docent tegen het paar, 'maar u verstoort mijn cursus.'

'O, wat voor cursus?'

'Kaartlezen', zei de docent.

Het stel probeerde hun geamuseerdheid te verbergen, maar niet hun verbazing. 'Sorry,' zeiden ze, en ze zwaaiden ten afscheid naar Lynn.

Bij de volgende les zei de docent dat hij de kaarten had gevonden die ze wilden hebben.

Op Lynns kaart stond een pijl die wees naar een stad in Westchester, met een handgeschreven adres erbij en de woorden 'Kruispunt van Alans liefde'. Op Rolands kaart stond een pijl die wees naar een stad op Long Island, met een handgeschreven naam van een weg en een veld dat 'Simpel vlak veld' heette, gevolgd door 'Verlaten veld van Lynns liefde', tussen haakjes. Op Alans kaart stond een pijl die wees naar een stad in New Jersey, met daarbij een handgeschreven adres, en de woorden: 'Restaurant van evenwicht en bevrijding van stalkneigingen voor Alan.'

De docent zei: 'Het enige wat jullie hoeven te doen is naar die plaatsen gaan, en dan zullen jullie de dingen vinden die je graag wilt.'

'Wat is dit, een soort magie?' vroeg Roland.

'Nee. Heb je ooit in het leven gemerkt dat je soms onverwacht krijgt wat je wilt, zonder duidelijke reden en lang nadat je de hoop had opgegeven? Nou, dat komt meestal doordat je per ongeluk, onbewust, de plaats hebt gevonden waar datgene is wat je graag wilde. Bijvoorbeeld als je een fantastische baan wilt die je nooit kon krijgen, en laten we zeggen dat die baan zich toevallig onder een bepaalde boom in Central Park bevindt. En op een dag wandel je een stukje, en toevallig loop je onder die boom door. Nou, dan weet je wel wat er daarna zal gebeuren.'

'Je krijgt die baan?' vroeg een cursist.

'Ja,' zei de docent. 'Ik weet zeker dat niemand van jullie me gelooft. En als je ooit naar die plaatsen gaat en je krijgt niet wat je wilt, dan betekent dat nog niet dat deze methode fout is; het betekent alleen dat de kaarten fout zijn, of onnauwkeurig. Je kunt niet altijd op je bronnen vertrouwen.'

Ondanks hun hartstochtelijke verlangen om te krijgen wat ze wilden, geloofden Lynn, Alan en Roland niet in de kaarten. Ze waren niet van plan om naar die plaatsen te gaan.

Alan was van streek dat Lynn en Roland waren toegelaten tot zijn cursus 'Zonder angst in diep water'. Ze konden heel goed zwemmen, dus het was niet eerlijk. Het vorige semester had

Alan een cursus gevolgd die 'Doodsbange mensen zinken niet' heette. In de brochure was de cursus omschreven als 'Een speciale cursus voor mensen met een grote angst voor water'. Toen het Alans beurt was geweest om te praten over de oorzaak van zijn angst, had hij gezegd dat hij bang was voor wat er in de diepte verborgen zou kunnen zijn.

Alans droom was om te slagen voor het toelatingsexamen voor de opleiding tot strandwacht. De volgende eisen werden gesteld: 'vierhonderdvijftig meter aaneengesloten zwemmen, met gebruikmaking van borstslag, zijslag en schoolslag. Een steen van vier kilo van de bodem ophalen en die naar boven brengen. Twee minuten watertrappen met alleen de benen. Minimumleeftijd vijftien jaar bij aanvang of voor het einde van de cursus.' Ah, wat was het mooi om aan zelfontplooiing te doen.

Maar de toelating tot de opleiding voor strandwacht was nog ver weg. Alan kon nog steeds nauwelijks zwemmen, en hij begon te vermoeden dat mensen niet bleven drijven door het uitvoeren van de juiste zwemslagen, maar doordat ze de juiste persoonlijkheid hadden.

Hij voerde de slagen nauwgezet uit, zoals mensen recepten nauwkeuriger volgen dan nodig is. Een, twee, drie. Maar terwijl hij zwom, was hij meer bezig met omhoogbewegen dan met vooruitkomen. Het resultaat was dat hij niet erg snel ging. Hij voelde zich als een kever in een wc-pot en had het onaangename gevoel dat iemand op het punt stond hem door te trekken. Hij kon voelen hoe hij lag te zweten in het water. Het hielp ook niet echt dat Roland treiterig naast hem bleef zwemmen en hem belachelijk probeerde te maken in Lynns ogen, of dat Lynn aan zijn andere zijde zwom, terwijl ze liefdevol naar hem keek en hem zei dat hij zich moest ontspannen.

'Je bent aan het zinken,' zei Roland.

'Ik zal je wel redden als dat echt gebeurt,' zei Lynn.

Een Japanse vrouw van zijn cursus vertelde hem dat hij misschien wel een hamer was, en dat mensen wier botten zo zwaar waren dat ze er moeite mee hadden om te blijven drijven, in Japan hamers werden genoemd. Alan vond dat een mooi denkbeeld; hij was vast en zeker een hamer. Hij hoopte dat ze dit tegen de zweminstructeur zou zeggen.

'Zeg, Alan, mag ik je een vraag stellen?' vroeg Roland.

Alan keek nors en probeerde zich niet te laten afleiden van zijn zwemslagen.

'Waarom heb je niet eerder leren zwemmen?'

'Dat is er gewoon nooit van gekomen,' zei Alan.

'Heb je ooit als kind traumatische ervaringen gehad, heb je dagenlang rondgedreven in van haaien vergeven water, je vastklemmend aan een band?' vroeg Roland, terwijl hij zich op zijn rug keerde en op zijn gemak de rugslag deed naast Alan. 'Ik bedoel, je hebt vast angstige herinneringen aan water, nietwaar?'

'Fout. Ik heb er maar één, en die is leuk.'

'Echt waar? Wat dan?'

'Dat gaat je niet aan.'

'Ach, kom op, vertel het.'

'Nee.' De passie waarmee hij dat zei maakte dat hij even vergat waar hij was in zijn zwembeweging, waardoor het water tot aan zijn lippen kwam. Hij kalmeerde zichzelf.

'Kom op!' zei Roland hard.

'Ssst,' zei Alan.

'Zeg het!' zei Roland, opnieuw hard.

'Zak! Oké, toen ik een jaar of vijf was dreef ik op een luchtbed in zee, en een vrouw hielp me een mangovis te strelen. Ben je nu gelukkig?'

Rolands ging over op de zijslag en keek Alan verbaasd aan. 'Een mángovis?'

'Ja, dat is een vis die zich soms laat aaien door mensen.'

'En heb jij die vis geaaid?'

'Ja.'

Alan, Roland en Lynn bereikten de rand van het zwembad, draaiden zich om en begonnen aan de volgende baan.

'Hoe ziet een mangovis eruit?' vroeg Roland.

'Ik heb hem niet gezien. Een mangovis houdt er niet van om gezien te worden.'

'Maar hij wil wel graag geaaid worden. Hmm. Hoe voelt dat aan?'

'Zoals je je zou voorstellen dat een vis aanvoelt.'

'En dat is?'

'Zacht en glibberig.'

'Die vrouw zei niet toevallig: "Dit is een ideale dag voor mángovis?"' vroeg Roland.

Alan werd bleek en er liepen rillingen over zijn lijf, waardoor hij opnieuw de kluts kwijtraakte met zijn zwemslag. Het water kwam tot aan zijn neus, en hij zwom wild zwaaiend en als een hond naar de kant. Lynn greep hem bij zijn middel vast en drukte haar lichaam tegen het zijne aan. Ze liet hem niet meteen los toen hij de rand te pakken had. Hij moest haar wegduwen en zeggen: 'Zo is het wel goed.'

Alan wendde zich tot Roland. 'Hoe kun jij dat nou weten? Hoe wist je dat ze dat zei?'

'Toevallig goed geraden,' zei Roland, terwijl hij met zijn benen aan het watertrappen was. Alan was geërgerd omdat watertrappen met alleen gebruikmaking van je benen een vaardigheid was die je pas in de moeilijkste cursus leerde, de cursus waarvan Alan hoopte dat hij die op een dag zou mogen volgen, de cursus 'Opleiding tot strandwacht'. Alan wist dat Roland opschepte.

Roland zei: 'Hoor eens, misschien zou je dat verhaal eens aan een therapeut moeten vertellen. En ook al is het een mooie herinnering, toch weet ik zeker dat die therapeut een verklaring zal weten te bedenken voor hoe die verband houdt met jouw watervrees.' Roland boog zijn rug en maakte een achterwaartse koprol onder water.

Toen Roland weer bovenkwam, herhaalde Alan: 'Hoe weet jij nou wat die vrouw toen zei?'

Roland keek even naar Lynn om te zien of ze onder de indruk was van zijn kennis. Zijn gezicht betrok toen hij zag dat ze gelukzalig naar Alan glimlachte.

'Ontspan je,' zei hij tegen Alan. 'Ik heb op Harvard gezeten, weet je nog? Er gaat niets boven een goede opleiding.'

Alan knipperde met zijn ogen, onder de indruk van Rolands grenzeloze en mysterieuze kennis die hem zo'n scherp psychologisch inzicht had gegeven dat hij in staat was te raden wat iemand dertig jaar geleden had gezegd.

'Ik stel voor dat je een kort verhaal leest, "Een ideale dag voor bananenvis" van J.D. Salinger,' zei Roland. 'Dan krijg je misschien enig inzicht in de reden waarom je nooit goed hebt leren zwemmen. Maar misschien ook niet.'

'Best hoor.' Alan liet de rand voorzichtig los en hervatte de borstcrawl. Lynn en Roland flankeerden hem als loodsmannetjes.

Twee dagen later was Lynn de gastvrouw bij een vernissage in haar galerie. Ze keek op haar horloge. Ze wist dat de yogales van Alan om zeven uur afgelopen was, en ze wilde daar zijn als hij naar buiten kwam, zodat ze hem nog een paar uur zou kunnen stalken.

Om tien voor zeven liep ze naar Patricia toe, die met een glas witte wijn in haar hand met twee kunstenaars stond te praten. Lynn vertelde haar dat ze wegging.

'Je kunt nu niet weggaan,' zei Patricia. 'Kijk eens wie daar net binnenkomt?' Het was Aaron Golding, de hoofdconservator van de afdeling Hedendaagse Kunst van het Metropolitan Museum.

'Dat kan ik wel, en ik doe het ook,' zei Lynn.

Patricia greep hysterisch haar arm beet. 'Aggie is ook net binnengekomen.'

'Dat interesseert me niet,' zei Lynn, terwijl ze haar arm losrukte. Ze liep haar galerie vol mensen uit, waarbij ze oogcontact vermeed met Aggie Slinger, directrice van het MOMA en een zeer rijke kunstverzamelaarster. Een paar maanden geleden zou Lynn een galeriehoudster die een vernissage verliet terwijl Aggie binnenkwam voor gek hebben verklaard. Maar nu rende Lynn naar de sportschool, waar ze geen minuut te vroeg aankwam. Ze volgde Alan op straat. Ze keek om. Roland volgde haar.

Alan probeerde zijn stalkers kwijt te raken voordat hij naar zijn cursus 'Kralenkettingen maken' ging. Het ging goed met Alans zelfontplooiing, maar ideaal was hij nog niet; hij had nog steeds zijn onzekerheden. Het vorige semester had hij niet gewild dat zijn vriendin zou weten dat hij een cursus 'Kralenkettingen maken' ging volgen. Dit semester wilde hij niet dat ze zou weten dat hij doorging met de vervolgcursus 'Kralenkettingen maken'. Maar omdat Jessica een privé-detective was, wist ze alles wat hij deed. Toen hij haar wat vreemdsoortige kralenkettingen gaf en zei dat hij die voor haar had gekocht, wist ze meteen dat hij ze had gemaakt.

Alan dacht dat hij zijn stalkers van zich af had geschud voordat hij bij zijn cursus was gearriveerd. Maar dat had hij mis. Ze schreven zich in voor de cursus. Ze waren verdiept in het maken van een ketting. Je kon Roland zachtjes het lied 'Ne me quitte pas' horen neuriën. Hij zei tegen Lynn: 'Ik zou heel wat gelukkiger zijn als je niet zo geobsedeerd was door Alan. Ik lees beter kaart dan hij. Of liever gezegd: ik kan kaartlezen en hij niet. Ik zing beter. Ik zwem beter, of liever gezegd: hij kan het nauwelijks. En ik maak betere kettingen.'

Alan zei niets en ging onverstoorbaar verder met het rijgen van zijn inferieure ketting.

Roland vroeg hem: 'Waarom heb je eigenlijk voor deze cursus gekozen?'

'Ik dacht dat ik het wel leuk zou vinden,' zei Alan.

'Het gaat altijd maar om jou, nietwaar?' vroeg Roland. Jij dacht dat jij het wel leuk zou vinden. Wat denk je van óns? Ik begrijp gewoon niet waarom je geen leukere dingen kunt uitkiezen, uit consideratie met ons, arme stalkers. Ik bedoel, je wist toch dat we je zouden volgen? Je weet dat we er niets aan kunnen doen. Als je een beetje rekening met ons zou houden, zou je met ons overleggen en activiteiten kiezen die we allemáál leuk zouden vinden.'

'Ik vind Alans cursussen wel leuk,' zei Lynn tegen Roland.

'Ik denk dat Alan het expres doet,' zei Roland, terwijl hij een paperclip liet vallen. 'Hij kiest dodelijk saaie activiteiten uit om mij te pesten.'

Alan negeerde hen en probeerde zich te concentreren op zijn kralen. Hij had het gevoel dat hij het patroon al bedorven had. Het was een blauwe, een rode en een witte. Of was het een rode, een blauwe en een witte? Hij was de volgorde vergeten.

De docente pakte een paar nieuwe kralen van kristal. Ze hadden allemaal de grootte van kleine erwten, en ze zei dat elk soort kristal bepaalde metafysische eigenschappen had. Ze beschreef die eigenschappen terwijl ze er een omhooghield om aan de klas te laten zien.

'Citrien wordt wel de successteen genoemd. Het versterkt je wilskracht en vermindert je stemmingswisselingen.' Daarna hield ze een bleekroze kraal omhoog en zei: 'Jullie weten waarschijnlijk allemaal dat rozenkwarts de liefdessteen is. Dumortiriet versterkt organisatorisch talent, zelfdiscipline en geordendheid. Amethist,' zei ze, en ze hield een doorzichtige paarse steen omhoog, 'wordt ook wel de antiverslavingssteen genoemd, door zijn metafysische eigenschap om verslavingen te verminderen. Calciet helpt je als je geestelijk de weg kwijt bent of geheugenproblemen hebt. Goudtopaas vergroot de creativiteit. Peridoot vermindert jaloezie. Sugiliet helpt je om te gaan met schrik en teleurstelling. Toermalijn vergroot geluk. En tektict is een soort glasachtig mineraal waarvan men gelooft dat het van buitenaardse oorsprong is. Deze glasmeteorieten vergroten je wijsheid.'

Na nog geen kwartier kralen rijgen raakte Alan geïrriteerd dat Roland bijna alle creatieve kralen had gebruikt – de goudtopazen. Alan had er maar drie, Roland misschien wel veertig. Alan keek toe hoe er prachtige kralensnoeren uit Rolands vingers te voorschijn kwamen. En dit was nog maar zijn eerste semester! Alan probeerde de liefdeskralen te ruilen tegen de creatieve kralen. Roland weigerde.

Toen maakte de docente de fout om even het klaslokaal te verlaten. Roland wilde nog steeds geen kralen ruilen. Alan voelde zich steeds meer tekortgedaan. In een moment van frustratie stopte hij stiekem, een voor een, zijn drie goudtopazen in zijn mond en slikte ze door. Hij bedacht dat hun creatieve kracht zo effectiever in zijn bloed zou worden opgenomen.

Lynn zag wat hij deed. Ze raakte eerst in verwarring, maar realiseerde zich toen de logica ervan. Ze vond het slim en begon de liefdeskralen in te slikken.

Roland was ontzet, maar deed even later hetzelfde. Hij verslond rozenkwarts om Lynns liefde te winnen en goudtopazen om Alan dwars te zitten. De kralen rolden rond over de tafel, terwijl alle drie de kraleneters ernaar grepen.

Lynns mobiele telefoon ging. Ze wilde haar jacht op de kralen niet graag onderbreken, maar toen hij voor de derde keer overging, nam ze toch maar op. Het was Arthur Crackalicci, een van haar rijke klanten. Een jaar geleden had hij voor honderdduizend dollar een schilderij van haar gekocht, het duurste schilderij dat ze ooit had verkocht.

'Patricia doet erg geheimzinnig over waar je uithangt, Lynn,' zei hij.

'Dat komt doordat ze niet weet waar ik ben,' zei Lynn, terwijl ze nerveus naar Alan keek, die de wijsheidskralen van buitenaardse oorsprong verslond.

'Geweldige vernissage, maar je was verdwenen voordat ik je kon begroeten. Ik neem er natuurlijk geen aanstoot aan, omdat je hetzelfde deed met Aggie. Mijn god, Lynn, uitgerekend Aggie. Iedereen was behoorlijk onder de indruk. Nu vinden ze je nog mysterieuzer. Met wie neuk je momenteel? Wie is er belangrijker dan Aggie? Ik kan niemand bedenken. Wacht, is het soms het Witte Huis? Ben je daar? Waar ben je nu?'

'Ik zit bij een cursus "Kralenkettingen maken", Arthur.'

'Zeg dat nog eens?'

'Een cursus "Kralenkettingen maken", articuleerde ze duidelijk.

'Waarom zou je je daarvoor moeten schamen? Ik weet zeker dat kralenkettingen maken een mooie bezigheid is.'

'Ik geneer me ook niet.'

'Maar waarom doe je dan zo geheimzinnig?'

'Ik wist niet dat ik naar deze cursus zou gaan totdat ik hier aankwam.'

'Ben je soms een nieuwe levensstijl aan het proberen? De "Ik weet niet waar ik heen ga totdat ik er ben"-levensstijl? De "Weglopen bij de directrice van het MOMA voor een onbekende bestemming, wat een cursus kralenkettingen maken zou kunnen zijn?"-levensstijl soms?'

'Zoiets,' zei Lynn.

'Nou, ik zal je niet langer ophouden,' zei Arthus Crackalicci zuchtend. 'Ik wilde ook weten of je momenteel nog werk van Charlie Santi hebt, omdat een vriend van mij volgende week bij je galerie langs wil komen om er een paar te zien.'

'Zeker. Geweldige schilderijen. Je moet echt zijn recente werk zien. Zeg je vriend dat hij langs moet komen, en kom zelf ook. Tot gauw.' Ze hing op.

Het was interessant dat de toermalijnen bijna niet waren aangeraakt, ongetwijfeld omdat de kraleneters dachten dat ze het nirwana sneller konden bereiken door het eten van geluk. Ze namen ook geen antiverslavingskralen, geheugenkralen, succeskralen, organisatorische kralen of kralen tegen jaloersheid, of het moest per ongeluk zijn. Toen de nuttigste kralen eenmaal in hun maag zaten, gingen de kraleneters verder met het rijgen van hun ketting.

'Ik voel me nog creatiever dan hiervoor,' zei Roland, terwijl hij sluw naar Alan keek. 'Dat komt door al die goudtopazen die ik heb gegeten.'

Toen de docente terugkwam, vroeg ze zich af waar alle rozenkwarts en goudtopaas was gebleven.

Een van de cursisten zei: 'Die hebben zij opgegeten.'

Er waren meer cursisten die dit bevestigden en een voegde eraan toe: 'Ze zijn gestoord.'

Roland en Lynn voelden niet de behoefte om het uit te leggen of te ontkennen. Ze bleven zwijgen en staarden naar de tafel. Alan verontschuldigde zich echter en probeerde de docente zover te krijgen om hem te vergeven, medelijden met hem te hebben, zodat ze hem niet van de cursus zou sturen. Hij vertelde haar een zielig verhaal over dat hij artistiek gezien zo misdeeld was, en dat hij wanhopig probeerde om een druppeltje artistiek talent uit zichzelf te persen, of in zichzelf, of wat dan ook, en dat hij het niet uit kon staan dat Roland beter was dan hij.

'Is een van jullie onder behandeling bij een therapeut?' vroeg de docente.

'Ik laat me regelmatig masseren,' zei Alan.

Die avond hadden de kraleneters buikpijn, vooral Alan. Jessica vroeg hem of hij iets verkeerds had gegeten. Dat hij kralen had gegeten had hij haar nog wel durven vertellen, omdat dat tamelijk maf was, maar hij wilde niet opbiechten dat hij een cursus 'Kralenkettingen maken' volgde, omdat hij dat gênant vond, en hij liever maf dan zielig overkwam.

Dus uiteindelijk zei hij: 'Ik had een ketting voor je gekocht, en ik had die in een zak snoep gestopt die ik voor mezelf had gekocht. Op de een of andere manier is de kralenketting gebroken in de zak, en alle kralen lagen toen ergens tussen het snoep, waardoor ik er tamelijk veel van gegeten heb.'

'Je had niet in de gaten dat je stenen aan het eten was? Dat is wel heel vreemd,' zei Jessica, en ze keek naar hem terwijl hij in zijn witte fauteuil zat met zijn handen op zijn buik.

'Nee, dat had ik niet in de gaten,' zei Alan. 'Ze waren rond en glad. Hoe had ik dat kunnen weten?'

'Hmm,' zei Jessica, terwijl ze Pancake aaide. Ze wist heel goed dat Alan de kralenketting zelf had gemaakt, maar ze had geen flauw idee waarom hij de kralen had opgegeten.

'O, tussen haakjes,' zei Alan, 'het waren goudtopazen, die volgens die new age-onzin je creativiteit vergroten. Ik vraag me af of ze beter werken als je ze opeet dan als je ze draagt.'

Dus nu wist ze het. 'Wie zal het zeggen? Misschien zul je je straks erg creatief voelen als je je goudtopazen uitpoept.'

Op het ministerie van Justitie wilde Rolands officemanager hem even onder vier ogen spreken. Hij zei: 'Het is tamelijk vervelend dat je zei dat je naar een vergadering op het kantoor van Marty Bernstein ging, want toen we je daar probeerden te bereiken bleek er helemaal geen vergadering te zijn.' Hij zweeg even. 'Kunnen we je misschien ergens mee helpen? Je bent tegenwoordig wel erg vaak weg.'

10

Er gingen een paar weken voorbij. De zomercursussen waren afgelopen. Nadat hij er goed over had nagedacht besloot Alan zich niet in te schrijven voor een herfstcursus. Om te beginnen wist hij al dat zijn stalkers hem zouden volgen, en hij wilde hen zo min mogelijk tegenkomen. Ten tweede vond hij dat hij zichzelf en zijn leven voldoende had verbeterd, en hij wilde meer tijd hebben voor zijn vriendin. Ten derde had hij zijn cursussen altijd beschouwd als een ondersteuning, en nu wilde hij zichzelf bewijzen dat hij ze niet langer nodig had om gelukkig te zijn.

Hij realiseerde zich dat zijn stalkers, vooral Lynn, wel teleurgesteld moesten zijn nu de cursussen voorbij waren. Hij vroeg zich af waarom ze nooit had geprobeerd om hem te volgen naar een bijeenkomst van de Anonieme Stalkverslaafden. Maar hij wist niet dat ze er altijd was, maar vermomd. Alans waarnemingsvermogen was niet veel beter dan zijn richtingsgevoel. Bovendien was hij van nature erg goedgelovig en argeloos.

Op zijn AS-bijeenkomst vertelde hij in de groep hoe irritant het was om te worden gestalkt. De groep klaagde dat hij van het onderwerp afdwaalde. Dat onderwerp was: hoe erg het is om te stalken, niet om gestalkt te worden. Alan verontschuldigde zich en zei dat ze gelijk hadden. Dus toen begon hij erover dat hij soms de aandrang had om zijn vriendin te stalken. Of zelfs om vreemden te stalken die op straat liepen. 'Maar het helpt me erg dat ik nu word gestalkt door Lynn. Het helpt me om in te zien hoe onaantrekkelijk het is, hoe graag ik niet zo wil zijn. En de verleiding om weer te gaan stalken wordt er minder door. Het beste wat jullie kan overkomen is dat iemand je stalkt.'

Lynn begon te huilen. Maar niemand vond dat vreemd, omdat mensen nu eenmaal huilden tijdens hun bijeenkomsten.

Het werd voor Ray steeds moeilijker om de verandering in de stalkvolgorde te accepteren. Het mysterie ervan was moeilijk te verdragen. Maar hij zou niet toegeven aan zijn nieuwsgierigheid, zou hun geen vragen stellen. Als ze langsliepen, sloot hij zijn ogen en hield hij zijn adem in, om het zintuiglijke contact met zulke verleidelijke wezens te minimaliseren. Maar in gedachten schreeuwde hij: 'Waarom doen jullie het anders? Waarom hebben jullie je volgorde veranderd? WAAROMMMMM???'

Op een middag liep Alan naar de praktijk van een dokter, gevolgd door Lynn en dus ook door Roland, toen zijn mobiel overging. Hij zag ertegen op om zijn telefoon op te nemen als hij op straat liep, omdat het soms een van zijn stalkers was (meestal Roland) die zich beklaagde omdat ze al zo lang aan het lopen waren. Roland zeurde dan in Alans oor: 'Zijn we er nu bijna, waar dat verdomme ook mag zijn?' Maar toen Alan ditmaal opnam zei Roland: 'Laten we praten.'

Alan was bijzonder geërgerd. 'Wat bedoel, laten we praten? Wat valt er nog te praten?'

'Ik wil even rustig met je praten,' zei Roland. 'Niet nu, maar bijvoorbeeld tijdens een lunch.'

'Geen belangstelling,' antwoordde Alan.

'Ik moet ergens met je over praten.'

'Ga je gang.'

'Persoonlijk.'

'Haal me dan nu in en kom het me vertellen.'

'Nee, want dan doet Lynn dat ook, en zij mag het niet horen.'

Alan zuchtte. 'Ik ben op weg naar een afspraak met een specialist. Ik kan de portier wel vragen om jou binnen te laten, maar Lynn niet. Dan kunnen we even in de wachtkamer praten. Ik ga naar dokter Reilly, op de derde verdieping.' Alan deed zijn telefoon uit.

In de wachtkamer las Alan een tijdschrift. Er waren nog twee mensen: een jonge vrouw en een man van in de vijftig. Ze hadden hun armen over elkaar geslagen, hun benen niet. Ze staarden recht voor zich uit, naar de plek waar Alan zat.

Roland kwam binnen. 'Waarom moet je naar een dermatoloog? Heb je last van acne?'

Alan zuchtte. 'Nee.'

'Huidkanker?'

'Nee. Ik heb een droge huid.'

'Je bent hier omdat je huid erg droog is?' zei Roland, terwijl hij naast Alan ging zitten.

'Extreem droog,' zei Alan. 'Door de chloor. Waarover wilde je praten?'

'Ik neem aan dat je het prettig zou vinden als Lynn, en dus ook ik, je niet meer zouden stalken.'

'Nee. "Prettig" is niet het juiste woord. Ik zou het heerlijk vinden. Trouwens, moet jij niet op je werk zijn? Wat voor reden heb je ze deze keer gegeven?'

'Ik zei dat ik iets bij de rechtbank moest doen. En jij? Wat zeg jij tegen je baas?'

'Dat ik een afspraak heb met een specialist,' antwoordde Alan, terwijl hij veelbetekenend naar Roland keek. 'Volgens mij verzuim jij nog vaker je werk dan ik in de tijd dat ik nog stalkte.'

Buiten stond Lynn geduldig op de twee mannen te wachten. Een toevallige voorbijgangster zag haar staan. 'Hé, hallo, Lynn.' Het was Maria Stanley, een kunstenares die in de hogere kringen probeerde door te dringen.

'Hallo,' zei Lynn.

'Ik hoorde dat je niet bij het feest van Jania en Peter Collin was. Hadden ze je niet uitgenodigd?'

'Jawel, maar ik had iets anders,' zei Lynn, terwijl ze zich probeerde te herinneren waarom ze niet naar dat feest was gegaan. Ze herinnerde zich plotseling dat ze naar een bijeenkomst van de Anonieme Stalkverslaafden was geweest.

'O,' zei Maria teleurgesteld. 'Ze hadden mij niet uitgenodigd. Ik voelde me nogal buitengesloten.'

'Ja, ik weet hoe dat voelt.'

'Maar jij was wel uitgenodigd.'

'Ja, maar je kunt op allerlei manieren buitengesloten worden.'

'Ik betwijfel of jij vaak buitengesloten wordt.'

'Je vergist je. Vorige week nog werd ik niet toegelaten tot een club waar ik lid van wilde worden.'

'Wat voor club?'

'Een club voor mensen die mooi haar willen hebben,' zei Lynn, die het niet zo nauw nam met de waarheid. 'Eigenlijk was het een club voor mensen die haar wilden. Het was de Haarclub voor mannen'.

Maria staarde naar Lynns weelderige goudblonde haar. 'Je hébt al mooi haar. Is dat de reden waarom ze je hebben afgewezen?'

'Nee,' zei Lynn, niet op haar gemak. 'Maar goed, je moet niet van slag raken omdat je niet wordt uitgenodigd voor feesten. Buitengesloten worden is bitter, maar een regelmatige dosis ervan is gezond. Bitter in de mond houdt het hart gezond.' Ze moest plotseling denken aan die arme dode Judy met haar extravagante theorieën over geluk.

Maria leek niet getroost door Lynns woorden. Lynn kreeg medelijden met haar en voegde er vriendelijk aan toe: 'Jouw uitnodiging is waarschijnlijk zoekgeraakt in de post.'

De kunstenares glimlachte zwakjes. 'Wat doe je hier eigenlijk? Wacht je op iemand?'

'Ja.'

Maria nam afscheid.

'Om terug te komen op mijn onderwerp,' zei Roland tegen Alan in de wachtkamer. 'Er is maar één manier om ervoor te zorgen dat Lynn en ik zullen ophouden jou te stalken.'

'En die is?'

'Dat ik haar terugwin.'

'Je hebt jullie relatie zelf laten mislukken.'

'Ik heb je hulp nodig.'

'Ik heb je al opgehemeld tegenover haar. Ik zie niet in wat ik nog meer kan doen.'

'Die weekenddeal overdoen,' zei Roland.

'Je bent niet goed bij je hoofd.'

'Ik weet zeker dat ik haar terug kan winnen als ik een weekend met haar doorbreng.'

'Maar ík wil helemaal geen weekend met haar doorbrengen,' zei Alan.

'Ik heb het ook voor jou gedaan.' Roland keek alsof hij zich plotseling realiseerde hoe absurd dat argument was. Uiteindelijk was het ermee geëindigd dat hij Lynn na dat fameuze weekend voor zichzelf had gehouden. Hij voegde er snel aan toe: 'Ik doe eerst een weekend met haar, en dan win ik haar terug, net als de vorige keer. Dan hoef jij geen weekend meer met haar meer te doen en ben je meteen van haar af.'

'Maar stel dat ze daarna toch nog een weekend met mij wil doorbrengen? Als ik haar mijn woord geef, dan kan ik niet meer terugkrabbelen. Ik ben niet zoals jij. Of zoals zij.'

'Daar heb ik over nagedacht, en als het zover komt, dan moet je dat misschien toch maar doen. Het zou je een geweldige kans geven om ervoor te zorgen dat ze op je afknapt. Het is veel gemakkelijker om onaantrekkelijk te zijn tijdens een weekend dan terwijl je over straat loopt.'

Daar had Roland gelijk in. En hij versterkte dit nog eens door te zeggen: 'En dan ben jij van haar af, van mij af, van je stalkers af.'

'Oké. Het is het proberen waard. Ik zal er met Jessica over praten. Ik denk dat ik haar wel zover kan krijgen dat ze me vertrouwt.'

Toen ze allemaal weer op straat waren, zei Lynn tegen haar stalker en de man die zij stalkte: 'Ik voelde me buitengesloten. Ik weet zeker dat jullie iets aan het bekokstoven waren, maar wat jullie zojuist deden verstoort de stalkorde, en dat is niet goed. Jullie tweeën horen niets te bespreken zonder mij erbij.' Na een korte stilte zei ze: 'Nou, wat waren jullie aan het bekokstoven?'

'Niets,' antwoordden ze, waarna de een voor haar ging lopen en de ander achter haar.

Alan en zijn vriendin hadden een bijzonder plan voor de komende zaterdag. Jessica had Alan overgehaald om haar seksuele konijnenfantasie in Central Park uit te leven. Het had haar maanden gekost om hem over te halen (ze probeerde het al sinds Pasen).

Aan de ene kant kon hij de aantrekkingskracht ervan wel inzien. Uiteindelijk had hij zich ook uitstekend vermaakt tijdens Halloween, toen Jessica en hij verkleed als priester en non de liefde bedreven terwijl ze almaar herhaalden dat dit echt niet kon. Maar de reden dat hij uiteindelijk had ingestemd was dat het misschien een goed moment zou zijn om Jessica te vragen of hij een weekend met Lynn weg mocht.

Toen ze op zaterdag wakker werden zei Jessica: 'Het is niet te warm. Het is een ideale dag voor een konijnenpak.'

Alan zuchtte. Hij herinnerde zich hoe Roland had geraden dat de vrouw in de zee had gezegd: 'Het is een ideale dag voor mangovis.'

Alan en Jessica gingen naar de kinderspeelplaats in Central Park. Ze werden gevolgd door Lynn en Roland, die zich afvroeg waarom Alan als een groot roze konijn was verkleed. Plotseling herinnerde Roland zich dat Alan hem maanden geleden had verteld dat dit een van Jessica's fantasieën was die voortdurend voor wrijving tussen hen zorgde. Roland grinnikte in zichzelf.

Alan kon zich goed bewegen in het pak. Het was niet zo zwaar, warm en kriebelig als hij had gevreesd. Jessica liep op het klimrek af. Ze sprong omhoog en greep een stang boven haar hoofd beet. Haar slanke gestalte werd nog een beetje langer en smaller. Alan keek nerveus naar de zoom van haar erg korte geruite rokje. Hij wist dat ze geen slip droeg, en doordat ze zich uitrekte, was de zoom omhooggekropen. Gelukkig was er niemand in de buurt, behalve Lynn, die zich in de bosjes had verstopt. Daardoor was ook Roland in de buurt, maar eigenlijk telden zij niet mee.

Jessica hing daar zachtjes zwaaiend en zei: 'Fouilleer me.'

'Jou fouilleren?' zei Alan.

Haar ja klonk als een holle uitademing.

Soms vond hij haar wapen als hij haar fouilleerde. Hij legde zijn konijnenkop op een wip en liep op Jessica af. Hij drukte zijn handpalmen tegen haar ribben, tegen haar rug. Hij zocht en vond een paar kleine, harde bulten, en ontdekte dat het chocoladepaaseitjes in roze zilverpapier waren. Hij ging verder met het aftasten van haar lichaam en drukte zijn borst tegen haar heupen en zijn gezicht tegen haar buik. Hij werd er opgewonden van, niet alleen seksueel maar ook romantisch. Hij hield van haar. Ze liet de stang los en liet zich langzaam in zijn donzige roze konijnenarmen zakken, sloeg haar benen om zijn zachte konijnenheupen, kruiste haar enkels over zijn donzige witte staart en kuste hem hartstochtelijk.

Lynn zuchtte gekweld in de bosjes.

Alan was gelukkig, maar zou gelukkiger zijn geweest als Lynn zich niet in de bosjes had verstopt. Hopelijk zou zijn weekend met haar de oplossing van dit probleem zijn. Hij moest het er vanmiddag maar met Jessica over hebben. Maar eerst bedreven Alan en Jessica de liefde op een bank. Jessica zat op zijn schoot met haar gezicht naar hem toe. Er was een speciale opening in Alans konijnenpak.

Ze bedreven de liefde ook op het gras.

Lynn en Roland wisten precies wat ze aan het doen waren. Maar niet veel andere mensen hadden dat ook door. Het leek alsof Jessica gewoon met gespreide benen op de konijnenman zat, die op zijn rug lag. Ze bewoog zich nauwelijks.

Daarna gingen Jessica en Alan naar de Ramble, en liepen hand in hand over het pad. Alan begon over zijn weekend met Lynn. Hij had het idee nog maar net aan Jessica voorgelegd, of ze ging ervandoor. Ze rende als een gazelle tussen de bomen door, met Alan achter zich aan. Lynn en Roland renden weer achter hem aan, en keken naar zijn donzige witte staart die op en neer wipte. Die was er niet goed aan genaaid, maar dat was wel grappig, vond Lynn.

Toen Alan Jessica had ingehaald, zei ze vrolijk: 'Laten we naar de stad gaan.'

Hij wist niet of haar vrolijkheid onschuldig was of meer weg had van een bries die verandert in een wervelstorm.

'Oké,' zei hij.

Alan hield zijn konijnenkop op terwijl ze naar de stad liepen, in de hoop dat dit haar gunstig zou stemmen. Uiteindelijk durfde hij haar voorzichtig te vragen: 'Nou, wat vind je ervan dat ik een weekend met Lynn wegga?'

Abrupt ging Jessica rechtsaf, en liep een kledingzaak in. Alan fronste. Hij had de indruk dat ze van streek was. Hij voelde zich een beetje gevleid omdat ze misschien jaloers was. Hij volgde haar de winkel in en zette zijn konijnenkop af, als een heer die zijn hoed afdoet bij het betreden van een kerk. Geen van beiden realiseerden ze zich dat ze zojuist een winkel voor vrouwen met een maatje meer waren binnengegaan.

Verward begon Jessica dwangmatig het ene kledingstuk na het andere te passen, in beslag genomen door haar eigen gedachten. Er hingen geen kaartjes aan de kleding waar de maat op stond, omdat de winkel niet geloofde in maataanduidingen. Jessica veronderstelde dat de enorme maten gewoon een nieuwe, lossere stijl waren.

Alan vond dat de kleren haar niet goed stonden; ze hadden niets van haar gebruikelijke kledingstijl. Hij kon niet precies aangeven wat er fout aan was, omdat zijn gevoel voor stijl niet veel beter was dan zijn richtingsgevoel of zijn waarnemingsvermogen, maar hij stond er verder niet echt bij stil. Hij probeerde naar de geestesgesteldheid van zijn vriendin te gissen aan de hand van haar gebaren. Hij kon niets beters bedenken dan dat ze razend jaloers was en dat zonder succes probeerde te verbergen.

Alan had er niet verder naast kunnen zitten. Jessica was inderdaad erg van streek, maar de enige gedachte die almaar door haar hoofd ging sinds Central Park was: ik zal proberen me netjes te gedragen. Ze was ontzet bij het vooruitzicht dat ze een heel weekend haar eigen gang zou kunnen gaan. Ze probeerde zichzelf ertoe te brengen om hem te vragen niet weg te gaan met Lynn, zodat zij, Jessica, zich niet zou hoeven overgeven aan al het plezier waar ze onmogelijk weerstand aan zou kunnen bieden. Maar omdat ze hem dat niet kon vertellen, besloot ze het uit haar hoofd te zetten, in de hoop dat ze wilskracht zou kunnen verzamelen door passende kleding te vinden. Maar geen van de kledingstukken paste haar, wat nogal vreemd was; meestal stond alles haar leuk. Ze was te zeer van streek om in de gaten te hebben waarom.

Jessica beschouwde zichzelf niet als een seksverslaafde. Ze wist dat ze het ooit geweest was, maar meende dat ze het nu niet meer was. Ze ging inderdaad vreemd. Ze had inderdaad een ochtendminnaar en een middagminnaar, maar dat hadden zoveel vrouwen. Dat betekende nog niet dat je een seksverslaafde was. Ook al was ze niet seksverslaafd, toch wist ze, omdat ze het ooit wel geweest was, dat ze gevoelig was voor verleiding. Verleiding moest ten koste van alles worden vermeden. Alan zou dat toch moeten weten. Vooral omdat hij het helemaal eens was met de belachelijke opvatting: eens een verslaafde, altijd een verslaafde.

Buiten stond Lynn te spioneren. Ze kon niet begrijpen waarom de broodmagere Jessica grote maten stond te passen in een winkel voor stevig gebouwde vrouwen. Plotseling kwam er een beklemmende gedachte in haar op: misschien was Jessica op zoek naar zwangerschapskleding! Misschien was ze in verwachting!

Jessica bleef kleren passen waar ze in verdronk, terwijl de strijd in haar nog voortwoedde.

Alan zag dat ze duidelijk moeite had met zijn weekendplan.

'Jessica,' zei hij, 'je geeft me geen antwoord. Ik moet weten of je er geen bezwaar tegen hebt dat ik dat weekend doe. Je moet me vertellen wat je ervan vindt.'

'Wacht nou eens even; ik moet eerst iets zien te vinden wat ik leuk vind.'

'We kunnen nog even verder kijken als je hier niets kunt vinden.'

'Nee! Ik vind de kleding hier geweldig. De kleuren zijn prachtig, het materiaal is zacht. Ik heb nog nooit zulke grote kleren aangehad. Ze beperken je nergens, ik voel me er naakt in. Ik kan mijn eigen huid voelen, en dat is erg sexy. De huid van mijn bovenarm kan de huid van mijn ribbenkast voelen. Dat is heel grappig en intiem. Het voelt aan alsof ik mijn eigen minnaar ben.'

Ze kon zich nog net inhouden om tegen Alan te gillen: 'Ga je gang! Neuk haar plat! Dan doe ik hetzelfde met mijn eigen minnaars. Gun me mijn eigen plezier!'

Twee forse verkoopsters keken naar Jessica. Alan zag hun perplexe gezichten, ging naar hen toe en zei: 'Wilt u alstublieft tegen haar zeggen dat deze kleding haar echt niet staat?' Een van de verkoopsters slaakte een zucht, kwam moeizaam overeind en ging naar Jessica toe. 'Kan ik u helpen?'

'Ja. Hoort deze kleding zo te zitten?' vroeg Jessica.

'Nee.'

'O, goed, ik had al het gevoel dat ik iets verkeerd deed. Hoe hoort het dan wel?' vroeg ze, terwijl ze zich met uitgestrekte armen naar de vrouw toe draaide en haar lichaam ter correctie aanbood.

'Deze kleding staat u niet,' zei de vrouw, zonder zich te bewegen.

'Dat realiseer ik me ook. Kunt u er niet voor zorgen dat hij wel goed staat?'

'Dat kan ik niet doen, maar ik kan u wel aanwijzingen geven.'

'Oké,' zei Jessica, die dacht dat deze vrouw een soort fobie had voor mensen.

'Ga naar huis, eet een rol koekjes, een bak ijs en een pizza. Doe dat elke dag. Kom dan over drie maanden terug.'

'O.' Jessica keek om zich heen en begreep het eindelijk. Om haar figuur te redden, en ook omdat het waar was, zei ze: 'Dat doe ik al bijna elke dag. Dus ik denk dat ik de hoop maar moet opgeven dat deze kleren me ooit zullen passen.'

De verkoopster knikte en zei: 'Sommige dingen in het leven zijn niet eerlijk. Het is maar het beste om het te aanvaarden wanneer iets mislukt is. Ga verder.'

Jessica besloot om die woorden als een militair bevel op te vatten. Ze knikte instemmend naar de vrouw. 'Bedankt voor uw hulp.'

Ze liepen door de straat en zeiden een tijdlang niets. Alan droeg de konijnenkop als een motorhelm onder zijn arm. Uiteindelijk zei hij: 'Ik kan het best begrijpen als je dat weekendplan maar niets vindt. Maar ik wil gewoon jouw mening horen.'

Ze hoopte dat ze voldoende wilskracht zou hebben om zich niet over te geven aan het bordeelscenario waarover ze altijd fantaseerde. In die fantasie was ze in een slaapkamer en stond er een rij van twintig mannen voor de deur die wachtten op hun beurt.

'Het eten waar die verkoopster het over had heeft me hongerig gemaakt,' zei ze, terwijl ze in de richting van een ijssalon aan de overkant van de straat liep. De ijssalon had alleen van die perverse Europese hoorntjes waar twee bolletjes ijs naast elkaar lagen, als testikels. Ze vermeed het altijd om dat soort hoorntjes te kopen omdat die haar probleem verergerden. Ze waren echt ziek, die Europeanen, om een onschuldig ijsje eruit te laten zien als een omgekeerde penis. Ze overwoog om helemaal geen ijs te nemen, maar ze was bang dat Alan dan zou ontdekken wat haar probleem was. Of misschien zou hij helemaal niets vermoeden – ze wist nooit hoe duidelijk sekssymbolen waren voor andere mensen. Maar omdat ze niet het risico wilde lopen dat hij achterdochtig werd, nam ze het ijsje aan, likte voorzichtig aan de testikels en deed alsof het normaal was. Ze probeerde zich te ontspannen, maar haar tong kwam puntig en strak naar buiten. Hij prikte in de ballen op een manier die niet prettig zou zijn geweest als het levende ballen waren geweest.

'Nou, wat denk je van dat weekendplan? Vind je het goed?' vroeg Alan.

Ze keek naar de grond, waarbij ze de eetbare penis schuldbewust vasthield. 'Ja, ik vind het goed.' Ze was teleurgesteld dat ze niet voldoende wilskracht had om hem te vertellen dat hij haar niet haar gang moest laten gaan met haar sekspleziertjes.

Alan lachte. 'Kijk niet zo triest! Je vertrouwt me toch wel?'

Ze zuchtte en knikte. Hij sloeg zijn arm om haar heen en trok haar tegen zich aan, waarbij hij haar slaap kuste en haar romige testikels samendrukte tussen zijn donzige roze borst en haar borsten.

'Oeps.' Hij grinnikte. Ze veegden zichzelf schoon.

Een paar straten verder kwamen ze langs een boekwinkel. Alan wilde er even naar binnen.

'Waarom?' vroeg Jessica. Het was al vier uur geleden sinds hun laatste vrijpartij, en vandaag, op haar vrije dag, verwachtte ze meer seks. En bovendien had het ijs haar geil gemaakt.

'Ik wil even op zoek naar een kort verhaal dat "Een ideale dag voor bananenvis" heet, dat Roland me adviseerde om te lezen,' zei Alan. 'Ken jij het?'

Ze gaf geen antwoord. Alan zag een vreemde uitdrukking op haar gezicht. Hij had geen idee hoe hij die moest uitleggen, dus herhaalde hij: 'Ken jij het?'

'Ja. Er is geen reden waarom je dat zou moeten lezen. Roland is een idioot en een lul. Laten we gaan.'

'Ben je niet nieuwsgierig om te weten waarom hij wilde dat ik het zou lezen?'

'Nee.'

'Omdat je het al weet?'

'Ja.'

'Waarom dan?'

'Je hebt hem waarschijnlijk dat verhaal verteld over toen je klein was en die vrouw zei dat het een ideale dag voor mangovis was, en dat ze je hielp om zo'n vis te strelen. Ik begrijp niet waarom je die zak in vertrouwen neemt. Je moet hem geen persoonlijke dingen vertellen.'

'Zo persoonlijk is dat nou ook weer niet.'

'Ja, dat is het toevallig wel. Het is zelfs erg persoonlijk.'

'Nou, dat ben ik niet met je eens,' zei Alan, terwijl hij de deur van de boekhandel openzwaaide en op weg ging naar de afdeling Literatuur.

'Alan,' zei Jessica met een klein stemmetje.

'Wat is er?'

'Sorry, het was niet mijn bedoeling om zo bits te doen.' Ze streelde teder zijn hals en gaf hem een kus. Ze keek verdrietig.

'Is alles goed met je?' vroeg hij.

Ze glimlachte geruststellend.

Hij vond het boek. Hij bladerde het verhaal door en liet plotseling zijn konijnenkop vallen, die door het gangpad rolde. Hij liet zich op de grond zakken. Jessica kwam snel naar hem toe, omhelsde hem en kuste zijn wang.

'Zeg iets,' zei ze.

'Waarom heb je me dat niet verteld?'

'Omdat je het verleden niet kunt veranderen. Het was niet nodig dat je het zou weten.'

'Hoefde ik niet te weten dat ik als kind seksueel ben misbruikt?'

'Gedane zaken nemen geen keer.'

Later die avond zei Alan: 'Ik zou willen dat ik dit jaren geleden had geweten. Mijn leven had er volkomen anders uit kunnen zien.'

Hij zei er verder niets meer over, maar hij dacht er wel over na. En bleef erover nadenken.

De vrouw die hem misbruikt had was de buurvrouw van zijn moeder, Miss Tuttle, en ze had hem iets laten strelen waarvan ze zei dat het een mangovis was, maar waarvan hij nu wist dat het haar vagina was geweest. Hij lag te drijven op haar gele luchtbed. Ze had zijn hand onder water geleid, terwijl zijn zicht werd belemmerd door het luchtbed. Ze zei dat de mangovis schuw was en niet gezien wilde worden. Hij herinnerde zich nog hoe het had aangevoeld. Het was zacht en het had plooien. En toch, in al die jaren die er sindsdien waren verstreken, was het niet in hem opgekomen dat hij de geslachtsdelen van die vrouw had aangeraakt. Misschien zou hij haar op een dag een bezoek moeten brengen om haar te confronteren met wat ze had gedaan.

In de loop der jaren had Alan vaak aan zijn moeder gevraagd hoe het met Miss Tuttle ging. Zijn moeder zei hem dan altijd dat Miss Tuttle het goed maakte, dat ze niet was verhuisd en nog steeds de kost verdiende als kapster, en af en toe kinderen vermaakte op verjaardagsfeestjes. Hij begreep nooit waarom hij eigenlijk naar Miss Tuttle informeerde. Ze interesseerde hem nauwelijks. Nu zag hij in dat deze neutraliteit zijn onderdrukte schaamte, zijn afkeer, zijn haat was.

Vol ontzag dacht hij: eigenlijk ben ik een normaal mens, die ooit is misbruikt. Diep vanbinnen ben ik normaal. Ik ben niet onvolwaardig geboren – ik ben later beschadigd.

Alan had zich altijd minderwaardig gevoeld ten opzichte van de andere stalkverslaafden bij de bijeenkomsten van de Anonieme Stalkverslaafden. Zij leken geestelijk gezonder dan hij omdat ze praatten over de mensen door wie ze in hun jeugd

waren misbruikt, aan wie ze de schuld gaven van hun stalkverslaving. Alan had een gelukkige jeugd gehad, waardoor hij zich
een buitenstaander voelde, een zonderling, een grotere crimi-
neel dan de stalkers met een excuus.

Maar nu Alan had ontdekt dat hij helemaal geen gelukkige
jeugd had gehad, lagen de zaken ineens anders. Zijn seksuele
misbruik was een soort godsdienst. Het verklaarde zijn tekortkomingen, zijn problemen, zelfs zijn gebrek aan artistiek talent. Dat was allemaal de schuld van de vrouw die hem had
misbruikt. Hij was haar bijna dankbaar. Dankbaar dat hij haar
van alles de schuld kon geven. Zijn stalkgewoonte – haar
schuld. Zijn slechte richtingsgevoel, zijn gebrek aan stijl, aan
waarnemingsvermogen – allemaal haar schuld. Zijn gezichts-
uitdrukkingen die vroeger te overdreven waren en elkaar te
snel afwisselden – allemaal haar schuld. Zijn slechte zingen,
slechte dansen, gewichtsprobleem, haarverlies, gebrek aan
spieren – allemaal haar schuld. Het leven kreeg zin. Eindelijk.

Hij dacht na over zijn zwemproblemen. Hij vroeg zich af of
er ook zwemlessen waren voor overlevenden van seksueel misbruik in het water. Hij beschouwde zichzelf nu als een volkomen ander mens: een slachtoffer. Het was bevrijdend en bemoedigend. Het vergrootte zijn zelfvertrouwen. Hij verbaasde
zich erover dat zijn leven steeds beter werd: eerst had hij zijn
stalkverslaving overwonnen, toen ging hij zichzelf ontplooien,
daarna had hij een geweldige vriendin gekregen, en nu had hij
net gehoord dat hij het slachtoffer was van seksueel kindermis-
bruik!

Patricia vertelde Lynn: 'De Britse vakbond voor werknemers in
de transportsector heeft je aanvraag voor het lidmaatschap afgewezen omdat je niet Brits bent en ook niet bij een transport-
bedrijf werkt.'

Lynn knikte langzaam en geconcentreerd. Patricia bewonderde Lynns toewijding en haar volharding bij de aanvragen, hoewel ze dagelijks door Alan werd afgewezen.

Alan en Roland vertelden Lynn over hun idee om de weekenddeal over te doen. De volgorde stond al vast – ze zou eerst met Roland gaan, en daarna met Alan.

Ze stemde toe.

Ray de dakloze deed nog steeds zijn ogen dicht en hield zijn adem in als de stalkketen passeerde. Al een hele tijd geleden was hij opgehouden met zijn therapeutische commentaar. Die verleidelijke idiote mensen ook.

Toen Roland en Lynn dat weekend bij het hotelletje arriveerden, riep Max hartelijk uit: 'Ah, Roland en zijn stalker!'

'Niet helemaal,' zei Lynn. 'De dingen zijn veranderd. Roland is nu míjn stalker. Volgende week kom ik met de man die ik zelf momenteel stalk.'

Lynn bekeek Max nauwkeurig. Hij was geen spat veranderd. Hij had nog steeds zijn lange krullende haar, zijn ruches, zijn broekklep. Om de een of andere reden vroeg Lynn zich plotseling af of Max en de seksverslaafde Jessica het goed met elkaar zouden kunnen vinden als ze elkaar zouden ontmoeten. Uiteindelijk was hij de man die vond dat vrouwelijke stalkers hoeren waren en geneukt wilden worden. Jessica zou daar waarschijnlijk geen probleem mee hebben. Als hij tegen haar zou zeggen: 'Kom op mijn pik zitten', dan zou ze waarschijnlijk zeggen: 'Weet je zeker dat je dat niet erg vindt?' Dan zou Alan weer vrij zijn.

Toen Roland hun weekendtassen naar hun kamers droeg, zei Lynn tegen Max: 'De vriendin van de man die ik stalk is een heel knappe seksverslaafde. En ze ontkent haar verslaving volkomen. Ik denk dat jullie het goed met elkaar zouden kunnen vinden. Als ik erin slaag hem voor mij te winnen, dan zal zij vrij zijn. Ze heeft haar vriend een keer gedwongen om zich te verkleden als een groot roze konijn en zo de liefde met haar te bedrijven in Central Park. Ik denk dat ze jou wel aardig zou vinden.'

'Dat lijkt me nogal tam,' zei Max.

Lynn antwoordde koeltjes: 'Dat is niet tam. Evenmin als het feit dat ze een pistool heeft.'

Toen Lynn aan het uitpakken was, ging Roland naar Max en vroeg hem of hij hem even onder vier ogen kon spreken. Ze gingen het kantoortje van Max binnen.

Roland liet onopvallend een knoop vallen. 'Ik heb je hulp nodig om Lynn terug te winnen.'

'Natuurlijk, kerel. Maar hoe?'

'Maak jezelf zo onaantrekkelijk mogelijk.'

'Waarom? Je hoeft je geen zorgen te maken; ze is niet in mij geïnteresseerd.'

'Dat weet ik. Wat ik zoek is het contrast.'

'Het contrast?'

'Tussen jou en mij. We moeten het contrast vergroten. Nog meer.'

'Waarom?'

'Zodat ik gunstig afsteek.'

'Max liet een verbaasd gegrinnik horen. 'Denk jij dat zoiets werkt?'

'Ja. De vorige keer lukte het ook.'

'Wat bedoel je? Ik probeerde de vorige keer helemaal niet om onaantrekkelijk te lijken.'

'Nee, maar toch werkte het. Dus zou het nu nog beter moeten

169

werken als je het echt gaat proberen.' Roland realiseerde zich dat hij een beetje beledigend was, maar hij wist niet goed hoe hij zich hieruit moest redden. Daarom probeerde hij een andere strategie: 'Lynn vindt ons een geweldig stel, omdat jij mij op een sublieme manier versterkt. Je weet wel, zoals een edelsteen in een volmaakte zetting.'

'Je bedoelt dat jij gunstig bij mij afsteekt, door het contrast?'

'Ja,' zei Roland, alsof dat iets goeds was.

Max zweeg. Zijn stemming had een verandering ondergaan. Hij keek Roland strak aan. 'Denk je nu echt dat ik mezelf nog onaantrekkelijker kan maken dan ik al ben? Ik bedoel, denk je dat ik nóg erger kan worden?'

'Ik weet het niet. Ik zou niet weten hoe, maar misschien dat jij het weet.'

'Misschien wel. Ik voel me vereerd dat je vertrouwen hebt in mijn oordeel.'

'Nou, het werkte de vorige keer, en toen deed je niet eens je best.'

'Nee, ik deed niet mijn best om onaantrekkelijk te zijn. Integendeel, ik probeerde charmant en onderhoudend te zijn. Dus weet je wel hoe grof ik zal zijn als ik echt ga proberen om afstotend te zijn?'

Hij wachtte om te zien of Roland iets zou zeggen, zou protesteren, maar dat deed hij niet. Roland knikte alleen maar. En op dat moment kreeg Max een steek in zijn hart. Maar hij gaf het niet op.

Intussen zat Alan in de stad in zijn vlekkerige witte fauteuil, waar hij Pancake streelde, die met wijd uitgestrekte pootjes op zijn schoot lag. Hij dacht na over het misbruik. Beurtelings vond hij het heerlijk en afschuwelijk, maar hij wilde niet dat het zijn leven zou gaan bepalen. Dus probeerde hij zichzelf af te leiden met een paar van zijn brochures over doorlopende cursussen, ook al was het te laat om zich nog in te schrijven voor een herfstcursus. In een van de brochures kwam hij een bepaalde zwemcursus tegen die hij nog niet eerder had gezien. De naam luidde: 'Zwemmen voor volwassenen die bang zijn voor water.' Er stond een foto bij van een vrouw met een dolfijn met de tekst: 'U kunt snel en moeiteloos leren zwemmen, van het water gaan houden en van de geweldige dieren die daarin leven!'

Inderdaad geweldig, die dieren! Hij sloeg de brochure dicht. Hij voelde zich belachelijk. Wat was hij naïef geweest. Of had hij het eigenlijk diep vanbinnen wel geweten? Dat was de vraag die hem achtervolgde. Waarom had hij anders een vissenstaart tegen de vagina geplakt die hij had gekleid bij de godinnencursus, waardoor hij een vaginavis had gemaakt? Hij opende de brochure opnieuw en las de rest van de cursusomschrijving: 'Er zullen allerlei zwemhulpmiddelen worden gebruikt, van zwemvleugels tot kurken.'

Opnieuw voelde hij zich belachelijk. Suggereerde de brochure soms dat hij een uilskuiken was? Bij zijn eigen zwemcursussen hadden ze geen zwemvleugels gebruikt. Misschien had hij daarom zo weinig vorderingen gemaakt. Misschien hadden uilskuikens als hij zwemvleugels nodig voor uilskuikens, die misbruikt waren in water.

Alan ging de trapdeuren in zijn gebouw controleren. Hij had ze de laatste paar maanden niet meer elke dag gecontroleerd, en had dat opgevat als een teken van zijn verbeterde geestelijke gezondheid. Maar hij wist ook dat het gevaarlijk was om de deuren niet meer te controleren. Terwijl hij de zeventien trappen af liep en zich ervan vergewiste dat de deuren allemaal dicht waren, vroeg hij zich af of hij ooit echt Miss Tuttle zou gaan bezoeken. Hij vroeg zich af wat hij tegen haar zou zeggen en hoe zij zou reageren.

De volgende ochtend zagen Lynn en Roland Max weer bij het ontbijt in de eetzaal. Ze waren stomverbaasd. Max was nauwelijks herkenbaar. Hij zag er geweldig uit. Hij had zijn haar afgeknipt en had zijn ruches en broekklep afgedaan. Hij was gekleed voor de eenentwintigste eeuw.

Roland stond perplex. Hij keek naar Lynn. Ze leek geïmponeerd.

Max zei tegen hen: 'Ik hoop dat mijn muziek jullie gisteravond niet heeft wakker gehouden. Ik luisterde naar Maria Callas die een aria uit *Il Trovatore* zong… Schitterend. Jullie zouden een cd van haar aria's moeten kopen, behalve natuurlijk als je die al hebt. Of anders brand ik wel een kopie voor jullie. Tussen haakjes, ik weet een paar prachtige plekjes hier in de buurt, als jullie soms willen gaan picknicken. De keuken kan een picknickmand voor jullie klaarmaken.'

'Als je zegt "de keuken", wat bedoel je dan?' vroeg Lynn, omdat ze wist dat hij geen personeel had.

'Ik bedoel natuurlijk mezelf,' zei hij glimlachend. 'Ik kan een picknick voor jullie klaarmaken.'

Roland was razend. Het was duidelijk voor hem dat Lynn was gecharmeerd door de metamorfose. Hij kon Max wel vermoorden.

Na het ontbijt ging Roland naar Max toe. 'Waar ben je mee bezig? Ik had je gevraagd om jezelf erger te maken!'

'Dat heb ik toch gedaan? Ik heb me ontdaan van mijn opvallende kenmerken. Ik heb mijn weelderige lokken afgeknipt. Weet je wel hoeveel jaar het me heeft gekost om zulk lang haar te krijgen? En ik heb mijn prachtige overhemden met ruches weggedaan, en mijn mannelijk broekklep, en nu draag ik deze sullige broek.'

'Je ziet er geweldig uit!' zei Roland, terwijl hij hem een stevige

172

stomp in zijn maag gaf. Je hebt het verpest. En wat heb je in vredesnaam met je persoonlijkheid gedaan? Die is nog sterker veranderd dan je uiterlijk!'

'Ik ben blij dat het je is opgevallen. Ik heb van mezelf een keurige lulhannes gemaakt, voor jou! Zodat jij gunstig bij mij kon afsteken.'

Roland besloot de zaak in eigen hand te nemen. Hij probeerde de hele dag charmant te zijn. Hij bood zelfs aan om de eekhoorns en wasbeertjes te voeren en alle andere wilde dieren ook, zoals ratten en stinkdieren en slangen en beren; het maakte niet uit. Het hielp allemaal niets. Lynn was koel en niet in hem geïnteresseerd. Hij gaf af op Alan. Hij waarschuwde haar dat ze lelijke kinderen zouden krijgen. Maar niets leek haar gunstig te stemmen. Ten einde raad deed hij een zwakke poging zich fysiek aan Lynn op te dringen, iets wat ze in het verleden heerlijk had gevonden. Maar deze keer bespoot ze hem met pepperspray.

Lynn had het gevoel alsof ze een reusachtige mug doodspoot. Het was een vermoeide en zwakke mug die bijna aan het einde van zijn leven leek te zijn. Hij zoemde traag om haar heen, steeds langzamer, zenuwslopend sloom, zich kennelijk niet bewust van zijn eigen traagheid, waardoor ze hem gemakkelijk kon doden.

Ze hoopte dat het bespuiten hem zo kwaad zou maken dat hij haar voorgoed zou verlaten en alle hoop op verzoening zou opgeven. Maar in plaats daarvan kermde hij. Ze voelde zich zo schuldig dat ze niet anders kon dan hem verzorgen.

Het weekend dreigde een fiasco te worden.

Net voordat Roland het hotelletje verliet, gaf hij Max onder vier ogen wat instructies. 'Als Lynn en Alan voor hun weekend komen, dan wil ik dat je precies zo blijft als je nu bent. Verander niets aan je haar. Alan zal in vergelijking met jou zwak afsteken.'

'Goed hoor.'

Roland besloot met: 'Jij en ik zullen het hele weekend via onze mobieltjes contact met elkaar blijven houden. Ik wil continu verslag.'

De volgende dag werd Roland bij zijn baas geroepen, de staatssecretaris van Justitie. 'Je zei tegen me dat je David Lesters instructie voor de pleiter in de zaak-Garcia zou herzien, en dat je dat waardeloze eerste amendement eruit zou halen.'

'Ik dacht dat ik hem had verteld dat hij het eruit moest halen,' zei Roland.

'Bovendien ben je inmiddels te laat om nog in hoger beroep te gaan in de zaak-Freestone Industries.'

'Ja, dat weet ik, het spijt me.'

'Wat is deze keer je excuus?'

Roland overwoog om te zeggen: 'Ik heb iemand gestalkt en dat is ten koste van mijn werk gegaan.' Maar hij zei: 'Ik heb wat persoonlijke problemen gehad. Gezondheidsproblemen. Het spijt me. Ik heb alles nu onder controle.'

11

Na het weekend met Roland kreeg Lynn een telefoontje van Alan. Hij nodigde haar uit om bij hem en Jessica te komen eten. 'Ik wil Jessica geruststellen dat mijn komende weekend met jou niets voorstelt en dat je geen bedreiging voor haar vormt.'

'Wat bedoel je, dat ik geen bedreiging vorm?' vroeg Lynn gepikeerd. 'Waarom zou het feit dat ik bij jullie kom eten je vriendin ervan moeten overtuigen dat ik geen bedreiging vorm? Komt het door mijn uiterlijk?'

Alan zuchtte. 'Nee, maar wel door hoe we met elkaar omgaan!'

De echte reden waarom Alan wilde dat Lynn zou komen eten, was om haar te laten zien dat Jessica en hij samen heel gelukkig waren en dat daar niemand tussen kon komen.

Op de witte stoel zonder leuningen keek Jessica chagrijnig naar Lynn en Alan. Ze zaten tegenover haar op de bank en praatten beleefd met elkaar. Jessica nam niet echt deel aan het gesprek, ook al was zij de gastvrouw.

Jess ergerde zich aan Alan omdat hij van plan was dat weekend weg te gaan en haar in een moeilijke positie bracht. Hij was stekeblind in dat opzicht. Net als die keer toen hij haar een cadeaubon voor een massage had gegeven en nadrukkelijk had gezegd dat ze naar Roman moest vragen (die geacht werd de beste te zijn), niet vermoedend dat ze natuurlijk – natuurlijk –

die Roman zou verleiden, wie het ook mocht zijn. Die arme Alan. En wie kon het haar nou kwalijk nemen, in zo'n intieme situatie? Het had niets te maken met seksverslaafd zijn, want dat was ze niet.

Ze zou goed met haar tijd moeten omgaan om dat korte weekend zo optimaal mogelijk te benutten. Ze had een lijst gemaakt van mannen die ze wilde uitnodigen. Het waren er twaalf. Ze probeerde wat terughoudendheid in acht te nemen, ook al had ze zich na veel gepieker gerealiseerd dat er eigenlijk geen grens was aan het aantal mannen met wie ze seks kon hebben in dat weekend zonder dat het betekende dat ze een seksverslaafde was. Iedere zichzelf respecterende vrouw zou vreemdgaan als haar vriend een weekend met een andere vrouw doorbracht. Hij gedroeg zich schandalig. Twaalf mannen betekende nog niet dat je seksverslaafd was. Het gaf alleen aan dat ze een afgewezen, jaloerse, dus normale vrouw was.

Terwijl ze gadesloeg hoe Lynn en Alan met elkaar praatten, realiseerde Jessica zich dat ze zichzelf zou moeten dwingen om haar ongenoegen te uiten, om te laten zien dat ze een normale jaloerse vrouw was. 'Dus jij gaat proberen om Alan te verleiden en hem van me af te pakken?' zei ze tegen Lynn, terwijl ze van haar thee nipte. Het lukte haar niet om de juiste toon van onderdrukte hysterie, of zelfs maar van irritatie over te brengen. Ze voelde zich niet helemaal op haar gemak, totdat ze zich realiseerde dat niemand haar onverschilligheid had opgemerkt; haar woorden zelf waren krachtig genoeg geweest. Lynn en Alan voelden zich ook niet op hun gemak. Dat stelde haar gerust en ze kon zich weer ontspannen. Ze rekte zich uit en boog zich over de rug van de vlekkerige witte fauteuil.

Jessica was lenig, merkte Lynn op. 'Ik ben echt dankbaar dat je zo begripvol, zo ... coulant bent,' zei ze tegen Jessica. Ze probeerde haar gastvrouw en gastheer te vermaken met beschrijvingen van Max de hotelmanager. Er verscheen een bezorgde uitdrukking op Jessica's gezicht. Ze vroeg zacht: 'Zegt hij echt: "Kom op mijn pik zitten?", en heeft hij echt een broekklep?'

'Ja!' zei Lynn. 'Het is een vreemde figuur. Kortgeleden heeft hij die afgezworen – zijn broekklep – en de laatste keer droeg hij een gewone broek, maar ik weet zeker dat hij zijn broekklep weer gaat dragen als iemand hem dat zou vragen. En hij zegt dat hij een erg grote penis heeft. Groter dan de meeste penissen in die contreien.'

Jessica bleef de rest van de avond bezorgd kijken.

Lynn wist dat wat ze had gedaan – Jessica op die manier tergen en kwellen – wreed was. Maar het kon haar niet schelen. Jessica was zelfs nog meer van streek dan Lynn dacht. Ze moest al haar wilskracht aanwenden om zichzelf ervan te weerhouden in haar auto naar de hotelmanager te rijden.

God, wat wilde ze graag op zijn penis rijden.

Maar ze was geen seksverslaafde.

Ze was een normale vrouw, die seksuele relaties had.

Het probleem was alleen dat haar bordeelfantasie verbleekte naast die hotelmanager. Plotseling realiseerde ze zich dat een normale vrouw te jaloers zou zijn om thuis te blijven voor haar eigen affaires, maar haar vriend stiekem zou volgen naar dat hotel om hem te bespioneren. Ze zou dan haar uiterste best doen om niet te worden betrapt door die verlopen hotelmanager, anders zou ze hem moeten smeken – nee omkopen, met alle mogelijke schandalige middelen – om niet tegen haar vriend te zeggen dat ze hem aan het bespioneren was.

Roland neigde ertoe om Alan in elkaar te slaan sinds de eerste dag dat hij hem had ontmoet, maar nog nooit zo erg als nu. Hij had Alan zojuist over de telefoon verteld dat Lynn hem met pepperspray had bespoten, maar Alan, die lul, was nog steeds van plan om een weekend met Lynn weg te gaan.

'Je moet ervan afzien,' zei Roland. 'Uit loyaliteit tegenover mij.'

'Het spijt me,' zei Alan. 'Ik ben niet zoals jij. Ik hou me aan mij woord. We hebben Lynn beloofd dat, als ze met jou mee zou gaan, ik daarna met haar zou gaan.'

Roland beloofde zichzelf dat hij Alan na dat weekend tot moes zou slaan. Maar voorlopig stelde hij zich tevreden met in de hoorn te fluisteren: 'Jij wilt Lynn.'

Alan had plotseling medelijden met Roland. Voorzichtig zei hij: 'Je moet proberen dat weekend iets leuks en afleidends te doen. Ik kan je uit ervaring vertellen dat het niet leuk is om een heel weekend te moeten afwachten, terwijl de vrouw van wie jij houdt bij de man is van wie zij houdt.'

'Wanneer hou je er eens mee op om me in te wrijven dat ze van jou houdt?'

Op vrijdag kwam Patricia Lynns kantoor binnendansen terwijl ze met een brief zwaaide. 'Ik heb vreemd nieuws voor je.'

'Wat dan?'

'Je bent aangenomen door Disney World, om een van de zeven dwergen te spelen in hun zomerproductie.'

'Maar ik ben helemaal niet klein!' riep Lynn terwijl ze op haar bureau sloeg en overeind kwam uit haar stoel.

'Nee, niet echt.'

'Het is ronduit beledigend dat ze me hebben aangenomen!'

'Rustig nou. Je had niet moeten solliciteren als je dacht dat ze je zouden kunnen aannemen.'

'Ik had nooit gedacht dat ze me zouden aannemen, Patricia. Ik ben niet klein!'

'Ja, maar lengte is relatief. Misschien moet je wel op je knieën acteren.'

'Nou, schrijf ze maar terug en vertel ze maar dat ik al ben aangenomen om Mini-Me te spelen in een rondreizende productie van Austin Powers.'

Zaterdagmorgen vroeg reden Alan en Lynn in Rolands jeep naar het hotelletje (volgens de oorspronkelijke afspraak die Roland met hen had gemaakt.) De bladeren waren schitterend rood en geel.

Jessica reed in een huurauto achter hen aan. Alles wat ze nodig had, had ze bij zich: verrekijker, vermomming, papieren zakdoekjes – zoals een jaloerse vrouw zou doen. Haar radio schetterde terwijl ze op en neer wipte op haar stoel, en af en toe greep ze haar grote verrekijker en keek naar hun auto, om zich ervan te verzekeren dat ze normaal was. Ze wist niet hoe gauw ze bij het hotel moest komen en ze kwam in de verleiding om aan Alans bumper te gaan kleven. Zijn waarnemingsvermogen was zo slecht dat hij toch niet zou merken dat zij het was.

Zodra ze zouden zijn aangekomen, zou ze er alles aan doen om zich zo snel mogelijk te laten pakken door Max. Alleen al de woorden 'laten pakken' zorgden ervoor dat ze het stuur losliet en met haar armen in de lucht zwaaide op de beat van de discomuziek.

Max begroette Lynn en Alan hartelijk. Lynn was verrast dat Max er weer net zo uitzag als voorheen. Hij droeg zijn broekklep weer, evenals zijn ruches. Zijn lange haar was natuurlijk nog niet aangegroeid, maar hij had niet zijn toevlucht genomen tot een pruik.

Lynn stelde hen aan elkaar voor. 'Max, dit is Alan, de man over wiens vriendin ik je heb verteld.'

Alan keek naar Lynn. 'Heb je hem over Jessica verteld? Wat heb je dan gezegd?'

'Dat ze een heel leuke privé-detective is,' zei Lynn.

Max had erg uitgekeken naar de komst van Alan en de kans om precies níét te doen wat die afschuwelijke Roland hem had bevolen. Max had prachtige satijnen lakens op Alans bed gelegd, en dure badproducten in zijn badkamer neergezet. Hij had hem ook zachte, luxe badhanddoeken gegeven, en bloemen en bakjes met snoep. Hij deed er alles aan om Alan zo goed mogelijk te laten uitkomen, zowel letterlijk als figuurlijk. Hij had zelfs geregeld dat er iemand zou komen om Alan een massage en een gezichtsbehandeling te geven. Alan was beslist niet afkerig van massage. Max verklaarde dat het bij de prijs van de kamer was inbegrepen. Waarom Lynn niet al die verwennerij kreeg was een raadsel. Toen ze ernaar vroegen zei Max dat die luxe alleen bij Alans kamer – kamer 5 – hoorde en niet bij de andere kamers. Als je het geluk had om in die kamer te logeren – die niet duurder was dan de andere kamers dan kreeg je die extraatjes.

Max had niet de behoefte om Lynn extra luxe te geven, want ook al had zij hem niet zo beledigd als Roland, toch was hij niet blij om te horen dat zij vond dat Roland gunstig bij hem afstak.

Alan bood aan zijn kamer met die van Lynn te ruilen zodat zij die luxe dingen kon krijgen, aangezien zij als stalkverslaafde degene was die ze echt nodig had. Hij had sterk het gevoel dat sensuele genoegens Lynn goed zouden doen. Die hielpen stalkers altijd. Alan dacht dat hij misschien op een dag een zelfhulpboek voor stalkers zou moeten schrijven. En het belangrijkste advies dat hij hun zou geven was om jezelf te verwennen. Stalkers verwenden zichzelf over het algemeen onvoldoende. Er waren natuurlijk uitzonderingen; gevallen van stalkers die zichzelf te zeer verwenden, wat het stalken erger maakte. Je had de juiste hoeveelheid zelfverwennerij nodig om het stalken te verminderen. Te veel maakte het erger. Te weinig maakte het ook erger. Maar door te weinig werd het erger dan door te veel.

Dus wisselden ze van kamer en maakten een wandeling. Maar toen ze terugkwamen, zagen ze verbaasd dat de satijnen lakens, de luxe badproducten en de andere luxe eveneens van kamer waren gewisseld en zich nu in Alans nieuwe kamer bevonden. Er lag een briefje waarin stond: 'Het management staat afwijzend tegenover gasten die van kamer ruilen. Van kamer ruilen zal niet helpen. De kamer zal de gast volgen waar hij ook gaat zolang hij hier logeert. Behalve als hij een zak blijkt te zijn.'

Alan staarde naar het briefje, haalde zijn schouders op en zei bij zichzelf: 'Wat kan het me ook schelen?' Hij was vast van plan om zich door die rare afleidingsmanoeuvre van de manager niet te laten afhouden van het doel van dit weekend. Alan wilde onaantrekkelijk zijn. Slechte kleren, slechte eau de toilette. Hij probeerde weer eens om rare gezichten te trekken die 'te overdreven' waren, zoals Lynn dat lang geleden had geformuleerd. Hij probeerde zich zijn nerveuze lichaamstaal weer eigen te maken. Maar hij merkte dat hij dat te verontrustend, te angstaanjagend vond, alsof hij weer door de duivel bezeten was. Dus besloot hij dat zijn lichaamstaal het enige was wat hij zo zou laten, omdat het te veel moeite kostte om die te veranderen. In plaats daarvan concentreerde hij zich op loftuitingen aan Rolands adres. 'Wat is die man energiek! Hij heeft een hoog metabolisme. Hij is prachtig bruin. Hij is Frans. En o, hij verslaat me altijd bij racquetball!'

Tijdens de lunch zat Max bij Lynn en Alan terwijl ze de gegrilde zalm aten die hij voor hen had klaargemaakt. Max prees Alan voortdurend, waarbij hij Lynn wees op dingen van Alan die naar zijn mening geweldig waren. Lynn was het helemaal met hem eens.

Intussen zwierf Jessica al spionerend door het hotel. Ze deed alle mogelijke moeite om te worden betrapt door Max, maar hij betrapte haar aldoor maar niet. Ze probeerde wat energieker te spioneren, maar nog steeds werd ze niet betrapt. Dus spioneerde ze zo fervent dat ze zich nog nauwelijks verborgen hield. En eindelijk, om drie uur in de middag, ving Max dan in de zitkamer een glimp van haar op, in een zwarte minirok en met twee verrekijkers om haar hals. Ze schoot achter de zware deur van de zitkamer.

Max liep op haar af en vroeg: 'Waarom verstop je je?'

'Ik bespioneer mijn vriend.'

'Moet ik je soms helpen?'

'Nee. Ik wil alleen dat je het hem absoluut niet vertelt. Ik zal alles doen als je het hem maar niet vertelt.'

Na een paar seconden zei hij: 'O.' Hij wist niet goed wat hij moest zeggen en zei uiteindelijk: 'Alles?'

'Ja. Zo graag wil ik dat je het niet tegen hem vertelt.'

Pas op dat moment realiseerde Max zich dat deze vrouw wel eens Alans vriendin zou kunnen zijn, die geweldige seksverslaafde over wie Lynn zo lyrisch had gedaan. 'Je bent toch niet toevallig Alans vriendin?'

'Ja, dat ben ik wel.'

Hij fronste. Hij waardeerde de situatie die ze voor hem had gecreëerd. 'Ik ben erg tegen spioneren. Dus de prijs zou wel eens heel hoog kunnen zijn.'

'Dat weet ik,' zei ze, en ze sloeg haar ogen verlegen neer. Ze slaagde er zelfs in om een beetje te blozen.

Hij was onder de indruk. 'Misschien ben je niet bereid tot wat ik in gedachten heb,' zei hij.

Ze bleef omlaagkijken.

'Het zou kunnen dat ik mijn afstotelijke gestalte dichter bij je zal moeten brengen.' Hij deed een stap naar voren.

'Je bent niet afstotend,' zei ze zacht.

'O nee? Vleierij zal je vonnis niet verlichten, hoor.'

'Dat weet ik.'

Zijn lichaam was heel dicht bij het hare, en hij durfde met zijn hand onder haar rok te gaan.

'Waar is je broekje?' vroeg hij.

'Dat ben ik verloren.'

'Waar?'

'In de tuin. Het zakte af toen ik aan het spioneren was. Ik had geen tijd meer om het op te rapen.'

'Wat vervelend voor je. Dat maakt het er niet beter op voor je.'

Hij drukte haar rug tegen de muur, achter de deur, en maakte zijn broekklep los. Hij haalde een condoom uit zijn zak en deed dat om. Hij schoof zijn stijve penis onder haar rok, tussen haar benen, en duwde die in haar.

Ze had een geschrokken, hulpeloze uitdrukking op haar gezicht. Haar ogen stonden wijd open, haar wenkbrauwen waren omlaaggerichte bogen van verdriet. Haar heerlijke mond was iets geopend, en ze zag er geschokt uit. Hij bewoog zich in en uit haar. Langzaam. Telkens als hij zich bij haar naar binnen duwde, hield ze geschokt haar adem in. Ze keek verbijsterd. Hij waardeerde haar toneelspel.

Ze konden mensen horen praten in de hal, vlak voor de zitkamer. Hij vertraagde zijn bewegingen nog meer, maar hield niet helemaal op. Haar benen waren nauwelijks van elkaar.

'Ik ben nog lang niet klaar met je,' fluisterde Max in Jessica's oor, en hij maakte zich uit haar los.

Hij bracht haar naar een lege kamer en zei tegen haar dat ze daar moest blijven. Hij zei dat hij nog wat werk moest doen, maar dat hij zo terug zou komen.

Roland kon het niet langer verdragen. Dat hij per telefoon door Max op de hoogte werd gehouden, was niet langer voldoende. Roland moest elk halfuur een verslag hebben, wat twaalf keer per zes uur betekende, en Max had daarin toegestemd. Maar desondanks nam Max maar de helft van de tijd zijn mobieltje op! Dus besloot Roland dat hij zelf naar het hotel moest gaan om te zien hoe alles ging. Hij kon dan persoonlijk beoordelen of Alan te vertrouwen was en zich afstotelijk maakte voor Lynn.

Om vier uur die middag huurde Roland een auto en begon aan zijn reis.

Toen Lynn vertelde hoe ze de eerste keer dat ze in het hotel was geweest de wasbeertjes had gevoerd, raakte Alan opgewonden en wilde hij ze ook gaan voeren. 'Maar één heeft me toen wel gebeten,' waarschuwde ze. 'Ze kunnen rabiës hebben. Ik moest in een maand tijd zes injecties halen.'

Zijn verlangen om wasbeertjes te voeren was groter dan zijn angst voor rabiës en groter dan zijn verlangen om onaantrekkelijk over te komen. 'Dat kan me niet schelen,' zei hij. 'Ik ga de wasbeertjes voeren. Je hoeft niet met me mee.'

Ze hadden plezier in het voeren van de wasbeertjes, en Lynn vond hem erg aantrekkelijk.

Jessica wachtte in de kamer op Max. Eindelijk deed hij de deur open. Ze vond hem op dat moment verrassend knap. Ze zat op het bureau. Hij ging op een stoel zitten, bij het bed.

'Heb je de laatste tijd nog goede films gezien?' vroeg hij.

Hij vroeg haar ook welke reizen ze graag zou willen maken en welke hobby's ze had. Ze begreep niet waarom hij met haar speelde. Hij wist toch waarom ze daar was?

Ze stond op, liep op hem toe, boog zich omlaag en kuste hem zacht op zijn lippen. Ze vonden elkaar erg aardig. Hij stond op en zei dat hij weer weg moest om iets in het hotel te regelen.

Ze bleef perplex in de kamer achter en vroeg zich af wat ze moest doen.

Tien minuten later kwam hij terug, deed zijn broekklep los, pakte een condoom, tilde Jessica omhoog en spietste haar aan zijn pik.

'Het leven is te kort om niet constant te neuken, vind je niet?' zei hij.

Dat was ze helemaal met hem eens.

Alan en Lynn zaten naast een open raam te dineren, terwijl Max vriendelijk om hun tafel drentelde en hun en de andere gasten steak met gebakken aardappels serveerde. De lucht was ongewoon warm en aangenaam voor een oktoberavond. Intussen hield Roland zich aan de andere kant van het raam buiten in het donker verborgen. Hij liet een muntje vallen. Hij kon elk woord horen. Roland was perplex toen hij Max aan hun tafeltje zag zitten en hem hoorde zeggen: 'Jullie zijn echt een prachtig stel.'

Roland rukte zijn mobieltje uit zijn zak en koos het nummer van Max. Hij zag Max kijken naar zijn overgaande telefoon, hoorde hem zuchten en tegen hen zeggen: 'Daar heb je hem weer.'

'Hallo?' Max nam vriendelijk op.

'Ben je nu bij ze?' fluisterde Roland gespannen.

'Ja,' zei Max.

'Oké, dan zal ik je alleen ja- of nee-vragen stellen.'

'Maar waarom fluister je zo?'

'Omdat ik op een… openbare plek ben… in een boekhandel.'

'Ah, ik begrijp het,' zei Max, en hij legde zijn hand over het mondstuk. Hij zei tegen Alan en Lynn: 'Roland achtervolgt me met vragen over jullie. Wat ziiielig!'

Roland hoorde hem door het open raam.

'Hallo? Ben je er nog?' zei Max in het toestel.

'Ja,' fluisterde Roland.

'Wat wil je nog meer weten?'

'Behandel je ze wel slecht?' vroeg Roland kleintjes.

'O ja!' antwoordde Max, en hij schonk Alan nog meer wijn in. Roland kromp ineen in het donker. 'Hebben ze plezier?'

'Nee,' antwoordde Max.

'Lijkt het erop dat Lynn... hem aardig vindt?'

'O god, nee.' Max legde opnieuw zijn hand op het toestel en zei tegen Alan en Lynn: 'Niet te geloven, toch? Hij vraagt of jullie al met elkaar naar bed zijn geweest!'

Buiten voelde Roland zich duizelig. 'Oké, bedankt,' zei hij.

'Is dat alles?' vroeg Max, bijna teleurgesteld.

'Ja, bedankt voor al je hulp.' Roland hing op. Hij had zijn hele leven al geweten dat hij waarschijnlijk niet een van de aardigste mensen op aarde was. Maar hij had nooit gedacht dat hij nog eens de aandrang zou voelen om iemand te doden. Tot zijn ontzetting leek op dit moment niets belangrijker dan Max vermoorden. Die noodzaak en zekerheid gaven hem een hulpeloos gevoel.

Die zondagmiddag lagen Lynn en Alan bij het zwembad. Lynn bladerde door een modetijdschrift. 'Als je geen vriendin had, zou je dan in mij geïnteresseerd zijn?'

'Je bedoelt of ik verliefd op je zou kunnen worden?'

'Ja.'

'Nee.'

'Waarom niet?' vroeg ze geschokt.

'Dan zou ik misbruik van je maken. Je bent nu niet bij je volle verstand. Je bent een stalker.'

'Hou op met die onzin! Als ik wel bij mijn volle verstand zou zijn, zou je dan geïnteresseerd zijn?'

'Stalkers zijn niet aantrekkelijk.'

'Maar jij hebt mij ook gestalkt. Jij bent ermee begonnen! Ooit

186

wilde je me dolgraag! Herinner je je dat niet meer?'

'Mensen veranderen.'

'Ik niet. Ik ben nog steeds dezelfde vrouw die je ooit wilde.'

'Nee, dat ben je niet. Je bent nu gluiperiger. Maar ik weet hoe het is. Ik kan het je niet kwalijk nemen.'

Lynn klonk gespannen. 'Stel dat ik geen stalker zou zijn, maar jou gewoon… wel leuk zou vinden, zou je dan... zou je dan verliefd op mij kunnen worden?'

'Nee, dat zou nooit werken, met onze voorgeschiedenis. Ik heb jou gestalkt en mezelf vernederd.'

'Niet half zo erg als ik mezelf heb vernederd!'

'Om te beginnen valt dat nog te betwijfelen, en ten tweede is dat geen goed argument.'

Het interesseerde haar niet wat er verder dat weekend nog zou kunnen gebeuren. 'Ik wil niet met jou terugrijden. Ik neem nu de trein terug naar huis,' zei Lynn, en ze liep naar binnen om haar weekendtas te pakken. Een halfuur later was ze vertrokken.

Alan had gedaan wat hij kon om Lynn en Roland weer bij elkaar te brengen. Hij besloot nog een nacht in het hotelletje te blijven om te vieren dat hij van zijn stalker was bevrijd. Hij zou de volgende morgen vroeg terugrijden naar de stad. Hij belde naar huis om Jessica op de hoogte te brengen van zijn plannen, maar zijn vriendin nam niet op. Hij liet een boodschap achter. Hij had haar niet kunnen bereiken sinds hij de stad had verlaten. Hij hoopte dat alles goed met haar ging en dat ze niet al te jaloers zou zijn. Hij maakte zich niet zoveel zorgen, want ze zou het weekend bij haar vriendin Mary doorbrengen.

Hij belde Roland op zijn mobieltje om hem te vertellen hoe het weekend was geëindigd. Roland zat in zijn huurauto aan de kant van de weg, precies aan het einde van de oprijlaan naar het hotelletje. Hij wachtte totdat de gasten uitgecheckt zouden zijn, zodat hij straks alleen kon zijn met Max en een einde aan zijn leven kon maken. Eén stel was al vertrokken, en hij zag Lynn wegrijden in een taxi.

Toen Roland opnam, zei Alan: 'Lynn is zonder mij vertrokken. Ze is kwaad op me.' Alan dacht dat Roland daar wel blij om zou zijn.

'En jij? Ga jij nu ook weg?' vroeg Roland.

'Ik blijf hier nog een nacht.'

Dat kwam Roland erg slecht uit. Hij had geen zin om de nacht in zijn huurauto door te brengen, in afwachting van het moment waarop Max alleen zou zijn. 'Waarom?'

'Om me te ontspannen.'

'Moet je morgen niet op je werk zijn?'

'Ik ga later.'

'Kun je je niet thuis ontspannen, met je vriendin?'

'Ik geloof niet dat mijn vriendin thuis is. Ik kan me dus net zo goed hier ontspannen. Waarom vraag je dat?'

'Ik wil mijn auto terug.'

'Is het dringend?' vroeg Alan.

'Ja! Ik wil mijn auto nu terug.'

'Ik ben nu echt niet in staat om terug te rijden, na al die stress met Lynn. Ik ben bang dat ik dan een ongeluk krijg.'

'Ik heb mijn auto nu nodig.'

'Vanwaar die haast?'

Roland kon geen goede reden bedenken. 'De afspraak was dat jij de auto tot zondagavond mocht hebben. Dat is het nu. Ik wil mijn auto vanavond terug. Hou je aan je woord.'

'Ik ben moe, en jij bent onredelijk. Ik rijd morgenochtend terug.'

Roland zuchtte. 'God, wat ben je toch een lul.' Hij kon haast niet wachten om Alan in elkaar te slaan. 'Goed, dan wil ik morgen mijn auto terug. Ik ga naar het veld van Lynns liefde; je weet het tenslotte maar nooit. Misschien had die kaartlezende docent toch gelijk en is er een kans dat Lynn weer verliefd op me zal worden. Je komt langs het veld als je naar Manhattan rijdt. Je kunt me daar morgen om halfnegen oppikken en dan rijden we samen terug.'

Hij legde Alan uit hoe hij bij het veld moest komen. 'Denk je dat je het zult kunnen vinden, met jouw slechte richtingsgevoel?'

'Ik weet het wel te vinden,' zei Alan.

'Tussen haakjes: die Max is nogal een eikel, vind je niet?' vroeg Roland.

'Ja, hij slaat behoorlijk door met zijn voorkeursbehandeling en die luxe dingen.'

Roland was gerustgesteld. Wat hij door het raam had gehoord, had hij niet verkeerd begrepen of verkeerd uitgelegd.

Alan lag nog steeds bij het zwembad toen Max naar hem toe kwam. 'Het spijt me dat Lynn zo boos is vertrokken.'

'O, het is jammer, maar onvermijdelijk. Misschien is het ook maar beter zo.'

'Hoe laat wil je uitchecken?'

'Morgenochtend om zeven uur.'

'Je kunt in de keuken nemen wat je wilt, voor het geval ik niet op tijd op ben voor het ontbijt.'

Alan keek hem argwanend aan en bedankte hem voor zijn vriendelijkheid. Achter hem ging de zon onder.

Max was van plan de volgende morgen rond zeven uur met Jessica in de zitkamer een nummertje te maken. Ze wist niet dat hij om die tijd naar beneden zou komen. Hij lokte haar uit haar kamer met de opmerking dat het openbare aspect voor extra opwinding zou zorgen. De waarheid was dat Alan weg was van Jessica en het niet erg zou vinden om haar voor zichzelf te hebben. Hij hoopte dat Alan het zou uitmaken.

Om zeven uur de volgende morgen betrapte Alan hen. Hij duwde Max van zijn vriendin af en riep: 'Wat heb je met haar gedaan? Ze is ziek! Je neukt met een ziek mens!'

'Shit! Wat heeft ze dan? Herpes, gonorroe, HIV? Vertel me alsjeblieft niet dat het HIV is!'

'Ze is een seksverslaafde!' siste Alan.

Jessica zei: 'Het spijt me, maar het is voorbij, Alan. Ik kan nooit lang bij iemand blijven. Dat ik zo lang bij jou ben gebleven was een record, en daar bedank ik je voor, maar het werd te moeilijk.'

'Laat je mij soms voor hem vallen?'

'Nee. Ik wil geen relatie met Max. Ik ben niet van plan hem ooit nog te zien. Het was niet meer dan een bevlieging.'

'Dan ga ik het hierom niet uitmaken,' zei Alan. 'Ik zal je helpen om weer op het rechte pad te komen. Je hebt het zo goed gedaan al die maanden. Je moet alles niet laten verpesten door een enkel slippertje!'

'Ik deed het helemaal niet goed. Ik ging bijna elke dag met andere mannen naar bed.'

'Nee!'

'Ja! Jij dacht dat ik jaloers was vanwege dit weekend. Nou, je had ongelijk. Ik was van streek dat je wegging, omdat ik niet sterk genoeg zou zijn om weerstand te bieden aan twaalf mannen.'

Alan was bang dat hij zou instorten. Wankelend liep hij naar zijn geleende auto en scheurde weg.

Zonder Max nog een blik waardig te keuren rende Jessica naar haar huurauto en reed achter Alan aan. Niet alleen lag het in haar aard om mensen te volgen, maar ze wilde zich er ook van vergewissen dat hij zichzelf niets zou aandoen.

Alan huilde onder het rijden. Hij kon voelen dat zijn stalkneigingen weer bovenkwamen, maar hij probeerde zich ertegen te verzetten. Hij zou Jessica niet gaan stalken. Hij wilde haar niet langer begeren. Hij wist dat de drang om haar te stalken een absurde drang was, want in zijn achteruitkijkspiegel kon hij zien dat ze hem op dit moment stalkte. Bovendien wilde hij haar helemaal niet meer terug; ze had hem bedrogen. Vreemd genoeg was het nog pijnlijker om haar niet terug te willen dan om haar te willen.

Zijn enige troost was dat hij als kind seksueel misbruikt was. Het was een opluchting dat hij de vrouw die hem had misbruikt de schuld kon geven van zijn problemen. Aangezien hij de neiging had iets in zijn verknoeide leven te herstellen, nam hij plotseling de beslissing – wat zijn humeur iets verbeterde – om naar haar toe te gaan.

Alan ging regelrecht naar Cross. Hij probeerde Roland te bellen om hem te vertellen dat hij er pas een uur later zou zijn, maar Roland nam zijn telefoon niet op en dus liet Alan een boodschap achter. Hij parkeerde zijn auto bij het huis van de vrouw die hem misbruikt had. Jessica parkeerde een eind verderop. Hij belde aan bij Miss Tuttle.

Miss Tuttle was de afgelopen dertig jaar een stuk ouder geworden. Ze stond in de deuropening en bond haar duster dicht.

'Stoor ik u?' vroeg hij. 'Niet dat dat me iets kan schelen.'

Laatdunkend nam ze hem van top tot teen op. 'Je hebt me midden in mijn maandelijkse fotosessie gestoord; ik neem naaktfoto's van mezelf om het verouderingsproces vast te leggen.'

'U bent een zieke vrouw. Het verbaast me dat u nog geen zelfmoord hebt gepleegd.'

'Waarom zeg je zoiets afschuwelijks?' vroeg Miss Tuttle.

'U hebt me een mangovis laten aanraken. Weet u nog? Mijn god, ik was nog maar vijf! Seymour liet het kleine meisje in elk geval niet de bananenvis aanraken.'

'Dat komt doordat er helemaal geen bananenvis bestaat,' zei Miss Tuttle. 'Maar ik had wel degelijk een mangovis. En nog steeds. Hij is in mijn slaapkamer. Ga zelf maar kijken als je wilt.'

Hij ging de slaapkamer in en verwachtte dat ze voor hem zou gaan strippen óf zou proberen hem te vermoorden. Maar in de slaapkamer stond een aquarium met een inhoud van zo'n tweehonderd liter, glanzend in het donker als een enorme edelsteen. In het aquarium zwom een vis van ongeveer vijftien centimeter lang met baardharen en een gerimpelde huid als een basset.

'Maar hoe kan het dat u die vis in het water bij u had? Je kunt een vis niet aan een lijn houden.'

'Ik had hem in een plastic zak en ik deed de zak onder water een beetje open, zodat je de vis kon aaien.'

Alan verontschuldigde zich. Hij had Miss Tuttle beschuldigd van een gruwelijk misdrijf. Gek genoeg wilde hij zich zelfs tegenover de vis verontschuldigen, maar dit kon nooit dezelfde vis zijn, want vissen leven niet zo lang.

Ze gingen terug naar de zitkamer. Alan voelde zich net een leeggelopen ballon. In een poging hem op te vrolijken bracht Miss Tuttle hem een muffin uit de keuken en vroeg hem: 'Wil je misschien mijn poesje proeven? Het is heerlijk warm.'

Alan trok wit weg. Ze barstte in lachen uit. 'Ik plaag je maar! Je bent ontzettend grappig. Je moet me echt nog eens komen bezoeken. De mensen hier in de buurt zijn zo suf. Terwijl jij...'

Hij bekende haar dat hij graag had gewild dat ze hem had misbruikt, en dat hij het haar een beetje kwalijk nam nu dat niet zo bleek te zijn. Hij had een rotleven gehad, dat uiteindelijk toch beter was geworden, maar dat het nu weer slecht was. Het had hem geholpen dat hij haar daarvan de schuld had kunnen geven.

En hij stormde het huis uit, walgend van zichzelf.

Tien minuten later ging Alan aan de kant van de weg staan om te huilen. Jessica ging ook aan de kant van de weg staan. Ze keek naar hem door haar verrekijker. Ze vond het naar om hem te zien huilen, maar zo zat het leven nu eenmaal in elkaar.

Alan voelde zich als Assepoester om klokslag middernacht. Alle prachtige dingen in zijn leven bleken weer waardeloos te zijn. Hij had geen vriendin meer, en ook geen vrouw die hem had misbruikt. En daar kwam nog eens bij dat hij zich ook niet had ingeschreven voor een herfstcursus. Had hij nu maar cursussen waarop hij terug kon vallen; dan zou alles misschien niet zo erg lijken.

Hij overwoog Lynn te neuken, maar eerst luisterde hij zijn voicemail af om te horen of er nog suïcidale vrienden waren die hem zouden kunnen opvrolijken. Er waren negen obsessieve boodschappen van Lynn. Het maakte haar onaantrekkelijk en daardoor kon zij hem ook niet opvrolijken. Hij zou Roland spreken en dan konden ze medelijden met elkaar hebben: twee gedumpte mannen.

Alan startte de auto en ging op weg naar het veld van Lynns liefde. Jessica keek naar hem door haar verrekijker. Ze kon alleen zijn achterhoofd zien, maar hij leek kalmer. En dus keerde ze haar auto in de richting van Manhattan, waar een gewone dag als privé-detective en een nieuw leven als single seksverslaafde wachtte.

Terwijl Alan de confrontatie aanging met Miss Tuttle, had Roland een ontmoeting met Max.

Max was verbaasd toen hij Roland voor zijn deur zag staan.

'Zijn al je gasten inmiddels vertrokken?'

'Ja,' zei Max.

'Dit hotel is erg stil als het helemaal leeg is.'

Zoals Roland had gehoopt, ontkende Max niet dat het hotel leeg was.

'Heb je geen mensen die voor je schoonmaken, of je ergens anders mee helpen? Het is vast veel werk om alles in je eentje te doen.'

'Vanmiddag komt er een schoonmaker,' zei Max.

'En, denk je dat je ervoor hebt kunnen zorgen dat Alan negatief overkwam?'

'Ja.'

'Weet je wat mij echt aan hem stoort?'

Max schudde zijn hoofd.

'Dat hij zo langzaam water drinkt,' zei Roland.

'Wat bedoel je?'

'Wat ik zeg. Als hij sneller probeert te drinken, stikt hij zowat. Misschien komt het wel doordat ik zelf altijd heel snel water drink dat ik van anderen verwacht dat ze dat ook doen,' zei Roland. 'Ik wist nooit dat ik zo snel kon drinken, totdat ik merkte dat bepaalde mensen het niet zo snel konden zonder te hoesten. Kijk, ik zal het je laten zien.' Hij stond op.

'Meen je dat nou?' vroeg Max.

'Ja! Vind je het erg als ik even wat glazen ga halen in de keuken?'

Max grinnikte. 'Ga je gang.'

Twee minuten later kwam Roland terug met twee grote glazen water. Het glas waar hij de inhoud van zijn medaillon doorheen had geroerd, zette hij voor Max neer.

'Hè? Moet ik het ook doen?' vroeg Max.

'Ja, maar kijk hier eens even naar.'

Max knikte.

Roland dronk het water heel snel – niet buitengewoon snel, maar zoals een normaal mens snel zou doen. Max was lichtelijk onder de indruk.

'Nou,' zei Roland. 'Je zult toch moeten toegeven dat ik verdraaid snel was.'

Max snoof: 'Je bent niet goed bij je hoofd.'

'Jij kunt het nog niet half zo snel. Trouwens, Fransen hebben een natuurlijke voorsprong op Amerikanen. Ze kunnen veel sneller water drinken, gemiddeld dan.' Roland plofte neer in een stoel, alsof hij op een ander onderwerp wilde overgaan.

Lusteloos kwam Max overeind en pakte het glas water. Rolands hart klopte razendsnel. Hij kon niet geloven dat het zo gemakkelijk ging. Nu Max op het punt stond de cyaankali te gaan drinken, maakte Roland zich ineens zorgen over het risico om te worden gepakt en aangeklaagd wegens moord. Hij zei snel: 'Waar is je assistent eigenlijk?'

'Welke assistent?'

'De man die Lynn en mij ooit vertelde dat jij het zo had opgezet dat wij jou stoorden tijdens die vrijpartij, omdat je het heerlijk vindt om je te schamen.'

'Dat was gewoon een vriend van me die me af en toe die dienst bewijst.'

'Omdat je het heerlijk vindt om je te generen.'

'Precies. En vooral om te blozen.'

'Dat is gestoord. Maar gek genoeg ook ontwapenend,' zei Roland geërgerd.

'Ik ben blij dat je er zo over denkt. En je zult me zo meteen nog ontwapenender vinden als je ziet hoe snel ik dit glas water kan leegdrinken. Klaar?'

Roland fronste, maar bewoog zich niet. Hij hield hem niet tegen, al had hij dat makkelijk kunnen doen. Hij had hem het glas kunnen afnemen, kunnen zeggen dat hij erin gepist had.

Max dronk het glas water heel snel leeg. Een paar druppels liepen langs zijn kin omlaag. Hij zette het lege glas met een klap neer op de tafel.

'Dat water smaakte smerig,' zei hij. 'Komt het wel uit de kraan?'

'Waarom heb je tegen me gelogen?' vroeg Roland. 'Toen ik je belde, zei je niet alleen tegen Alan en Lynn dat ik degene was die belde, maar je loog ook nog! Ik heb het allemaal gehoord.'

Max had nog maar een paar seconden te leven. Roland wilde zijn nieuwsgierigheid bevredigen. 'Waarom heb je me dat geflikt?'

'Omdat je een zak bent. Vandaag vind ik je best charmant, met je watertheorie. Au,' zei hij, terwijl hij naar zijn maag greep.

'Waarom ben ik een zak? Omdat ik om je hulp heb gevraagd? Omdat Lynn mij naast jou aantrekkelijker vond? Is dat het soms? Was je beledigd? En is dat voldoende reden om mijn leven te verwoesten?'

'Au!' Max sloeg dubbel. 'Je hebt me iets smerigs te drinken gegeven.'

'Cyaankali! Over een paar seconden ben je dood.'

'Nee!'

Max begon te stuiptrekken en viel op zijn zij. Roland wist dat er een coma van een minuut aan de dood voorafging. Toen Max dood was, veegde Roland zijn vingerafdrukken weg. Hij wendde al zijn wilskracht aan om geen paperclip te laten vallen – hij wilde geen bewijsmateriaal achterlaten. Hij bracht zijn auto terug naar het verhuurbedrijf en nam een taxi naar het veld van Lynns liefde, om Alan daar te ontmoeten. Hij arriveerde nog vóór Alan, die niet alleen later was door zijn bezoek aan Miss Tuttle, maar ook door zijn slechte richtingsgevoel, al was dat iets verbeterd door zijn cursus 'Kaartlezen'.

Toen Alan arriveerde, zag hij Roland met gekruiste benen

midden op het verlaten veld zitten. Roland riep naar hem: 'Is Lynn nog in je geïnteresseerd?'

'Ja. Ze wil me niet met rust laten. Ze heeft negen boodschappen achtergelaten op mijn voicemail.'

'En lukte het niet om jezelf onaantrekkelijker te maken?

Alan had geen behoefte aan kritiek. Hij besloot zijn ego op te krikken. 'Ik heb het geprobeerd. Maar het is nogal moeilijk, zie je.'

'Wat ben je toch een hufter!'

'O ja? Heb jij er soms voor gezorgd dat Lynn een hekel aan jou kreeg toen ík haar wilde?'

'Bla bla bla!' schreeuwde Roland, en hij verraste Alan door hem een stomp in zijn gezicht te geven. 'Dacht je nu echt dat ik naar dit veld ben gekomen om op de plaats van Lynns liefde te zijn?' zei Roland. 'Wat ben je toch goedgelovig. En dom.'

'Ik heb hier geen behoefte aan,' zei Alan, een vinger tegen zijn bloedende lip. 'Mijn vriendin heeft het net uitgemaakt, ik sta voor geen enkele cursus ingeschreven, en door mij gaat het met Lynn ook helemaal verkeerd. En het ergste van alles is nog wel dat de vrouw die mij in mijn jeugd heeft misbruikt dat helemaal niet heeft gedaan. Dus is er geen verklaring voor dit alles, behalve dan dat ik een hopeloze mislukkeling ben.'

Roland gaf Alan opnieuw een dreun, die daarop tegen de grond sloeg. Hij gaf Alan een schop, en nog een, maar dwong zichzelf toen om te stoppen. Hij had die ochtend al iemand vermoord. Hij liet een paperclip vallen, sprong in zijn auto en scheurde weg.

Alan sleepte zich naar het station en nam de trein naar huis. Hij probeerde telkens opnieuw tegen zichzelf te zeggen dat hij geweldig was, oprecht, dat hij niet terug zou vallen, niet zijn vriendin zou gaan stalken, en nooit meer achter iemand aan zou gaan die hem niet wilde.

Hij herhaalde deze mantra's totdat hij uit de lift stapte en van achteren werd besprongen. Lynn was langs de portier geglipt en had zich in het trapportaal verborgen tot Alan thuis zou komen. Dit was te veel voor hem. Hij voelde zich verslagen. Hij duwde haar zijn appartement in. Ze struikelde, maar liet zich niet tegenhouden. Ze kwam terug als een magneet. Met uitgestrekte armen liep ze op hem af om hem te omhelzen. En dat lukte haar ook. Ze probeerde hem te kussen. Ze legde haar hand op zijn kruis.

Alan kon zijn erectie voelen. Hij hoefde dit niet langer te pikken. Hij zou terugvechten: hij zou haar verkrachten.

Het zou niet gemakkelijk zijn, maar hij zou het proberen. Het is moeilijk om iemand te verkrachten die jou ontzettend graag wil.

Terwijl hij haar de kleren van het lijf rukte, legde ze zijn handelingen duidelijk verkeerd uit; ze dacht dat hij hartstochtelijk begon te worden. Maar hij zou haar laten zien dat het geen passie was. Het was geweld, het was verkrachting.

Doordat ze haar benen zo gewillig en wijd opende leek het natuurlijk niet erg op een verkrachting, maar dat zou hij wel even veranderen, door hard te stoten.

'Ja!' kreunde ze.

Vond ze dit echt lekker? Hoe haalde ze het in haar hoofd! Ze omhelsde hem. Dat bedierf het verkrachtingseffect, en hij kwam bijna klaar. Ze deed hem pijn op de plaats waar Roland zijn ribben had geraakt, dus pakte hij haar polsen beet en hield die aan weerszijden van haar hoofd omlaag. Maar toch kwam hij klaar.

Ze kreunde zacht. Van de pijn. Dat probeerde hij althans te geloven.

Ze wilde hem nog steeds. Hij kwam van het bed en voelde zich ontmand. Hij durfde niet te zegen dat hij haar verkracht had, uit angst dat ze hem zou uitlachen. Hij wist niet wat hij moest doen. Hij haalde zijn rat uit de kooi, keek hem strak in zijn kraaloogjes en zond hem zijn gedachten toe: heb jij gezien dat Jessica mij constant heeft bedrogen? Hij wist zeker dat het antwoord ja was.

Alan ging in zijn witte stoel voor het raam zitten en staarde naar buiten. Hij zei tegen Lynn: 'Wil je me alsjeblieft even met rust laten?'

Ze ging op de bank een tijdschrift zitten lezen, terwijl ze regelmatig naar hem keek. 'Wat is er met je gezicht gebeurd?' vroeg ze uiteindelijk.

Hij wilde haar niet vertellen dat Roland hem in elkaar had geslagen. 'Ik ben gevallen.' Na een poosje nam hij een douche. Rond het middaguur ging hij naar buiten voor een wandeling.

Als hij haar toestond om in zijn appartement te blijven, zou ze hem misschien niet meer op straat blijven volgen. Dat zou een welkome verlichting zijn. Toen hij een uur later de deur naar zijn appartement opendeed, kwam hem een heerlijke kooklucht tegemoet.

Het was beklemmend en troostend tegelijk. Toevallig had hij erge honger. Verdomme, dacht hij. In haar boxershort en hemd zag ze er verdraaid sexy uit.

Ze kwam de keuken uit met een steelpan, hield hem een houten lepel voor en vroeg hem om de saus te proeven. Ze duwde de lepel zachter tegen zijn mond dan dat hij zichzelf in haar had geduwd. Hij deed zijn lippen onwillig van elkaar en proefde. Mmm. Zijn maag knorde. Hij hoopte dat ze het niet had gehoord, maar haar glimlach leek erop te duiden dat dat wel zo was.

'Ga zitten. Ik ben zo klaar.' Ze drentelde terug naar de keuken. Haar stevige billen bewogen zoals alleen stevige billen dat kunnen.

Vijf minuten later zette ze een maaltijd op tafel.

Hij viel op de pasta aan. Die smaakte goed. Hij schaamde zich dat hij het zo lekker vond. Hij hield zijn ogen op het bord gericht. Hij keek maar één keer naar haar op, gewoon uit nieuwsgierigheid. Ze zat glimlachend naar hem te kijken. Geërgerd keek hij weer omlaag. Hij nam nog een paar happen, duwde zijn bord weg en wilde net opstaan toen ze zei: 'Ik heb nog een toetje.' Ze stond op en kwam terug uit de keuken met een warme crème brûlée. Verdorie, dacht hij. Ik wist niet dat ze kon koken. Hij drukte zijn handpalmen tegen zijn gezicht. Wat moest hij doen? Ze giechelde. Ze had zijn gedachten vast geraden. Hij wilde wel wat crème brûlée, maar dat betekende nog niet dat ze had gewonnen. Het bovenlaagje van gegrilde karamel zag er knapperig uit. En die geur. Ook de geur was perfect.

Hij keek ernaar.

'Ga je gang,' zei ze.

Hij proefde de crème brûlée. Hoe had ze zo goed leren koken? Had ze in het geheim kooklessen gevolgd? Hij at alles op.

'Bedrijf nog een keer de liefde met me,' zei ze.

De liefde bedrijven? Dacht ze soms dat hij dat met haar had gedaan? Ik heb je verdomme *verkracht*. Wat had het voor zin om het zelfs maar te proberen? Hij keek koel naar haar.

'Bedrijf alsjeblieft nog een keer de liefde met me,' herhaalde ze.

'Ik heb helemaal niet de liefde met jou bedreven,' zei hij, terwijl hij van tafel opstond.

'Ai.'

Ah, eindelijk zei ze eens ai. Het werd tijd.

'Neem me alsjeblieft nog een keer,' zei ze, terwijl ze voor hem ging staan. Ze hield zijn gezicht tussen haar handen en kuste hem zacht op zijn lippen. Hij bewoog zich niet. Zijn armen hingen slap omlaag. Ze hief ze omhoog en probeerde ze om zichzelf heen te slaan. Maar toen ze ze losliet, vielen ze weer omlaag.

'Ik wil het niet,' zei hij. 'Ik wilde het vanmiddag niet, en nu wil ik het ook niet.'

'Wilde je me vanmiddag niet? Hou jezelf voor de gek,' zei ze.

'Dat was een daad van geweld, niet van liefde,' liet hij haar weten, in de hoop dat hij zojuist de definitie van een verkrachting had gegeven.

Maar ze ging er niet op in.

'Ik wil dat je naar huis gaat en me met rust laat,' zei hij.

Ze kuste zijn oor, likte aan zijn oorlelletje. Hij hoopte dat ze niet kon voelen dat hij een erectie kreeg. Ze stak haar tong in zijn oor. Hij wilde dat ze de kunst van het verleiden kende. Hoe ze een koele houding moest aannemen, hoe ze moest aantrekken en afstoten. Dan zou hij tenminste af en toe verlost zijn van haar gestalk. Wat zou dat verfrissend zijn. Hij zou eens in zijn brochures op zoek gaan naar een geschikte cursus. Misschien was er wel een cursus waar ze kon leren hoe je iets moest opgeven.

Alan duwde Lynn weg. Ze streelde zijn kaaklijn, liefkoosde zijn linkerbil. Hij duwde zijn heupen iets van haar af, zodat ze niet zou merken dat hij een erectie had.

'God, wat hou ik van je,' mompelde ze.

Hij stond met zijn rug tegen de boekenkast en kon niet verder naar achteren. De planken staken in zijn rug.

'Je hebt een stijve!' zei ze.

Ze maakte snel zijn riem los, deed de knopen van zijn broek open, deed de rits naar beneden en duwde zijn broek en boxershort omlaag.

'God, wat wind je me op,' zei ze.

Hij perste zijn lippen op elkaar, zijn gestrekte armen rustten op de planken. Hij keek weg van zijn penis, zoals hij de andere kant op keek als er bloed werd geprikt in de spreekkamer van de dokter.

Ze wreef met haar duim over de top van zijn penis Hij hield

zijn adem in. Hij was niet van plan zich ook maar een centimeter te verplaatsen. Ze trok hem mee naar de slaapkamer en duwde hem op bed, legde hem op zijn rug en ging schrijlings op hem zitten. Hij keek strak naar het plafond.

Ze gleed met haar tong tussen zijn lippen, likte zijn tanden. Niets hielp. Ze gaf het op om hem nog te kussen en bereed hem alleen maar, haar wang tegen de zijkant van zijn hoofd. Hij kon haar gehijg in zijn oor horen. Haar adem was warm. En toen ging het gehijg over in gesnik. Ze rolde van hem af en krulde zich op haar zij, met haar rug naar hem toe.

'Wat is er?' vroeg hij.

'Je reageert niet.'

Hij zuchtte, kleedde zich aan en ging naar de zitkamer. Ze liep hem achterna.

Alan dacht weer aan Jessica, en dat maakte hem droevig. Hij herinnerde zich plotseling dat Lynn niet wist dat Jessica en hij uit elkaar waren.

'Je doet alsof je thuis bent, door hier te koken en zo,' zei hij. 'Stel dat Jessica ineens zou binnenkomen?'

'Dit is voor het eerst dat je over haar begint. Dat is een goed teken.'

'Een teken van wat?'

'Dat ze jouw gevoelens niet echt beheerst. Of misschien is het een teken dat ze je niet helemaal bevredigt. Ik bedoel, uiteindelijk bedrieg je haar natuurlijk wel.'

'Nee, dat doe ik niet. Ik zou haar nooit bedriegen.'

Lynn fronste. Toen verscheen er een glimlach op haar gezicht. 'O nee?'

Hij schudde zijn hoofd.

'Dat is geweldig nieuws!' zei ze. 'Wanneer is het gebeurd en waarom?'

'Het is geen geweldig nieuws. Ik ben erg van streek.' Hij ging op de bank zitten.

'O, dat moet je niet zijn!' zei ze, terwijl ze hem van achteren omhelsde. 'Ik zal ervoor zorgen dat je eroverheen komt. Je bent mijn schat.'

'Nee, dat ben ik niet.'

'Ja, dat ben je wel. Iedereen kan zelf beslissen wie zijn schat is. De schat kan niet protesteren. De schat heeft er niets over te zeggen. De schat kan alleen beslissen wie zijn eigen schat is, niet wiens schat hij zelf is.'

Lynn trok Alans overhemd uit. O nee, niet wéér! Hij probeerde zich te verzetten, maar deed dat zo onverschillig dat ze hem binnen drie minuten volledig wist te ontkleden. Ze legde een stuk plastic onder zijn billen op de bank. Ze zette een cd op – Bachs *Toccata en Fuga in D klein*.

Met een tafelmes smeerde ze iets op zijn arm. In haar andere hand hield ze een pot honing. Tamelijk onschuldig. Ze bedekte zijn hele lichaam met honing. Zijn penis kwam overeind, maar hij deed alsof hij het niet merkte. Hij pakte de krant en begon een artikel over gazons te lezen.

'Kijk, zo word je letterlijk om op te eten. Daar kun je geen bezwaar tegen maken,' zei ze, terwijl ze hem bleef aanraken. Toen hij naar zichzelf keek, zag hij dat ze zijn lichaam had bedekt met verse muntblaadjes.

'Ik moet naar mijn werk,' zei hij.

Daarna strooide ze Rice Crispies op de honing; het maakte zijn lichaam bobbelig, alsof hij een vreselijke huidziekte had. Hij vroeg zich plotseling af of ze van plan was om hem echt op te eten.

Vervolgens strooide ze cacaopoeder over zijn hele lijf, wat hem ook nog eens donkerbruin maakte. Hij zag er monsterachtig uit, merkte ze met voldoening op. Ze gebruikte Nesquik op sommige delen van zijn lijf en Ovaltine op andere delen. Ze had altijd al gefantaseerd over seks met een monster. Ze dacht dat ze hem voor zich zou kunnen winnen door hem met voedsel te bedekken: het was grappig, spontaan, speels, artistiek, kinderlijk betoverend en sensueel.

Ze vroeg hem om zijn ogen dicht te doen. Hij zei: 'Ik moet echt naar mijn werk. Wat denk je dat ze hier op mijn werk van zullen zeggen? Zo kan ik niet naar mijn werk.'

'Het is al halfdrie. Denk je niet dat het een beetje laat is om nog naar je werk te gaan?'

'Beter laat dan nooit.'

Toen kwam ze met een bus spuitroom. De orgelmuziek klonk gepassioneerd terwijl ze slagroom op zijn tepels spoot, over zijn schaamhaar en ballen en over zijn penis.

'Als ik niet naar mijn werk ga word ik dakloos. Ik moet nu al bedelen. Bedelen om genade. Om met rust te worden gelaten.'

Omdat ze geen kersen kon vinden in de keuken, kwam Lynn terug met een bosbes en plaatste die boven op de punt van zijn opgerichte penis. Ze had zijn voeten en de bovenkant van zijn kale hoofd schoon gelaten. Ze knielde aan zijn voeten, overgoot die met olijfolie en begon hem een voetmassage te geven. Hij trok een paar keer met zijn voet. Het kietelde. Ze gleed met haar vingers tussen zijn tenen. Hij probeerde het genot te negeren dat zich telkens aan hem opdrong terwijl hij het artikel over gazons las.

De zoemer ging. Alan en Lynn keken elkaar aan.

'Kan jij even opnemen?' vroeg Alan.

Lynn zette zijn voet neer en ging naar de intercom. Ze luisterde en keek naar Alan. 'De portier zegt dat Roland naar boven wil komen.'

Alan reageerde niet.

'Ik zal zeggen dat hij hem niet door moet laten,' zei Lynn.

'Nee! Niet doen.'

'Wat niet doen? Hem niet naar boven laten komen?'

'Nee, zeg niet tegen hem dat hij niet naar boven mag komen.'

'Wil je dat hij naar boven komt?'

'Ja.' Alan zweeg even. 'Ja, zeg hem dat hij naar boven kan komen.'

'Waarom? Ben je gek geworden? Kijk eens hoe je eruitziet. Hij raakt helemaal van streek als hij mij hier aantreft. Misschien slaan de stoppen dan wel bij hem door.'

'Goed, laat hij ons dan maar vermoorden. Wat heb ik trouwens verder nog om voor te leven? Laat hem maar boven komen!'

Lynn zei tegen de portier dat Roland naar boven kon komen. Ze deed de voordeur open. Ze ging op de rug van de bank zitten, achter Alan, haar benen om hem heen, zijn achterhoofd in haar schoot. Ze begon hem een hoofdmassage te geven.

Roland kwam binnen en staarde naar het schouwspel.

Alan realiseerde zich dat het een getuigenis was van Lynns obsessie, van de macht die hij over haar had. Zo kon je het in elk geval opvatten, en hij wilde dat Roland het ook zo zou opvatten.

En Roland keek. Lynn zag eruit als Alans troon. Haar vingers op zijn hoofd waren een kroon. Terwijl ze zijn schedel masseerde, rekte de huid van zijn gezicht op en werden zijn ogen tot spleetjes getrokken. Alan probeerde haar weg te duwen. Maar ze bleef hem vasthouden, haar vingers als tentakels om zijn bijna kale hoofd, als een kroon van aanhankelijkheid.

Alan had duidelijk gewonnen. Niets had Roland meer het gevoel kunnen geven dat hij verslagen was dan dit vertoon. Dit ging veel verder dan een tafereel van huiselijke gelukzaligheid, wat ook al ontmoedigend zou zijn geweest. Alan was nu een machtig, grotesk beest, majestueus. Roland knipperde een paar keer met zijn ogen. Hij wilde buigen en weggaan, maar dwong zichzelf te blijven.

'Wat kom je eigenlijk doen?' vroeg Alan.

Roland gaf geen antwoord. Toen zei hij: 'Kan ik Lynn meenemen?'

Verlos me van haar, verlos me van haar, dacht Alan. Maar hij zei: 'Ik heb liever niet dat je iemand onder dwang meeneemt, maar in principe mag ze mee, als ze tenminste wil.'

'Je bent slap en karakterloos; geen wonder dat je vriendin je gedumpt heeft,' zei Roland. 'Het is onbegrijpelijk dat ze ooit een relatie met je heeft gehad.'

'Lynn, ga alsjeblieft naar mijn slaapkamer en haal even wat er in de derde la van boven ligt.'

Lynn gehoorzaamde. Ze kwam terug met Jessica's pistool.

'Schiet hem dood,' zei Alan.

Roland staarde naar het wapen in Lynns hand dat op hem gericht was.

Lynn schoot niet.

'Als jij hem niet doodschiet, dan wil ik dat je nu weggaat en nooit meer terugkomt,' zei Alan.

Lynn schoot nog steeds niet. Uiteindelijk zei ze tegen Alan: 'Als ik hem doodschiet, ga ik naar de gevangenis en zal ik je nooit meer zien.' Ze legde het wapen naast Alan op de bank.

Roland dook eropaf. Alan bewoog zich niet; hij liet Roland het wapen grijpen. Roland schoot op Alan. Er gebeurde niets, geen kogels. Roland gooide het pistool terug op de bank. 'Slapjanus. Je was helemaal niet van plan om me te doden.'

'Dat is waar,' zei Alan hooghartig. 'Willen jullie nu alsjeblieft allebei hier weggaan?' Hij klonk vermoeid.

Lynn ging naast Alan op de bank zitten en smeekte hem om haar niet te laten gaan.

'Zou je haar alsjeblieft mee willen nemen?' vroeg Alan aan Roland. 'Mijn voeten zijn vettig en ik ben bang dat ik uitglijd. En bovendien ben ik doodmoe.'

Roland liet een paperclip vallen, pakte Lynn op en droeg haar naar de deur, terwijl ze gilde.

'Een ogenblikje,' zei Alan. Hij stond op, met het vel plastic tegen zijn billen geplakt. Hij liep op hen toe, voorzichtig zodat hij niet uitgleed. Hij streelde Lynns haar en zei tegen haar: 'Ik was lichtelijk opgewonden bij de gedachte dat je alles voor me wilde doen. Dus tolereerde ik je aanwezigheid. Maar je haalde de trekker niet over. Nu ben ik helemaal niet meer opgewonden.' Wat hij zei was waar, maar mensen zeggen niet altijd dingen omdat ze waar zijn. Hij zei het in een poging om onaantrekkelijk over te komen.

Lynn en Roland vertrokken.

Alan haalde de kogels uit de kast van zijn slaapkamer. Hij laadde het pistool.

Hij haalde een stuk papier te voorschijn en schreef er het telefoonnummer van Jessica's moeder op, gevolgd door het verzoek of Jessica voortaan voor Pancake zou willen zorgen. Hij voegde er nog een paar woorden aan toe: 'Het is niemands schuld dat ik heb besloten een einde te maken aan mijn leven. Ik ben gewoon niet gelukkig. Mam, ik houd erg veel van je. Je was en bent de beste moeder die een mens zich kan wensen. Wees alsjeblieft niet bedroefd. Ik maak het goed nu. Kus, Alan.'

Hij liet het briefje achter bij de rattenkooi.

Hij nam afscheid van Pancake. Hij wist dat Jessica goed voor hem zou zorgen. Ze was een ratten-en-wapenvrouw.

Alan drukte de loop van het pistool tegen zijn slaap. Hij liet die langs zijn wang glijden. Hij plaatste hem in zijn mond. Hij proefde de honing en de Nesquik op de punt van zijn tong. Hij likte de loop schoon en stak hem toen in zijn mond.

Ineens ging het brandalarm af. Hij liet het pistool vallen, greep Pancake uit zijn kooi en rende het appartement uit. Hij kon rook ruiken. Hij rende de trappen af, terwijl het cacaopoeder van zijn lichaam vloog. Hij had de laatste tijd niet meer de moeite genomen om de deuren van de trapportalen te conroleren, en nu was er brand! Hij vroeg zich af wie de brand had gesticht, of het Roland geweest kon zijn. Een paar muntblaadjes vlogen van zijn lijf als losse veren van een vogel. De Rice Crispies rolden van zijn huid, vastgehouden door de honing, maar niet langer knisperig. De slagroom druppelde van zijn tepels en dijen. Hij gleed uit en viel een paar keer door zijn gladde olijfolievoeten. Hij droeg Pancake in zijn ene hand en telkens als hij struikelde, tilde hij die hand hoog in de lucht om de rat te beschermen.

Hij was verbaasd dat hij niemand anders in het trapportaal zag, maar aangezien hij op de bovenste verdieping woonde, had hij altijd al geweten dat hij de laatste was, dat er niemand langs hem heen naar beneden zou rennen bij brand. Waarschijnlijk namen ze allemaal de lift naar beneden, de idioten. Ze wisten helemaal niets over brandveiligheid; ze hielden niet eens de deuren van de trapportalen op hun eigen verdiepingen gesloten.

Toen hij uiteindelijk hijgend en trillend op het trottoir was aangekomen, hadden de meeste huurders zich daar al verzameld. Ze waren ontzet bij de aanblik van de met cacao bedekte naakte man met een rat in zijn hand. Ze dachten dat zijn huid geschroeid was door het vuur, dat zijn huid was verbrand tot een knisperende laag en al blaren vormde. De slagroom leek een vreemde vloeistof die het lichaam produceerde bij brandwonden: de liezen en tepels schuimden. De muntblaadjes waren verwarrend. De bosbes was allang verdwenen. Als die er nog was geweest, zouden de huurders het misschien hebben begrepen.

Alan stelde hen gerust: het was alleen maar voedsel. Hij liep door de menigte heen, terwijl hij Pancake kalmerend streelde. Hij vroeg aan de huurders waar de brand was begonnen. Dat wisten ze niet precies. Sommigen zeiden dat het op de veertiende verdieping was begonnen. Maar ze brachten het gesprek telkens terug op de chocola op zijn lichaam. Ze leken hem er tactvol op te wijzen dat hij naakt was. Ze vroegen hem zich te bedekken (maar niemand bood kleding aan). Alan begreep niet waarom zijn buren zich druk maakten over zoiets onbelangrijks als zijn naaktheid. Was het soms niet duidelijk dat hij bezig was geweest met kinky seks? Dit was toch niet het moment om te gniffelen over met chocolade bedekte naaktheid? Je moest alles wel in het juiste perspectief zien.

Het was een kille middag.

Een agent kwam op hem af en zei hij dat hij zijn naaktheid moest bedekken; anders zou hij hem arresteren wegens naaktloperij.

'Maar er is brand in mijn flatgebouw!' zei Alan.

'Exhibitionisten hebben altijd een excuus,' antwoordde de agent.

Het gerucht verspreidde zich dat de brand was gesticht door een jonge vrouw van de veertiende verdieping, technisch gezien de dertiende, de ongeluksverdieping. Ze zou een contract hebben verbrand dat haar vriend had opgesteld en ondertekend met zijn eigen bloed. In het contract stond dat hij nooit tegen haar zou liegen. En dat had hij toch gedaan. Dus verbrandde ze het papier en liet het vuur onbeheerd achter, terwijl ze op bed ging liggen huilen.

Alan liep op de vrouw af – de brandstichtster. De groep huurders week uiteen om hem door te laten. Hij stond voor haar en zei: 'Hoe kun je brandend papier onbeheerd achterlaten? Ben je niet goed bij je hoofd?'

'Het spijt me dat ik je op zo'n slecht moment heb overvallen,' zei ze, wijzend naar zijn chocolade naaktheid.

'Er is nooit een goed moment om brand te stichten,' antwoordde Alan.

'Het spijt me. Ik was gedesillusioneerd.'

'Waarom?'

'Dat is iets persoonlijks.'

'Iedereen weet het toch al. Je hebt een contract verbrand waarin je vriend zwoer dat hij nooit tegen je zou liegen, maar toch deed hij het. Dat is rot. Nou en?'

'Ga weg. Je bent naakt en walgelijk, je maakt inbreuk op mijn privacy.'

'En jij hebt brand gesticht. Ik ben een van je slachtoffers.'

Ze rolde met haar ogen. 'Ga weg met dat beest,' zei ze, terugdeinzend. 'Je bent naakt en walgelijk en je houdt een rat vast.'

Alan zette zijn borst op en torende dreigend boven haar uit. Toen sprong hij op een muurtje en draaide zich om naar de huurders, de rat in zijn ene hand. Met zijn andere hand wees hij naar de gedesillusioneerde brandstichtster. 'En wiens schuld is dat? Wie heeft hier brandend papier onbeheerd achtergelaten, terwijl ik toevallig naakt was? Wat verwachtte je dat ik zou doen? In mijn appartement blijven en levend verbranden met mijn huisdier?'

'Hoor eens, ik kan me voorstellen dat je van streek bent,' zei de vrouw. 'Je voelt je vernederd en gefrustreerd omdat ik je kennelijk midden in een pervers seksspel heb gestoord, maar je maakt het er niet beter op door hier te gaan staan schreeuwen.'

Een zakenman van 3a zei: 'Het lijkt er inderdaad op dat het brandalarm je midden in een prikkelende situatie heeft overvallen. Het was zeker erg vervelend dat je werd onderbroken?'

'Nee! Ik was net bezig mezelf van kant te maken.'

Een paar huurders lachten omdat ze dachten dat dit een grap was.

De zakenman glimlachte. 'Voor welke zelfmoordmethode moet je je bedekken met chocola?'

'Voor geen enkele. Maar bedekt zijn met chocola staat zelfmoord niet in de weg,' zei Alan.

'O nee? Ik denk van wel,' zei de man. Als je af en toe bedekt wordt met chocola, dan is dat een teken dat je leven tamelijk opwindend is en je er zeker geen eind aan moet maken, naar mijn mening.'

'Nou, dan heb je het mis.'

'O ja? Waarom rende je dan het gebouw uit om je leven te redden net toen je op het punt stond om er een einde aan te maken?'

'Ik wilde mijn rat redden, niet mijn leven.'

De mensen zwegen.

'Elke dag loop ik het trappenhuis af, waarbij ik elke deur op iedere verdieping sluit om mezelf en anderen te beschermen tegen mensen zoals zij, die brandende, verbroken, ellendige contracten onbeheerd achterlaten!'

Na een korte stilte zei de zakenman: 'En denk je er nu nog steeds over om jezelf van kant te maken?'

'Waarschijnlijk niet. Het moment is verstreken.'

'Dus je hebt de rest van je leven aan haar te danken?'

'Ja. En als ik een rotleven heb, zoals tot nu toe voornamelijk het geval is geweest, dan heb ik dat ook aan haar te danken.'

'Je kunt anderen niet zomaar de schuld ergens van geven.'

'Let maar eens op. Ik weet zeker dat jullie allemaal weten hoe troostend het is, hoe het je mentaal kan helpen om anderen de schuld te geven van iets. Jullie hebben allemaal wel iemand die je in je jeugd heeft misbruikt – slechte ouders, foute docenten, mensen wie je de schuld van alles kunt geven. Ik heb nooit zo iemand gehad. Kortgeleden dacht ik even van wel, maar ik was misleid. Nu heb ik eindelijk iemand gevonden.' Hij wees met een vinger naar de vrouw van 14c en riep uit: 'Ik kan haar de rest van mijn leven de schuld geven!'

Alan hoorde plotseling een luide stem vanuit de menigte roepen: 'Laat je wapen vallen!' Hij keek in de richting van de stem en zag twee politiemannen die hun pistool op hem richtten en vroegen hem opnieuw zijn wapen te laten vallen.

'Dit is geen wapen, het is mijn huisdier, een rat!' riep Alan.

'Laat vallen wat je daar vasthoudt!'

'Nee! Kijk, het is geen wapen, het is alleen mijn huisdier, Pancake. Het is geen hond. Als ik hem loslaat, gaat hij ervandoor.' Alan hield Pancake bij zijn staart omhoog en liet hem zo bengelen. Hij hield de staart tussen zijn duim en wijsvinger, en stak de rest van zijn vingers hoog in de lucht om te laten zien dat hij verder niets verborgen hield. Pancake bungelde heen en weer, zwaaide zichzelf toen abrupt omhoog en beet in Alans hand.

'Au!' riep Alan uit en hij liet zijn rat vallen. Pancake ging ervandoor. Alan sprong van de muur en joeg achter zijn rat aan: 'Vang hem! Vang hem! Dat is mijn huisdier!'

De politiemensen renden achter Alan aan, die uiteindelijk zijn rat wist in te halen en erin slaagde hem vast te grijpen. Woedend wendde Alan zich tot de agenten. 'Hoe durven jullie mijn huisdier ervandoor te laten gaan! Wat willen jullie? Ik ben naakt doordat er brand is in mijn gebouw en ik geen tijd had om kleren aan te trekken. Is dat soms een misdaad?'

'We moeten u meenemen voor ondervraging.'

'Omdat ik naakt ben?'

'Nee, het gaat over iets anders.'

'Ik ben niet degene die de brand heeft veroorzaakt. Iedereen weet al dat het de vrouw van 14c was. Ze heeft bekend.'

'Het gaat over een andere kwestie.'

'Wat voor kwestie?'

'Instappen.'

'Maar ik ben naakt en mijn lichaam zit onder de chocola en honing. Dan maak ik die auto smerig.'

'Dat geeft niet. We hebben wel erger meegemaakt.'

De politie ondervroeg Alan over Max. Ze zeiden dat Max dood was aangetroffen. Alan vertelde hun over zijn laatste gesprek met Max, en dat hij Max met Jessica had betrapt. Ze ondervroegen Jessica, die al hun vragen waarheidsgetrouw beantwoordde en onmiddellijk in een diepe depressie raakte; ze geloofde dat zij de oorzaak van Max' zelfmoord was geweest omdat ze, waar Max bij stond, tegen Alan had gezegd dat ze niet van plan was om Max ooit nog te zien. Ze ondervroegen Lynn. Ze ondervroegen Roland, ook al was hij de afgelopen week niet in het hotelletje geweest – voorzover iedereen wist.

Na deze ondervraging hielden de autoriteiten het op zelfmoord.

Jessica besloot een paar maanden bij haar ouders in het Midwesten te logeren om na te denken over haar leven en de mensen die ze pijn had gedaan.

12

Er verstreken vier maanden, het werd hartje winter en opmerkelijk genoeg veranderde er niets; de stalkketen bleef intact.

Alans flatgebouw was niet erg beschadigd door de brand. Alle bewoners konden er gewoon blijven wonen, behalve de brandstichtster; haar appartement was verwoest. Nog steeds controleerde Alan elke dag de deuren van het trappenhuis. Na de brand en Max' dood had het Alan niet meer belangrijk geleken dat Roland hem in elkaar had geslagen en hem had beschoten met een wapen dat gemakkelijk geladen had kunnen zijn.

Alan had die delicten wel aan de politie gemeld toen ze hem ondervroegen, en dat leidde ertoe dat Roland werd verhoord. Maar Alan nam niet de moeite om een aanklacht tegen Roland in te dienen of om een straatverbod tegen hem te eisen. Zijn grootmoedigheid kwam niet voort uit een gevoel van macht, maar juist uit het tegenovergestelde: hij voelde zich verpletterd en verdoofd.

Ongeluk knaagt aan iemands zelfvertrouwen. Alans krachtige nieuwe persoonlijkheid was verzwakt. Hij had de leugenachtigheid van het gezegde 'Wat je niet doodt, maakt je sterker' ontdekt. Hij wist nu dat wat jou niet doodde, juist maakte dat je steeds zwakker werd. Hij had niet langer contact met de vrienden uit zijn nieuwe leven, dat nu oud was en achter hem lag. Zijn herstellende stalkvrienden belden hem niet meer; hij had de energie niet om hen aan te moedigen en te helpen weerstand te bieden aan de verleiding van het stalken. Zelf had Alan nog geen neiging om weer te gaan stalken, maar wat maakte dat uit? Hij was niet gelukkiger dan toen hij nog een stalker was. Hij was gedeprimeerd en eenzaam, en moest tot zijn schande bekennen dat gevolgd worden toch wel iets troostends had. Zijn leven was zo duister dat zijn stalkers de enige lichtpuntjes leken. Ook al sprak hij hen zelden, toch beschouwde hij hen als zijn steun.

Het kostte Roland een paar weken om te wennen aan een leven zonder cyaankali, zonder de geruststelling dat hij er direct een einde aan kon maken mocht hij dat willen. Hij voelde zich kwetsbaar. Maar hij voelde zich ook meer verbonden met zijn medemensen, alsof ze allemaal in hetzelfde schuitje zaten. Hij en zij hadden iets belangrijks gemeen: ze droegen geen cyaankali op hun lichaam. Hij droeg nog steeds het medaillon, als een herinnering aan de cyaankali die er niet meer was.

Het feit dat hij nu een moordenaar was hield hem niet zo bezig. Hij vond het geen interessant onderwerp; het was immers geen zelfmoord.

Sindsdien had hij geen ernstige overtredingen meer begaan. Weliswaar had hij geprobeerd om Alan neer te schieten met een pistool dat geladen had kunnen zijn, maar dat was goddank niet het geval geweest, want zoiets had hij niet kunnen laten doorgaan voor zelfmoord. En hij had inderdaad Lynn tegen haar wil uit Alans appartement gedragen, maar zodra ze op het trottoir waren aangekomen had hij haar losgelaten – het is niet gemakkelijk voor een man om een gillende vrouw over straat te dragen. Zij had een taxi naar huis genomen en hij was naar zijn eigen appartement gegaan, waar Lynn een douche had genomen om af te koelen. Gelukkig had hij haar in elk geval Alans gebouw uit weten te krijgen.

De volgende dag ging de stalkketen weer verder, alsof er niets was gebeurd.

Patricia was verbaasd dat Lynn, hoewel ze Alan elke dag stalkte en zich daardoor permanent afgewezen voelde, zich voor alle zekerheid nog steeds bij clubs aanmeldde die haar niet als lid wilden.

Alan, Lynn en Roland bleven geld geven aan Ray. De dakloze ex-psycholoog hield nog steeds zijn adem in en zijn ogen gesloten als de stalkketen hem passeerde, vooral sinds hij had gezien dat een van hen zich erg vreemd had gedragen: hij had naakt, met chocolade overdekt staan oreren op een muurtje met een rat in zijn hand, waarna hij werd afgevoerd door de politie.

Op een winterdag stonde Alan langer dan normaal stil voor de dakloze. Hij vroeg zich af waarom de man zo vaak zijn ogen gesloten hield en zijn adem inhield. Alan trok zijn jas uit en legde die in de armen van de dakloze. Het was een beige jas van scheerwol die Alan drie jaar had gedragen en niet langer wilde. Perplex hield Ray de jas vast. Meestal accepteerde hij geen geschenken, aangezien zijn dakloosheid relatief vrijwillig was, maar een geschenk van een schakel uit de keten kon hij moeilijk afslaan.

Ray schraapte zijn keel. 'Wat is dit?'

'Een cadeau. Trek hem maar eens aan,' zei Alan.

Ray bewoog zich niet, maar hij moest toegeven dat hij nieuwsgierig was.

Alan pakte de jas terug, ging achter Ray staan en hield de jas op zodat Ray zijn armen erin kon steken. Na een korte aarzeling stak Ray zijn hand in een mouw. Hij kon er niets aan doen dat hij genoot van elke seconde terwijl deze verleidelijk gestoorde persoon hem in de ene mouw van een jas hielp. En toen in de andere.

'Kijk eens aan, dat ziet er mooi uit. Hij past je goed,' zei Alan. Wat hij bedoelde was natuurlijk: 'Hij past je goed, voor een jas die twee maten te klein voor je is.'

'Dank je,' zei Ray. Dit was hét moment voor Ray om Alan te vragen waarom de stalkvolgorde was veranderd, maar hij stond zichzelf niet toe om vragen te stellen. Hij zou niet toegeven aan zijn nieuwsgierigheidsstoornis.

Alan glimlachte en liep weg.

Lynn had het tafereel gadegeslagen en dacht erover na. Ze kwam met een opwindend idee. Om indruk te maken op Alan regelde ze dat de delicatessenzaak op de hoek de dakloze een maand lang twee maaltijden per dag zou geven, in een papieren zak. Het was geen goedkoop gebaar, maar als ze daardoor indruk kon maken op Alan was het de moeite waard. Toen Lynn Ray zijn eerste lunch gaf en hem vertelde over de maaltijden die nog zouden volgen, zei ze: 'Het enige wat ik ervoor terugvraag is dat je het aan Alan vertelt, de man die jou zijn jas heeft gegeven.'

Ze waren goed gestoord, die mensen, dacht Ray. Ze hadden hem tot nu toe nog niet teleurgesteld. Maar het kon niet anders of dat zou binnenkort gebeuren. Diep vanbinnen zat die onvermijdelijke kern van saaiheid. Hij tuurde naar Lynn, alsof hij verwachtte dat de teleurstelling als een krachtige en ijskoude wind zou opsteken. Hij wilde koste wat het kost vermijden dat hij het stelletje halve garen leerde kennen. Omdat hij haar niets wilde beloven, veranderde hij van onderwerp: 'Hoe heet je eigenlijk?'

Even was Lynn stil. Ze vroeg zich af of Ray misschien haar geheime, 'echte' naam wist. 'Raad maar,' kon ze niet nalaten te zeggen.

'Jane?' raadde hij.

'Nee. Ik heet Lynn. *Bon appétit.*' Ze glimlachte en liep weg.

Zodra Lynn ver genoeg uit hun buurt was, bleef Roland voor de dakloze staan. 'Wat zei die vrouw net tegen je?'

'Wie? Lynn?' Hij stond op het punt om te vragen: 'Waarom?', maar herinnerde zich dat hij zichzelf had verboden om vragen te stellen. Dus antwoordde hij: 'Ze zei dat ze die winkel daar heeft betaald om mij een maand lang twee maaltijden per dag te geven.'

Roland liep weg, liet een knoop vallen en begon na te denken.

Roland huurde een appartement voor Ray. Hij vertelde hem het nieuws de volgende dag op straat.

'Luister, ik weet niet wat je ervan vindt dat je op straat moet slapen,' zei Roland. 'Ik wil niet aanmatigend lijken, maar ik heb een kleine winterstudio voor je gehuurd. Je bent me niets verschuldigd, behalve dat je je gunstig over me moet uitlaten tegenover Lynn, en haar moet vertellen over deze kleine gunst die ik je heb bewezen.'

Ray reageerde niet, maar bleef hem met samengeknepen ogen aankijken. Uiteindelijk zei hij: 'Best, waarom niet?'

Hij had de wilskracht om geen vragen te stellen, maar hij had niet de wilskracht om deze toenaderingspogingen af te wijzen. Hij wist dat hij de cadeaus moest afwijzen, hij wist dat dit het noodlot tartte, maar hij kon niet anders. Met tegenzin ging hij naar het appartement.

Ondanks de jas, de maaltijden en zijn vaste verblijfplaats bleef Ray toch op de hoek staan bedelen. De volgende keer dat hij Alan zag, voelde hij zich min of meer verplicht hem te vertellen over de maaltijden die Lynn hem cadeau had gedaan. En omdat hij toch bezig was, vertelde hij ook over Rolands cadeau. Verstomd stond Alan daar in de sneeuw.

Hij was van streek door de gebaren van Lynn en Roland; hij

wist dat de stalkers de bedelaar uiteindelijk in de steek zouden laten. Hij voelde zich verantwoordelijk, omdat hij ongewild deze kettingreactie was begonnen. Om zijn schuldgevoel te verlichten kocht Alan wat kleren voor Ray. En toen hij Rays nieuwe woning bezocht en de vreselijke toestand zag waarin hij leefde (wat inhield dat er geen tv en weinig meubilair was) ging hij op zoek naar een bank, een tafel en wat stoelen, en liet die bezorgen bij Rays huis.

Toen Lynn zag hoeveel de twee anderen voor de dakloze hadden gedaan, wilde ze hen overtreffen om zo indruk te maken op Alan. Ze bedacht dat Ray een kennissenkring nodig had, dus gaf ze een feest voor hem in zijn eigen huis.

Tijdens het feest zat Roland in een hoek te praten met een man die hij niet kende. 'We hebben deze mens gecreëerd, door de kracht van onze groepsenergie. Het is alsof hij ons kind is,' zei hij, doelend op Ray.

'Is dat niet een beetje aanmatigend?' antwoordde de man, terwijl hij een pinda in zijn mond wipte. 'Ik bedoel, ben je soms ineens een schepper van leven door een dakloze eten en een dak boven zijn hoofd te geven?'

Ray sprak beleefd tegen de gasten, maar ze interesseerden hem niet; het waren allemaal normale mensen – geen gestoorden. Zijn ogen zochten steeds de gestoorden en observeerden hen. Hij viel voor hen. Als hij nu zou ontdekken dat ze diep vanbinnen saai waren (en hij dacht nog steeds dat dat waarschijnlijk zo was), dan zou hij teleurgesteld zijn, en die teleurstelling zou pijnlijk zijn. Daarom bleef hij erin volharden om geen vragen te stellen. Hij moest zich niet bemoeien met hun zaken. Weten was teleurstellen.

Vreemd echter, bijna net zo vreemd als Rays belangstelling voor de gestoorden, was het feit dat de gestoorden geen enkele belangstelling voor hem hadden. Ze voelden zich er schuldig over. Eigenlijk dienden ze hem een paar vragen over zijn leven te stellen, over zijn verleden, wat dan ook, gewoon om beleefd en niet egocentrisch over te komen. Maar ze bleven maar talmen, bang voor een lang antwoord, een saai antwoord, bang om hem echt te leren kennen. Het kon ze niet schelen hoe Rays leven ooit was geweest. Tijdens het feest konden ze er niet onderuit om wat interesse in hem te tonen. Alan was de eerste die naar Ray toe ging. Lynn en Roland voegden zich onmiddellijk bij hem: belangstellend lijken was minder onplezierig als je met z'n drieën was. Ze vormden een halve kring om Ray heen. Roland hield zijn hand achter zijn rug en liet een paperclip vallen.

'Wat deed je eigenlijk voordat je dakloos werd?' vroeg Alan.

Ray wilde hun niet de waarheid vertellen dat hij vroeger psycholoog was geweest en hen kon analyseren als hij dat wilde, hen misschien zelfs kon helpen. Dus vertelde hij dat hij vroeger slotenmaker was geweest.

'Zo, slotenmaker!' zeiden ze met beleefd enthousiasme. 'En wat is er toen gebeurd? Hoe ben je dakloos geworden?'

'Ik raakte gedesillusioneerd.'

'Over het leven?' vroeg Lynn.

'Nee. Over de sloten.'

'O? Hoezo?'

'Ik dacht dat sloten complex en opwindend waren. Maar achter complexiteit gaat vaak saaiheid schuil. Ik hoopte op een slot dat moeilijk te openen zou zijn, moeilijk te begrijpen, onvoorspelbaar en daardoor interessant, maar zo'n slot bestaat niet.'

'Waarom ben je dan slotenmaker geworden?' vroeg Roland.

'Ik heb graag de sleutel van dingen in handen. En ik ontsluit graag dingen. Als ik de vrouw van Blauwbaard was geweest, dan was ik nu ook dood. Ik zou hebben gedaan wat zij deed; ik zou het sleuteltje hebben gebruikt om er de verboden kamer mee te openen, om te zien wat daar was.'

'Dus je bent een erg nieuwsgierig mens?' vroeg Lynn.

Ray sloeg zijn ogen neer en bekende zacht: 'Ja. Maar helaas is wat je te zien krijgt bijna altijd teleurstellend.'

'Je klinkt inderdaad als een gedesillusioneerde slotenmaker,' zei Roland.

Weken gingen voorbij. Geleidelijk kwam Ray veel te weten over de gestoorden, ook al informeerde hij er nooit naar. De gestoorden deden bepaald niet geheimzinnig over hun gevoelens.

Ray was nog steeds niet teleurgesteld, maar bleef sceptisch. Telkens als er een nieuwe laag wreed onthuld, was hij een beetje verbaasd dat alles nog steeds niet oersaai bleek te zijn. Telkens als een van hen tegen hem zei: 'Zal ik je eens wat meer over mezelf vertellen?', reageerde Ray met: 'Bah, doe dat alsjeblieft niet.'

Uiteindelijk kreeg Ray de neiging om invloed op hen uit te oefenen. Hij zag hoe vreselijk ongelukkig ze waren en hoe slecht ze functioneerden, en hij was benieuwd of hij hun leven kon verbeteren. Hij redeneerde dat dit minder gevaarlijk was dan hun veel vragen stellen. Het stellen van vragen had hem in de gevangenis gebracht, maar hij had nooit actief geprobeerd om iemands leven ingrijpend te verbeteren (of je zou de therapeutische commentaren die hij tegen hen op straat fluisterde moeten meerekenen). Het meest voor de hand liggende om hun leven te verbeteren was een partner voor hen te zoeken.

Een maand lang zocht hij. Hij ontmoette singles in bussen, verzamelde e-mailadressen en telefoonnummers, nam weer contact op met oude vrienden die single waren in de tijd dat hij nog psycholoog was. Hij informeerde hier en daar. Uiteindelijk gaf hij een koppelfeest in zijn winterstudio.

De gestoorden vonden geen partner. Maar anderen wel. Dit moedigde hem aan om nog eens een koppelfeest te geven. Nog meer mensen vonden een partner. Maar niet de gestoorden.

Ray ging helemaal op in zijn koppelfeesten.

De gestoorden begonnen Ray interessanter te vinden. Ze waren onder de indruk toen mensen aandrongen op meer koppelfeesten. De gestoorden werden nieuwsgierig. Ze hoorden een oude vriend van Ray op een van zijn feesten tegen iemand zeggen: 'Ray was vroeger psycholoog.' Perplex gingen ze naar Rays vriend toe en vroegen hem of dat waar was. De man, die zich realiseerde dat hij een blunder had begaan (want Ray had zijn oude vrienden geïnstrueerd om niet zijn ware oude beroep te onthullen en vast te houden aan het verhaal dat hij slotenmaker was geweest), herstelde zijn fout. 'Nee, dat heb je niet goed verstaan. Ik zei niet "psycholoog", ik zei "psychotische slotenmaker".

'O, dat is logischer,' zeiden de gestoorden. 'Maar hoezo psychotisch?'

'Dwangmatige behoefte om dingen te openen. In sloten blijven peuteren totdat ze opengaan.'

Ray gaf nóg meer koppelfeesten. Er werd over gepraat. Hij begon entreegeld te vragen. Mensen vroegen om zijn relatiebemiddeling. Iemand hielp hem om een website te maken voor zijn koppelactiviteiten: *VlamInDePan.com*. Het liep geweldig, ook al hadden mensen hem die naam afgeraden omdat het potentiële klanten zou afschrikken, vooral vrouwen. Hij was blij dat hij eindelijk een beroep had gevonden waar hij goed in was. Het was minder prestigieus dan psycholoog, maar het had wel meer glamour. En het had zeker meer aanzien dan dakloze bedelaar.

Hoe vaak hij ook bij zichzelf herhaalde dat de gestoorden niet echt interessant waren, toch waren ze constant in zijn gedachten. En om alles nog erger te maken, waren ze vaak in zijn buurt sinds hij succesvol was geworden met zijn relatiebemiddeling.

Ze begonnen hem te bewonderen. Het was een bizarre situatie, hun onwaardig. Hij hield zich nog in en stelde geen vragen. Maar hoe meer hij hen ontliep, hoe meer ze hem opzochten.

Ze kwamen met excuses bij hem langs – niet dat ze excuses nodig hadden: de studio was immers van Roland, het meubilair van Alan en het voedsel van Lynn. Ray genoot van hun bezoek, maar probeerde daar niet te veel nadruk op te leggen, voor zijn eigen bestwil. Soms waren ze alle drie tegelijk in Rays huis te vinden. Niettemin was hun obsessie voor elkaar iets minder geworden; een deel ervan was overgegaan op Ray.

Ray keek naar hen, zoals ze naast elkaar op zijn bank zaten. Hij vroeg hun niets, luisterde naar hen en beantwoordde hun vragen. Ze waren nu bijna net zo nieuwsgierig naar hem als hij naar hen. Op een keer nam een van hen hem apart en vroeg of hij zin had om ergens koffie te gaan drinken. Hij ging erop in, maar betreurde dit de volgende dag, omdat hij de hele nacht aan die gestoorde had moeten denken. Dus toen een van hen de keer daarop vroeg of hij zin had om mee te gaan koffiedrinken zei hij nee, wat die gestoorde vervulde met jaloersheid en bitterheid. Waarom de een wel en de ander niet? Dit veroorzaakte rivaliteit. Ze begonnen te wedijveren om zijn aandacht; stuk voor stuk herinnerden ze hem eraan hoeveel ze voor hem hadden gedaan. En toch bracht die rivaliteit hen dichter bij elkaar doordat ze er zo tegenover elkaar over konden klagen hoe moeilijk het was om onder vier ogen met hun protégé te praten.

Uiteindelijk had Ray het gevoel dat het zo niet meer door kon gaan. Dit was geen leven. Hij kon zien dat ze nog steeds niet gelukkig waren hijzelf trouwens ook niet. Dus probeerde hij de puzzel van de gestoordenketen op te lossen. Ray bracht heel wat uren door met zoeken naar een oplossing om zijn vrienden te helpen. Hij maakte lange wandelingen door de buurt, starend naar de grond terwijl hij nadacht.

Uiteindelijk had hij een oplossing – een soort remedie of sleutel. Hij had de details van zijn idee nog niet uitgewerkt, maar de opzet was er. In stilte was hij blij dat de gestoorden geen partner hadden gevonden, omdat hij inmiddels dacht dat een partner hen saai zou maken. Zijn idee was nogal ongewoon. Het zou hen gelukkiger en minder geobsedeerd maken, en hen doen beseffen dat er meer was in het leven dan alleen zijzelf, terwijl ze tegelijk hun unieke gestoorde karakter zouden behouden.

Op het ministerie van Justitie werd Roland bij zijn baas geroepen, de staatssecretaris van Justitie. Mary Smith zei: 'Ik had je aanbevolen voor de commissie voor Paragraaf 71-zaken, en nu vertelt Suzan Kahn me dat je bij geen enkele bijeenkomst bent geweest.'

'Ze hadden me niet nodig in die commissie.'

'Dat is geen excuus.' Ze keek hem zwijgend aan. 'En dat is nog niet alles. Het schijnt dat je liegt. Je zei dat je een pleidooi had gehouden bij Seligman versus het ministerie van Volksgezondheid, maar Jerry Corman was bij de rechtbank voor een pleidooi, en die vertelde me dat de zaak-Seligman voor het gerecht was gebracht zonder pleidooi.'

Roland hield zijn blik omlaaggericht.

'Je zegt niets. Dat is misschien maar beter ook, want ik wil je excuses eigenlijk niet horen. Ze zuchtte. 'Hoor eens, dit gebeurt te vaak. Je hebt geen oog voor de belangen van de cliënt, je slaat zittingen over en je gedachten zijn duidelijk ergens anders als je de hoofdpunten van een zaak uiteenzet. Ik heb gewoon geen andere keus dan je te ontslaan.'

13

Ray nodigde de gestoorden uit voor een diner in een restaurant. Ze waren in de wolken. Nadat ze hun bestelling hadden gedaan en toen ze met elkaar aan het kletsen waren, vertelde Ray waarom hij hen precies had uitgenodigd. 'Ik geloof niet dat we een verstandig leven leiden. We vervelen ons. Misschien denken jullie niet dat jullie je vervelen, maar ik denk dat dat wel zo is. Ons leven lijkt wel een isolatietank waarin je zintuigen niet worden geprikkeld, en dat is niet gezond. Veel mensen raken daar gestoord van.' Hij schonk hun een veelbetekenende blik. Ze waren zich er niet van bewust dat hij hen als gestoorden beschouwde, maar zijn blik was bedoeld als hint. Hij ging verder. 'De mens is zo geëvolueerd dat hij zich heeft aangepast aan een levensstijl waarin hij in het dagelijks leven geconfronteerd wordt met gevaar. In de loop der eeuwen is de mens erin geslaagd om de frequentie van gevaarlijke gebeurtenissen aanzienlijk te verminderen. Kunnen jullie me volgen?'

Ze knikten. Ze vonden dat hij goed sprak voor een slotenmaker.

Hij ging door: 'Deze vermindering van gevaarlijke gebeurtenissen leek misschien zo slecht nog niet. Het maakte het leven op een bepaald niveau gelukkiger en plezieriger. Maar de levensstijl die ons oorspronkelijk maakte tot wat we nu zijn is géén veilige levensstijl. En omdat we onszelf een veilige levensstijl eigen maken, ervaren we bepaalde ongelukkige neveneffecten.' Terwijl hij een leitje uit zijn tas haalde zei hij: 'Ik ben van mening dat deze neveneffecten de volgende zijn.' Hij schreef op het bordje:

1. *Verlies van vitaliteit*
2. *Verlies van perspectief*
3. *Verlies van geestelijke gezondheid*
4. *Verlies van het volle en rijke spectrum van geluk dat mensen zouden kunnen ervaren, als ze zich maar zouden onderwerpen aan de levensstijl waarvoor ze zijn gemaakt.*

Hij zette het leitje voor zich neer op de tafel, zodat ze het allemaal konden zien, en zei: 'Is het jullie opgevallen dat alleen al het lezen van een boek over ellendige omstandigheden voldoende is om je waardering voor kleine gewone genoegens te vergroten? Nou,' snoof hij, 'stel je eens voor hoeveel krachtiger het effect zou zijn als we die ellendige omstandigheden echt zouden meemaken. Ik denk dat het wel duidelijk is waar ik naartoe wil, niet?'

De gestoorden staarden hem aan. Alan zat op zijn handen.

'In het kort gezegd,' zei Ray, 'zouden we eens per jaar moeten proberen om iets extreems te beleven, om weer tot bezinning te komen. Dat is psychologisch gezond. Net zoals je tanden poetsen, of een douche nemen. Om optimale geestelijke gezondheid te behouden, moeten we af en toe een sterke prikkel krijgen. En aangezien het moderne leven ons die niet biedt, moeten we daar zelf voor zorgen. Wat denken jullie?'

'Het is een interessant idee,' zei Lynn, denkend aan Judy. 'Het doet me denken aan een vriendin die werd aangereden door een vrachtwagen en later zei dat dat haar nieuwe energie had gegeven. Dus uiteindelijk deed ze het opnieuw, maar toen is ze doodgereden.'

'Dat kan wel zo zijn, maar denk je dat ze beter af zou zijn geweest als ze was blijven leven?' zei Ray.

'Beter af dan dood?'

'Nee, ik bedoel: als ze het had overleefd zonder dat ze ernstig gewond was geraakt, dan zou ze op die manier levend beter af zijn geweest dan wanneer ze niet was overreden door een vrachtwagen.'

'Dat ben ik niet met je eens,' zei Alan. 'Ik geloof niet in het stompzinnige gezegde "Wat jou niet doodt, maakt je sterker". Ik denk eerder dat het tegenovergestelde waar is.'

'Tot op zekere hoogte heb je gelijk,' zei Ray. 'Wat jou niet doodt maakt je meestal zwakker. Maar sommige dingen die je niet doden maken je echt sterker. En gelukkiger.'

'Zoals?'

'Zoals bepaalde gevaarlijke situaties.'

'Geef dan eens een voorbeeld.'

'Ik denk dat we er samen een moeten kiezen,' zei Ray.

'Ik vind het een uitstekend idee,' zei Roland, terwijl hij met zijn vingers zijn lege medaillon aanraakte.

Het eten werd geserveerd.

'We zouden zure melk kunnen drinken,' zei Alan.

Roland liet zijn hoofd in zijn handen vallen.

'Ik weet niet zeker of ik je goed begrijp,' zei Ray tegen Alan.

'Het is toch de bedoeling dat we onszelf gaan onderwerpen aan meer gevaar en aan onaangename dingen?' vroeg Alan.

'Ja, maar ik denk dat we iets moeten kiezen wat een beetje gevaarlijker is dan melk die over de uiterste verkoopdatum heen is,' zei Ray.

'We zouden onszelf kunnen vastketenen in een brandend huis,' zei Roland.

Er viel een stilte.

'Dat is een beetje extreem,' zei Ray. 'In het ideale geval denk ik dat er ongeveer vijfentwintig procent kans moet zijn op een negatief resultaat. Niet veel meer, niet veel minder.'

'Wat bedoel je met "een negatief resultaat"?' vroeg Alan.

'Ik weet niet zeker of ik het wel zo expliciet moet zeggen,' antwoordde Ray, 'maar met negatief resultaat bedoel ik de dood.'

'Ik ben niet zo weg van dit idee, Ray,' zei Lynn.

Nadenkend streek Ray over de steel van zijn glas. 'Mag ik je een onbescheiden vraag stellen? Ben je gelukkig?'

'Ik heb me wel eens ongelukkiger gevoeld,' antwoordde Lynn.

'Dat is mooi. Daar ben ik echt blij om,' zei Ray.

Natuurlijk had hij wel een beetje gelijk met zijn sarcasme, dacht Lynn.

'Ik geloof niet dat iemand van jullie zo gelukkig is als hij zou moeten zijn,' zei Ray.

Daar konden ze niets tegen inbrengen.

'We willen ons leven niet verstikken, maar alleen in gevaar brengen. Heb jij soms ideeën, Lynn?' Aangezien ze geen antwoord gaf voegde Ray eraan toe: 'Hypothetisch gezien?'

'Ik vond Alans idee niet zo slecht, om iets verkeerds te eten. Iets wat we in het bos zouden kunnen plukken.'

'Zoals?' vroeg Ray.

'Giftige paddestoelen natuurlijk!' zei Roland. 'Dat is een gaaf idee, Lynn. Ik denk dat we dat moeten doen.'

'Bedoelde je dat soms, Lynn, giftige paddestoelen?' vroeg Ray.

'Het kwam in me op, maar ik denk dat het risico te groot is,' zei Lynn. 'Ik weet zeker dat het hoger dan vijfentwintig procent is.'

'Dat denk ik ook,' zei Alan. 'Dat is veel te hoog. Misschien wel negenennegentig procent. Ik doe niet mee.'

Ray legde zijn krijtje weg. 'Ik denk dat we erover na moeten denken, totdat we een idee hebben waar we allemaal mee kunnen leven.'

'Of sterven,' zei Roland.

'Ja, of sterven,' zei Ray.

De volgende avond kwamen ze allemaal weer bijeen in Rays winterstudio; ze hadden meer ideeën, waar geen van hen zich echter in kon vinden. Ook al was het geen winter meer en huurde Ray de studio van Roland voor een bescheiden bedrag, toch bleven ze het de winterstudio noemen.

'Wat vinden jullie van Russische roulette met Alans pistool?' zei Roland.

'Het was Jessica's pistool en ze heeft het meegenomen nadat we uit elkaar zijn gegaan,' zei Alan.

'Russische roulette heeft geen zin,' zei Ray. 'Ons leven moet langer dan een seconde in gevaar worden gebracht. We moeten een tijdje in een gevaarlijke situatie verkeren. Dan pas heb je er geestelijk iets aan.'

Alan en Roland zaten op de bank. Lynn zat op een stoel naast Ray. 'Waarom wil je dit met ons doen, Ray?' vroeg ze. 'Jij zit niet in hetzelfde schuitje als wij. Jij bent niet ongelukkig.'

'Ik zit wél in hetzelfde schuitje. We zitten allemaal in hetzelfde schuitje, ook al lijkt dat soms niet zo.'

'Ik ook, ook al weet ik dat het misschien niet zo lijkt,' zei Roland.

Ze lachten. Af en toe kon Roland best grappig zijn.

Lynn zei: 'We zouden allemaal met dezelfde boot kunnen uitvaren en overboord kunnen springen. En dan zouden we het helemaal met elkaar eens zijn. We zouden dan niet meer in hetzelfde schuitje zitten.' Ze grinnikte.

'We zouden de boot moeten laten gaan,' zei Ray. 'We zouden eruit moeten springen terwijl de boot nog doorvaart.'

'Waarom?' vroeg Lynn.

'Zodat we niet terug in de boot kunnen.'

Ray ging door. 'Dan drijven we in het water. En we wachten. En we zijn er getuige van hoe ons leven weer perspectief en waarde krijgt. En hoe we onze geestelijke gezondheid terugkrijgen. Er is een grote kans dat we worden gered en dat we de vruchten zullen plukken van het risico dat we hebben genomen. Ik denk dat er ongeveer vijfentwintig procent kans is dat we… niet worden gered.' Rays ogen waren wijdopen, als enorme oceanen waar drijvende mensen altijd worden gered.

Ze kregen een week de tijd om na te denken over Rays idee om door middel van gevaar hun leven te verbeteren.

Nadat hij enige tijd met zijn rat had doorgebracht in zijn witte fauteuil om over het plan na te denken, stemde Alan ermee in om samen met de anderen van een boot te springen. Hij had leren zwemmen en was daar trots op. Hij was niet langer bang voor water, en bovendien zouden ze reddingsvesten dragen. Hij had trouwens al eens zelfmoord willen plegen. Het lot was hem de laatste tijd niet goed gezind geweest. Ditt had hem verzwakt, maar dat betekende nog niet dat hij zich niet een beetje tegen het lot kon verzetten. Hij zou een paar dagen vrij nemen – of voorgoed, afhankelijk van het resultaat.

Lynn stemde ermee in, omdat Alan ermee instemde. Maar toen ze in haar agenda keek maakte ze bezwaar tegen de datum die ze hadden geprikt, omdat ze naar een diner moest waar ze al weken tegen opzag, maar waar ze niet onderuit kon. De gastheer was een overbeleefde verzamelaar die al vaak werk van haar had gekocht. Ze had al geprobeerd om onder het diner uit te komen door die avond een andere afspraak te veinzen, maar de verzamelaar had het toen verzet.

Lynn vroeg of ze een paar dagen later van de boot konden springen.

'Waarom niet een paar dagen eerder?' vroeg Ray. 'Als je dan doodgaat in de oceaan, heb je een prima excuus om niet naar dat diner te hoeven. En als je het overleeft, dan zal het gevaar dat je hebt doorstaan het diner draaglijker maken.' Lynn dacht er even over na. Het was een goed idee om de afspraak voor hun semi-zelfmoord naar voren te schuiven.

'Komt de datum iedereen goed uit?' vroeg Ray.

Alan knikte. Roland zei: 'Ik heb helemaal geen agenda.'

'Hoe bedoel je?' vroeg Ray.

'Ik ben altijd vrij.'

'Binnen de grenzen van het redelijke, bedoel je?'

'Nee, altijd. Ik ben ontslagen.'

De dagen verstreken. De vier gestoorden gingen gewoon door met hun leven en waren er zich in alle rust van bewust dat er een bepaalde dag naderde. Ze zagen het niet als een daad, maar eerder als een soort gebaar. Ze spraken er maar weinig over met elkaar, en als ze dat deden, was het altijd indirect.

Voordat hij het vliegtuig nam liet Alan hetzelfde zelfmoordbriefje achter in zijn appartement dat hij al eerder had geschreven. Hij vertelde zijn portier dat hij een paar dagen wegging en vroeg hem zijn appartement binnen te gaan als hij over een week nog niet terug zou zijn, om zijn 'woestijnrat' eten te geven. Het zelfmoordbriefje lag naast de kooi, zodat de portier zou begrijpen wat er was gebeurd. Alan kuste Pancake, hield hem tegen zijn hart en nam afscheid.

Lynn vertelde Patricia dat ze een paar dagen met vakantie ging. Patricia zei: 'De Harlem Globetrotters hebben net je verzoek om een proefwedstrijd te mogen spelen afgewezen. Dat vind je vast prettig om te horen. Het houdt je geestelijk misschien stabiel.'

De drie gestoorden en de zwerver pakten hun weekendtassen en stapten om acht uur 's ochtends aan boord van een vliegtuig naar de Bahama's. Ze checkten in in Hotel Atlantis op Paradise Island. Gespannen lagen ze op ligbedden bij een van de zwembaden te kijken naar de namaakwatervallen en naar al die mensen die niet de volgende dag van een boot zouden springen om hun leven gelukkiger, completer en waardevoller te maken.

Ze dineerden in een van de restaurants van het hotel en bestelden een fles wijn. De serveerster vroeg naar Alans identiteitsbewijs.

'Ik ben mijn rijbewijs een hele tijd geleden kwijtgeraakt en ik heb mijn paspoort in mijn kamer laten liggen. Ik neem wel een cola,' zei Alan.

'Hij is wel vijfendertig, hoor,' zei Roland tegen de serveerster. 'En volgens mij ziet hij er nog ouder uit.'

Terwijl Alan een slokje van zijn cola nam, zei hij tegen de anderen: 'We zijn inderdaad nog erg jong.'

'Nou en?' zei Roland.

'Nou niks,' zei Alan.

Tijdens het eten probeerde Ray een paar keer een gesprek op gang te brengen. Dat ging nogal moeizaam, en hij gaf het al snel op. Hij kon zich er niet toe brengen om te informeren of ze allemaal nog achter het plan stonden, aangezien hij zich niet helemaal meer op zijn gemak voelde.

Na het eten gingen ze terug naar het zwembad en gingen op dezelfde ligbedden zitten, zij aan zij, in het donker. Het duurde een hele tijd voordat een van hen uiteindelijk iets zei.

Ray nam het woord. 'Ik dacht zo dat elf uur morgenochtend een goede tijd is. Dan hebben we nog heel wat uren daglicht, en daarmee een grotere kans om gered te worden.'

Alan zei: 'Het is vreemd. Het is net alsof we zelfmoord gaan plegen, maar dan in omgekeerde volgorde, of zoiets.'

'Dat is waar,' zei Roland. 'Het is bijna als zelfmoord, maar in plaats van dat die wordt gepleegd uit haat tegen het leven, is het uit liefde voor het leven, omdat we het terug willen. Het is een offer voor het leven.'

De volgende dag, op zee, allemaal in dezelfde boot, met dikke rode reddingsvesten en kleine witte hoedjes, keken ze naar het land dat nu nog maar vaag zichtbaar was, ontzettend ver weg. Ze hadden geen uitvluchten. En ze deden echt wel hun best om ze te vinden, maar er waren er gewoon geen. De zee was niet ruw, de lucht was niet koud, evenmin als het water; er waren geen kwallen te bekennen. In de lucht hingen een paar aangename wolkjes die hen beschermden tegen zonnebrand.

Roland liet een muntje in de boot vallen.

Toen het zover was, verhoogde Ray de snelheid van de kleine motorboot die ze voor die dag hadden gehuurd. Met z'n vieren klommen ze op de rand, hielden elkaars hand vast en sprongen in het water.

14

Ze keken toe hoe hun lege boot wegschoot en vroegen zich af of die zou doorvaren. Ze hoopten dat dit niet zou gebeuren, maar dat deed hij wel – er was ook geen reden waarom hij dat niet zou doen. En toen keken ze om zich heen of ze ergens reddingsboten zagen, maar dat was niet het geval.

'Nou, daar liggen we dan,' zei Alan, eenmaal in het water.

'Dit was een vergissing,' zei Lynn na enkele minuten. 'Als we dit overleven, denken jullie dan echt dat we het leven meer zullen gaan waarderen?'

'Het is nu te laat om die vraag nog te stellen,' zei Ray.

'Ik denk dat het tragisch is om in deze prachtige, zonnige omgeving te sterven,' zei Lynn. 'Als je gaat sterven, verdient de dood een zekere dramatiek en betekenis. Maar als wij zo doodgaan, heeft dat niets dramatisch.'

'Het was jouw idee om het zo te doen,' zei Roland. 'Als we sterven, dan is het een mooie dood. En als we blijven leven, zal het een mooi leven zijn.'

Alan begon te lachen. Toen realiseerde hij zich dat hij tegelijkertijd huilde. De anderen keken verontrust.

'Is alles goed met je?' vroeg Ray.

'Weet je wat er zo ironisch is?'

'Nou?' vroeg Lynn.

'We zitten allemaal nog steeds in hetzelfde schuitje,' zei Alan.

Roland zuchtte. De anderen glimlachten, om aardig te zijn. 'Dat is grappig, Alan.'

Lynn voegde eraan toe: 'Het ging er niet zozeer om dat we niet in hetzelfde schuitje zaten, als wel dat we naar een beter schuitje kunnen overstappen.'

Alan kalmeerde.

Om niet per ongeluk van elkaar af te drijven hadden ze een systeem ontwikkeld. Ze hadden de ceintuurs van hun hotelbadjassen meegenomen en knoopten die als een cirkel aan elkaar. Ze droegen een gewone leren riem en hadden een musketonhaak meegenomen, waarmee ze zichzelf aan de cirkel haakten.

Na twee uur realiseerden Lynn, Alan en Roland zich dat ze enorm gestoord waren. Ze zeiden tegen Ray hoe blij ze waren met zijn geweldige idee: ze vonden het ongelooflijk dat ze hun leven in gevaar hadden gebracht en hier nu lagen te dobberen als kurken, terwijl er zoveel opwindende en aangename dingen te doen waren.

Tweeënhalf uur later kreeg Ray allerlei beledigingen en beschuldigingen naar zijn hoofd: hij was een 'verdomde sekteleider'. Hij accepteerde hun boosheid en zei dat hij dit offer voor hen bracht. 'Als we niet worden gered, is dit een vreselijke dood. Maar zelfs als we doodgaan, weten we in elk geval hoe geweldig ons leven had kunnen zijn. We zullen sterven met die wetenschap, wat op zich heel aangenaam is. Een geschenk.'

Lynn spatte water in zijn gezicht. Alan schopte hem onder water.

Na zes uur raakten ze in paniek toen ze een haai zagen zwemmen. Alan, Lynn en Roland wapperden met hun armen en benen en gingen tekeer, terwijl Ray verwoed probeerde hen te kalmeren. Hij waarschuwde hen dat ze er met hun gedrag juist voor zorgden dat de haai zou gaan aanvallen. Ze verstijfden, wat volgens Ray niet veel beter was. Hij droeg hun op zich op een kalme, zelfbewuste, gezonde manier te bewegen.

'Bewegen op een gezonde manier? Wat houdt dat in godsnaam in?' fluisterde Alan.

'Dit is niet het moment om dat te gaan analyseren,' fluisterde Roland terug. 'Beweeg je nu maar op een gezonde manier.'

'Hou op met dat gekibbel,' zei Ray. 'Kibbelen stimuleert de haai.'

'Bloedt er soms iemand?' vroeg Roland. 'Haaien kunnen op kilometers afstand bloed ruiken.'

'Waarom zou er iemand bloeden?' vroeg Alan.

'Dat mens daar is een vrouw,' zei Roland, wijzend op Lynn. 'Vrouwen bloeden van tijd tot tijd. Bloed je nu?'

'Ik geloof van wel,' zei Lynn, hoewel ze wist dat het niet zo was. 'Waarom zou de haai anders gekomen zijn? Er zullen er waarschijnlijk nog wel meer komen.'

De haai leek zijn belangstelling te hebben verloren, al wist je dat nooit zeker met dat soort beesten.

Ze kregen dorst. Alan wilde zeewater drinken. Ray zei hem dat hij dat niet moest doen, dat hij anders de eerste zou zijn die zou sterven.

'Het is moeilijk om in het water te zijn en niet te drinken,' zei Alan. 'Waarom heb je ons niet voor dit soort verleidingen gewaarschuwd?'

'Doe het niet, Alan. Beheers je,' zei Lynn.

Twee uur later, terwijl de zon onderging, zagen ze een nieuwe haai – althans, dat dachten ze. Alan begon onmiddellijk te bewegen op een manier die gezond oogde.

'Haaien komen vaker 's nachts te voorschijn,' zei Ray. 'Op zoek naar voedsel.'

Maar het was een dolfijn.

Lynn kon niet geloven dat ze midden in de oceaan ronddobberde. Ze was een supersuccesvolle galeriehoudster. Ze was razend op zichzelf dat ze Alan de oceaan in was gevolgd. Een leven met zoveel mogelijkheden – verspild. Om nog maar te zwijgen over de enorme hoeveelheden tijd die ze had verspild met stalken. Ze verdiende het niet om te sterven.

De nacht viel in. Ze waren moe, koud, dorstig, en slap van de honger.

'Ik heb het koud,' zei Alan.

'Onze lichamen mogen dan misschien lijden, maar onze geest is nog nooit zo gezond geweest,' zei Ray tot ieders wanhoop. 'Hoe meer we nu lijden, hoe gelukkiger we later zullen zijn.'

'Je bent niet goed bij je hoofd,' zei Lynn. 'Je hebt een therapeut nodig.'

Roland haalde een muntje uit zijn zak en staarde ernaar in het maanlicht. Hij liet het onder water los, keek hoe het muntje draaide, draaide en verdween. Toen begon hij energiek met zijn ledematen te bewegen.

'Wat ben je aan het doen?' vroeg Alan.

'Ik probeer warm te worden.'

'Dat is een goed idee,' zei Alan, en hij begon ook zijn lichaam te bewegen. Lynn en Ray deden hetzelfde.

'Maar je moet ervoor zorgen dat je energiek én gezond beweegt,' instrueerde Alan. 'Dat is belangrijk. Lynn, je bewegingen zien er niet gezond genoeg uit. Ze zien er zwak en vermoeid uit. Doe het krachtiger of stop ermee.'

'Ik ben nu eenmaal moe,' zei Lynn.

'Probeer dat dan niet te laten merken,' zei Alan. 'Anders trek je nog een haai aan, die dan een van ons zal opeten, niet alleen diegenen die ongezond bewegen. Dat zou niet eerlijk zijn.'

'Het probleem met energiek bewegen,' zei Ray, 'is dat het water aan je lichaam onttrekt en dat je er veel calorieën mee verbrandt. Dat is zeker niet goed voor ons.'

Ze hielden allemaal op met bewegen.

'Maar ik heb het koud!' zei Alan.

Ray haalde zijn schouders op. 'Nou, besluit dan maar welk ongemak je het vervelendst vindt. Als je niet langer dorstig, vermoeid en hongerig wilt zijn, hou dan op met bewegen. Maar als je het nog erger vindt om het koud te hebben, beweeg dan.'

Lynn en Alan bewogen niet. Roland bewoog wel. Ray deed iets ertussenin.

Alan zei: 'Ik vervloek de vrouw die die brand heeft veroorzaakt in mijn flatgebouw, en daarmee mijn zelfmoordpoging verstoorde. Ik had nu dood kunnen zijn, in plaats van bezig dood te gaan.'

Uiteindelijk, in een poging om wat warmer te worden, gingen ze om beurten in het midden van de kring drijven, terwijl de drie anderen er dicht omheen dobberden.

Ze sliepen die nacht zelfs een beetje, ondanks hun angst voor haaien. Toen de zon opkwam, was Lynn haar hoed kwijt. De mannen vonden dat ze als heren haar om beurten hun hoed moesten lenen. Roland en Alan discussieerden wie moest beginnen. Alan zei dat hij kaal was en dat Lynn zijn stalker was. Hij zei dat Roland zijn hoed moest uitlenen omdat hij háár stalker was en hij het fijn zou vinden om haar een plezier te doen.

Roland zei: 'Maar ik heb zwart haar. Zwart haar trekt meer warmte aan dan een kaal wit hoofd.'

'Maar mijn hoofd zal verbranden,' zei Alan. 'Ik zal verbranden en ook nog eens een zonnesteek krijgen. En bovendien ben jij haar stalker. Jij moet haar jouw hoed lenen! Dat is toch wel het minste wat je kunt doen voor iemand door wie je zogenaamd geobsedeerd bent. Wat stelt die obsessie anders nog voor?

'Dat is waar,' zei Lynn tegen Roland. 'Anders zou het maar een onbenullige, slappe, egoïstische obsessie zijn.'

Roland gooide zijn hoed in haar gezicht.

'Ah, heerlijk!' zei Lynn. Betekent dit dat je nu ophoudt met mij te stalken?' Ze zette zijn hoed op haar hoofd.

'Ik word nu wel in de verleiding gebracht,' zei Roland.

'Bravo!' zei Alan. 'En hoe staat het met jou, Lynn? Kom jij al in de verleiding om met stalken op te houden?'

'Ja, maar om andere redenen. Ik kan gewoon niet geloven dat ik hier ben. Het komt door het stalken dat ik hier nu ben. Ik wil mijn leven niet langer verknoeien.'

'Waarom denken we eigenlijk dat we het zullen overleven?'

'We hebben geen andere keus,' zei Ray. 'Anders kunnen we het niet volhouden.'

'Ja, wat moeten we anders?' Roland liet zijn hoofd rusten op het bolle rode reddingsvest en sloot zijn ogen. 'We hebben nu eenmaal geen middel voor zelfdoding tot onze beschikking.'

De drie gestoorden werden kwaad omdat bleek dat Ray er niet stiekem voor had gezorgd dat ze gered zouden worden. Ze vonden het moeilijk te geloven dat Ray het risico zou nemen om zijn prettige nieuwe leven met een huis en een leuk beroep op te geven. Ze vonden hem veel gekker dan zichzelf.

In de loop van de dag zagen ze twee boten, allebei erg ver weg. Ze zwaaiden beide keren. Niemand zag hen.

'Max was eigenlijk slim om zijn leven te beëindigen met cyaankali,' zei Lynn.

'Dat is pas luxueus doodgaan,' stemde Alan in. 'Het is alsof je de Concorde naar de dood neemt. Terwijl wij er op de rug van een schildpad heen gaan.'

'Snelheid kan een van de meest luxueuze dingen ter wereld zijn,' zei Lynn.

Roland was niet zo geïnteresseerd in dit onderwerp, aangezien hij Max had vermoord. 'Ik weet wel hoe het voor ons zal aflopen,' zei hij, om van onderwerp te veranderen.

'Hoe weet jij dat nou?' vroeg Alan.

'Dat weet ik gewoon. Ik ga dood en jullie blijven allemaal leven.'

'Waarom denk je dat?'

'Omdat ik geen goed mens ben.'

'Nou en? Wij weten heus wel dat jij geen goed mens bent. Je bent een enorme zak. Maar is het leven eerlijk?' vroeg Alan.

'Nee, maar ik ben nóg slechter dan jij denkt.'

'Hoezo?'

Roland zuchtte. 'Ik heb een enorm vermogen om te haten. En ik handel daar ook naar.'

'Dat doet er niet toe,' zei Alan. 'Je zou tien keer slechter kunnen zijn dan je al bent, maar dat betekent helaas nog niet dat jij eerder zult sterven dan wij. En het betekent ook niet dat je een gelukkig leven zult hebben. Zo zit het leven nu eenmaal in elkaar. Het is waardeloos. Dit is geen Hollywood-film, dit is het leven. Waarschijnlijk zul je lang en gelukkig leven, en nooit worden gestraft voor je zakkerigheid, nooit krijgen wat je toekomt, nooit oogsten wat je hebt gezaaid, en wij, de goede mensen, zullen waarschijnlijk ongelukkig zijn of jong sterven.'

Lynn en Ray knikten instemmend.

'Ik waardeer jullie pogingen om mij te troosten,' zei Roland.

'Het is de harde waarheid,' zei Alan.

'Waarom maken ze niet meer films waarin de slechteriken niet worden gestraft? Ik bedoel, dat is toch veel realistischer?' zei Lynn.

'Omdat het zo deprimerend is,' zei Ray.

'Dat is waar,' zei Roland. 'Waarom zouden de mensen willen zien dat iemand ongestraft kan moorden?'

'Omdat dat de werkelijkheid is,' riep Alan. 'Denk je dat de mensen dat niet aankunnen? Denk je niet dat het eigenlijk goed zou zijn voor de maatschappij als mensen zich realiseren dat dit een klotewereld is?'

'Dat weten ze heus wel,' antwoordde Ray. 'Ze willen er alleen niet aan herinnerd worden tijdens hun vermaak.'

'Nou, behalve Europeanen dan,' zei Roland.

'Wat bedoel je?' vroeg Ray.

'Er zijn heel wat films die op twee verschillende manieren aflopen: een einde voor de Amerikaanse markt, en een einde voor de rest van de wereld. In *The Big Blue* verdrinkt de held aan het einde in zee, maar de Amerikaanse versie laat hem samen met een dolfijn wegzwemmen in de richting van de zonsondergang.'

'Dat geloof ik niet,' zei Alan.

'Het is waar! Huur die film maar eens, als je dit overleeft,' zei Roland.

Lynn zei tegen Alan: 'Zou je niet willen dat je in een film zat – een Amerikaanse –, zodat je niet in de oceaan zou hoeven sterven en Roland zou worden gestraft omdat hij zo'n zak is?'

Toen Roland wakker werd uit zijn dutje, begonnen ze allemaal te fantaseren over de dingen die ze zouden doen als ze werden gered.

'Ik wil nieuwe mensen leren kennen, sappige dingen eten,' zei Lynn. 'Ik wil me overgeven aan alle mogelijke soorten fysiek plezier. Elke seconde van de dag is een kans om intens te genieten van iets ongelofelijks.'

'Dat klinkt alsof je jouw probleem hebt overwonnen,' zei Roland.

'Natuurlijk. Mijn problemen heb ik al tijden geleden overwonnen.'

'Als ik dit overleef, wil ik meer huisdieren,' zei Alan.

'Huisdieren? Wat voor huisdieren? Nog meer ratten?' vroeg Ray.

'Dat weet ik niet. Maar ik wil heel veel huisdieren.'

'Waarom?'

'Vanwege de warmte en de liefde.' Even later zei hij: 'God, ik moet mijn hoed terug, mijn hoofd begint te verbranden. Nu is het imand anders beurt.'

Roland deed alsof hij in gedachten verzonken was, al wist hij dat het zijn beurt was om Lynn zijn hoed te geven. Toen hij geen geluid hoorde, keek hij even naar Ray, die hem met zijn blik leek aan te sporen.

'Ik heb zwart haar,' zei Roland.

Vol afkeer gaf Ray zijn hoed aan Lynn.

Eveneens vol afkeer van Roland zei Lynn: 'Dank je, Ray.'

Alan schepte water in zijn hoed en zette die op zijn hoofd. 'Ah,' zei hij tevreden, terwijl het water over zijn gezicht stroomde.

'Als ik hierdoorheen kom,' zei Ray, 'wil ik meer films zien, meer geld verdienen, en niet langer nat zijn. Misschien ga ik met vakantie naar een ontzettend droge plaats. Droog en met veel schaduw. Misschien een woestijn.'

Ze wachtten totdat Roland met zijn wensen zou komen. Dat deed hij niet.

'En jij?' vroeg Ray hem. 'Is er iets waar jij een moord voor zou doen als je dit overleeft?'

'Interessante woordkeus,' zei Roland.

'Dank je.'

'Ik zou een moord doen voor een nieuwe dosis,' zei Roland.

'Een nieuwe dosis?' zei Ray. 'Van wat?'

'Van iets wat ik ooit had.'

'Wat was dat dan?' vroeg Alan.

'O, iets wat me een machtig en uniek gevoel gaf,' zei Roland.

'Een drug?' vroeg Lynn.

'Zoiets.'

'Wat dan?'

'Dat is iets persoonlijks,' zei Roland.

'Wat voor effect had het?' vroeg Lynn.

'Het kon een toestand veroorzaken waarvan het vooruitzicht plezierig was.'

'Het vooruitzicht van wat? Niet de werkelijkheid?' vroeg Lynn.

'Ach, wie weet wat de werkelijkheid is?' zei Roland.

'Wat bedoel je?' vroeg Alan. 'Ik begrijp het niet.'

Roland haalde zijn schouders op, maar gaf geen antwoord.

'Maar je zou het nu nemen, als je het bij je had?' vroeg Lynn.

'Misschien,' zei Roland. 'En misschien zou ik wachten totdat het nog erger wordt.'

'Hoeveel erger moeten de dingen worden voordat je troost gaat zoeken?'

'De mogelijkheid om het te nemen zou al een grote troost zijn. Maar het daadwerkelijk nemen brengt je in een toestand waarvan je niet echt kunt herstellen.'

'Het beschadigt je?' vroeg Lynn.

'Ik ben niet geïnteresseerd in deze vragen,' zei Roland. 'Het enige wat ik weet is dat ik stom genoeg niet heb gezorgd voor een nieuwe dosis. Deze hele belachelijke situatie zou veel gemakkelijker te verdragen zijn geweest als ik die nieuwe dosis bij me had gehad.'

'Goddank hebben we in elk geval elkaar nog,' zei Alan. 'Kun je je voorstellen hoeveel erger het zou zijn geweest als we alleen in deze oceaan zouden hebben gelegen? Ik bedoel, nog eens boven op het feit dat je geen nieuwe dosis hebt? We zouden dan niet met deze verbazingwekkende gesprekken de tijd doden.'

'Is dat bedoeld als een sarcastische maar toch diepe gedachte, Alan?' vroeg Roland.

'Misschien.'

Tot ieders verbazing haalde Roland een blikje tonijn uit de zak van zijn korte broek. Zodra duidelijk werd dat hij niet van plan was om dat met hen te delen, zeiden ze dat zijn tonijn haaien zou aantrekken. Ze maakten zich snel los van de cirkel van badstof ceintuurs en zwommen op een gezonde manier bij hem weg. Roland schrokte zijn tonijn naar binnen en voegde zich weer bij hen, waarbij hij er bij hen op aandrong dat ze zich er weer aan zouden vasthaken. Hij onderging liever hun beledigingen dan dat hij alleen in de oceaan was.

Lynn verloor als eerste het bewustzijn, nadat ze een dag en vijf uur in de oceaan hadden gelegen. Roland stelde voor om in haar mond te spugen, bij wijze van vocht. Maar uiteindelijk deden ze dat toch maar niet, omdat ze nog nooit van iets dergelijks hadden gehoord.

Drie kwartier later kwam ze weer bij, net op tijd om Ray tekeer te horen gaan over hun stompzinnige plan om in zee te springen. Hij vervloekte zichzelf omdat hij het idee had bedacht. Hij vervloekte hen omdat ze zich hadden laten overhalen.

'Jullie zijn zo kneedbaar!' zei hij. 'Hoe konden jullie nou toch het advies van een dakloze opvolgen? Jullie zijn niet goed bij je hoofd! Nu gaan we allemaal dood.'

Twee uur later verloor Lynn opnieuw het bewustzijn. Toen ze weer bijkwam, was ze de eerste die de boot zag.

Ze begonnen wild te zwaaien, maar de boot had hen al waargenomen en voer in hun richting. Hij stopte op korte afstand. De motor werd uitgezet. Zes mensen stonden bij de reling op hen neer te kijken. Ze zagen er vriendelijk uit.

'Hebben jullie hulp nodig?' riep een gedistingeerd uitziende oudere man.

'Ja, enorm,' riep Ray hees terug.

'Nou, kom dan maar aan boord,' zei de man, en hij gebaarde naar de achtersteven.

Met hun laatste energie zwommen de vier overlevenden langs het honderd voet lange jacht naar de achtersteven, waar de gedistingeerde man een ladder liet zakken. Terwijl ze omhoogklommen doemde de naam van de boot, geschreven in enorme letters, voor hen op: EYEBALL. Op het moment dat Rays teen uit het water kwam, veranderde zijn stemming: hij werd uitgelaten. Zijn gestoorden en hij hadden het 'm gelapt! De ervaring was van onschatbare waarde geweest! Daar zouden ze nu profijt van trekken.

'Ga zitten en geniet,' zei hij tegen de anderen. 'Geniet van de magie. Maar weinig momenten in je leven zullen zo mooi zijn als dit moment. Probeer het in je geheugen te prenten. Let op de extase die je nu zult ervaren. Geniet van iedere nuance.'

'Je gedraagt je niet erg uitgedroogd,' merkte Lynn op, die nauwelijks op haar benen kon staan.

Ze kregen water en werden in Nassau aan land gebracht. Een taxi bracht hen naar hun hotel op Paradise Island. Ze gingen douchen en trokken droge kleren aan. Ze bleven allemaal in hun eigen kamer en maakten gebruik van de roomservice. Lynn herinnerde zich een plaatjesboek uit haar jeugd waarin stond dat je je niet moest volproppen als je twee dagen niet had gegeten, omdat je anders misselijk zou worden. Ze bestelde pasta en een met garnalen gevulde avocado. Alan bestelde twee cheeseburgers. Roland koos voor steak, wijn, kaas en een chocolademousse. Ray at een dikke vissoep, pasta en een afschuwelijke ananassoufflé.

Lynn was liever niet alleen geweest, maar alleen zijn was nog altijd beter dan samen met hen zijn. Ze zou blij zijn geweest met een goede vriendin, zoals Patricia.

Lynn vroeg zich af waar ze op dat moment het liefst zou willen zijn. Ze wist het niet zeker, maar ze dacht dat thuis beter was dan hier. Alan dacht aan weinig anders dan aan zijn fysieke behoeften. Hij wilde eten en slapen. Roland had een afkeer van zichzelf omdat hij met dit stelletje halve garen was meegegaan. Hij geneerde zich.

Allen waren het over één ding eens: speel nooit met je leven. Beschouw je leven nooit als vanzelfsprekend en verknoei het niet. Ze realiseerden zich dat het plan had gewerkt. Deze nieuwe houding was precies waarop ze hadden gehoopt.

Na het eten hingen ze allemaal het bordje NIET STOREN op hun deur en gingen slapen.

15

Een poosje was hun levenswijze zowel bescheiden als groots.
De kleinste elementen van het dagelijks leven leken hemels vergeleken bij dobberen in de oceaan. Ze waardeerden de onno-
zelste dingen en waren tevreden met kleinigheden. Alleen al
het gevoel van de lakens tegen hun huid (in het geval van Alan:
de vacht van de rat tegen zijn wang) in bed was puur genot. Ze
hadden het gevoel dat ze wel vijftig jaar zouden kunnen leven,
en niets anders van het leven wilden. Ze sliepen veel. En geno-
ten van lopen. Lopen op de harde grond gaf bijna een extatisch
gevoel.

De stalkketen was opgelost in de oceaan. De gestoorden waren nu te moe om elkaar nog te stalken. En toen de vermoeid-
heid verdween, was het vooruitzicht van stalken nog steeds te
vermoeiend, steeds maar weer hetzelfde, monotoon, een ver-
spilling van tijd – niet zoveel anders dan dobberen op zee. Het
leven was te kort om te stalken.

Lynn wilde de oceaanervaring vergeten en het normale leven
zo snel en zo intensief mogelijk hervatten. Ze wilde zich onder-
dompelen in een gewone routine. Als routine een vloeistof zou
zijn, dan wilde ze daar graag een bad in nemen. Nee, streep dat
door – dat leek te veel op de ellende die ze hadden meegemaakt.

Ze ging naar het onaangename diner dat ze had willen ontlo-
pen. Ze voelde zich niet erg op haar gemak vanwege haar uiterlijk. Haar haar was droog en beschadigd doordat het zo lang in

het zoute water had gelegen, en ook haar huid zag er niet echt stralend uit. Maar Ray had gelijk: het diner waar ze zo tegen op had gezien viel eigenlijk wel mee. Alles viel mee vergeleken met dagenlang dobberen op zee. Ze vond de overbeleefdheid van de gastheer zelfs charmant.

Ray vond het heerlijk dat hun beproeving hem ontvankelijk had gemaakt voor de genoegens van het leven, en ongevoeliger voor de ongemakken, valkuilen en slechte dagen. Hij was zo opgetogen dat hij zeker wist dat hij het over een jaar of zo opnieuw zou willen doen. Het leven was te kort om jezelf niet uit te dagen – ook al zou dit kunnen inhouden dat het op die manier nog korter zou worden.

Hij overwoog zijn ervaring te verkopen. Hij had al patent aangevraagd meteen nadat ze gered waren. Dit hield in dat niemand de dood mocht riskeren door van een boot te springen, en daarna te dobberen in water in de hoop meer van het leven te gaan houden. Dat mocht alleen als hij daarvoor betaald zou worden. En wat al helemaal niet was toegestaan, was dat iemand het idee op de markt zou brengen om er winst mee te maken, behalve hijzelf dan.

Ray was blij dat de gestoorden niet meer geobsedeerd leken door elkaar. Hij was alleen teleurgesteld dat ze, nu ze niets anders dan stevige grond onder hun voeten nodig hadden, een beetje afwezig leken, als schaduwen van hun vroegere persoonlijkheid. Misschien was dat wel geestelijke gezondheid: jezelf wat minder belangrijk vinden.

Maar die toestand duurde niet lang. Het goddelijke inzicht dat ze hadden verkregen dankzij de gruwelijke oceaanervaring verdween vrij snel, zoals dat tragisch genoeg altijd gaat. En terwijl ze het inzicht verloren, werd hun honger naar meer dan een harde ondergrond weer opgewekt. Ze deden sommige van de dingen die ze zich hadden voorgenomen als ze het zouden overleven.

Roland ging naar Frankrijk om zijn vader te bezoeken en hem een nieuwe dosis cyaankali te vragen. Toen zijn vader vroeg wat er met de cyaankali in zijn medaillon was gebeurd, zei Roland dat hij zijn medaillon op een dag had moeten legen toen politiemannen iedereen in het park wilden fouilleren omdat daar net een moord was gepleegd. Zijn vader zei dat Roland de juiste beslissing had genomen, omdat je behoorlijk in de problemen kon raken als je cyaankali bij je droeg. Hij gaf zijn zoon een nieuwe dosis uit een klein kistje dat generaties lang was doorgegeven in de familie, en waarin de cyaankali samen met de medaillons werd bewaard.

Een maand na haar oceaanervaring stond Lynn met Patricia te wachten bij een bakker in hun buurt, toen ze achter zich hoorde hoe een aantrekkelijke mannenstem haar geheime 'echte' naam uitsprak. Ze kon zich er niet toe brengen om zich om te draaien. Ze greep alleen Patricia's arm en kneep er hard in.

'Wat is er?' vroeg Patricia.

Lynn gaf geen antwoord; ze liet het moment voorbijgaan en liep de bakkerij uit zonder zich om te draaien. Ze realiseerde zich dat ze nooit zou weten van wie de stem was. Maar misschien was dat beter dan teleurgesteld worden.

Later die middag, in de galerie, vroeg Patricia aan Lynn waarom ze zo melancholiek leek. Lynn zei dat ze naast de man van haar leven had gestaan en hem zo had kunnen aanraken. Maar niet alleen had ze hem niet aangeraakt, ze had nog niet eens naar hem gekeken.

'Wanneer dan?'

'In de bakkerij, toen ik je arm beetgreep.'

'Welke man was het?'

'Dat weet ik niet, maar ik hoorde hem tegen iemand zeggen: "Ik hou van Dalí maar ook van Degas."'

'Die man? Ik weet wie dat is, Lynn. Het is je buurman. Als hij de man van je leven is, dan ben je hem helemaal niet kwijt. Je hebt hem waarschijnlijk zelfs wel in de buurt gezien. Ik heb je vaak willen vragen wat jij van hem vond, omdat hij me wel jouw type leek.'

'Ken je hem dan?'

'Niet echt. Maar hij is leuk.'

'Wie is het?'

'Hij werkt in de bloemenwinkel drie huizen verderop. Maar jij koopt nooit bloemen, dus misschien heb je hem nog nooit gezien.'

Lynn rende de deur uit naar de bloemenwinkel. In een hoek achter in de zaak zat een man op een stoel met draad en bloemen te werken. Het was een gewone man met een grijze snor. Ze liep op hem af terwijl ze vriendelijk naar hem keek, haar hoofd wat schuin, haar uitdrukking mild. Hij keek op en glimlachte naar haar.

Misschien werkte er nog een man in de winkel. Ze moest zeker weten dat ze de goede had gevonden – degene die haar echte naam had uitgesproken – en geen overhaaste conclusies trekken. Dus draaide ze zich om en stond oog in oog met een andere man, pal achter haar, met een blauw schort voor en een vaas in zijn hand. In een seconde had ze zijn gezicht in zich opgenomen, iets wat haar meestal uren kostte. Met de stem die ze herkende als de stem die haar echte naam had uitgesproken in de bakkerij, zei hij: 'Kan ik u helpen?' Zijn charmante glimlach deed bijna pijn.

'Welke bloemen zou je me aanraden?' vroeg ze.

'Voor welke gelegenheid?' vroeg hij.

'Voor deze gelegenheid.'

'En wat is deze gelegenheid?' vroeg hij onschuldig, maar met een speelse glimlach.

Aangezien ze moeilijk kon zeggen: 'Het begin van de rest van ons leven', zei ze: 'Dat ik deze winkel voor de eerste keer binnenkom, ook al werk ik al zes jaar drie deuren verderop.'

'Nou, voor deze prachtige gelegenheid zou ik' – hij keek om zich heen, met zijn hand onder zijn kin – 'roomkleurige rozen aanbevelen. Wat vind je van roomkleurige rozen?'

'Prima.'

Hij pakte de rozen en wikkelde ze zwijgend in papier. Ze sloeg zijn bewegingen gade. Hij overhandigde ze aan haar.

'Hoe duur zijn ze?' vroeg ze.

'Het was leuk je eindelijk te ontmoeten,' antwoordde hij.

'Ja, eindelijk. Wat ben ik je schuldig?'

'Niets.'

'Nee, hoeveel krijg je van me?'

'Niets.'

'Echt waar?'

'Wat zou je ervan zeggen om samen koffie te gaan drinken?'

Voordat ze kon antwoorden richtte de man in de hoek zich tot de man van haar leven met: 'Zeg, wat vind je hiervan?'

De man van haar leven keek om naar het boeket dat de andere man net had samengesteld en stak zijn duim op. 'Die salie maakt het bijzonder,' zei hij, en hij wendde zich weer tot Lynn.

Lynn staarde hem perplex aan. 'Je zegt telkens mijn naam.'

'O ja?' vroeg hij gefascineerd.

'Ja, mijn echte naam.'

Hij vroeg niet wat die naam was. Hij dacht misschien dat ze het figuurlijk bedoelde.

'Ik moet gaan,' zei ze, en ze haastte zich de deur uit.

'Zullen we zeggen morgenavond om zes uur?'

Maar ze was al weg.

Die avond gingen de gestoorden en de voormalige zwerver samen eten. Ze zagen elkaar nog steeds bijna even vaak als vroeger. Niet uit obsessie, meer maar uit gewoonte; het was onwrikbare wederzijdse nieuwsgierigheid en zelfs een geringe mate van gecompliceerde vriendschap die hen samendreef.

Lynn had Patricia meegenomen. Halverwege het diner merkten de anderen op dat Lynn nog niet veel had gezegd, dus vroegen ze hoe het met haar ging.

'Ik heb de man van mijn leven ontmoet,' antwoordde ze.

'O ja?' zei Ray.

'Jij, hij kent mijn naam.'

'Wij ook,' zei Roland.

'Nee, mijn geheime naam, mijn echte naam.'

'Wil je die ons niet vertellen?'

'Het is Alima.'

'En die heeft hij genoemd?' zei Alan vol verbazing.

'Ja.'

'Dat is heel bijzonder,' zei Ray.

'Hij zei,' onderbrak Patricia: "Ik hou van Dalí, maar ook van Degas."'

'Dat is hetzelfde,' wierp Lynn tegen.

'O ja?' zei Roland.

'Ja,' antwoordde Lynn, en ze articuleerde: 'Ik-hou-van-D-alima-ar-ook-van-Degas.'

'Aha. Daar moet je wel veel fantasie voor hebben,' zei Roland.

'Ik vind van niet.'

'Duidelijk niet,' zei Ray, geërgerd. Ondanks zijn deskundigheid was hij niet in staat geweest om de ideale man voor Lynn te vinden. 'Wat zou je zeggen van: "Ja, Lima is prachtig"?'

'Wat?'

'J-alima-is-prachtig,' herhaalde Ray.

'Laat me met rust.'

'We maken ons alleen maar zorgen,' zei Roland. 'Stel dat ik zei: "Ik had op Bali magische dagen"? Oei,' voegde hij eraan toe terwijl hij een hand voor zijn mond sloeg. 'Ik heb net je echte naam gezegd. Ik-had-op-b-alima-gische-dagen. Dat betekent dat ik ook de man van je leven ben.'

'Waarom proberen we haar zeepbel eigenlijk door te prikken?' vroeg Alan.

'Het is geen zeepbel,' corrigeerde Lynn. 'Het is echt. Hij zei ook: "Die salie maakt het bijzonder." '

'Ik hoor het,' zei Alan. 'Die-s-alima-akt-het-bijzonder.'

'Mijn god,' zei Roland.

'Wat is dit voor onzin, Lynn?' zei Ray toegeeflijk, alsof hij tegen een onredelijk kind sprak. 'Zoals we net hebben aangetoond, kan iedereen je geheime naam heel gemakkelijk en heel vaak uitspreken.'

'Misschien,' zei Lynn. 'Maar ik heb het nooit eerder gehoord. Ik hoor het alleen als hij het zegt.'

'En waar heb je die geheime naam gekregen?' vroeg Patricia aan Lynn.

'Op een chic verjaardagsfeestje toen ik ongeveer zes was. Een fee vertelde me toen dat ik een geheime naam voor mezelf moest bedenken die op een dag door de man van mijn leven zou worden gezegd.'

'Een fee?' vroeg Roland.

'Miss Tuttle, de verjaardagsfeestjesfee.'

'Miss Tuttle?' vroeg Alan, terwijl de rillingen hem over zijn rug liepen.

'Ja,' zei Lynn.

'Was ze soms ook kapster?'

'Ja. Ken je haar dan? Ze kwam uit Cross. Miss Ann Tuttle.'

'Reken maar dat ik haar ken! Roland heeft me kortgeleden laten geloven dat ze mij had misbruikt in mijn kindertijd, maar dat was helemaal niet zo,' zei Alan. 'Ik ben haar gaan opzoeken en ze had een mangovis in een aquarium in haar huis.'

Op een verveelde toon zei Roland: 'Die vis is waarschijnlijk een dekmantel, om mannen te kalmeren die haar in de loop der jaren hebben geconfronteerd met misbruik in hun kindertijd.'

'Daar had ik nog niet aan gedacht,' zei Alan. 'Ik hoop dat dat waar is. Ik vond het jammer dat ze me niet had misbruikt.'

'Wat ben jij toch een walgelijke klootzak,' zei Roland.

'Nee. Kinderverkrachters zijn net vuilnisbakken: je kunt er al je rotzooi in gooien.'

'Als je dat zo graag wilt, kunnen we wel iemand vinden die jou wil misbruiken,' zei Roland.

'Daar is het nu te laat voor. Ik ben niet klein meer.'

'Je bent nog steeds vrij klein.'

'Alan, ik weet zeker dat Miss Tuttle je niet heeft misbruikt,' zei Lynn. 'Ik weet zeker dat die mangovis in haar huis geen dekmantel was. Ik heb het aan Miss Tuttle de fee te danken dat ik de man van mijn leven heb gevonden. Ze is een geweldig mens. Ik ben haar veel dank verschuldigd, misschien zelfs wel mijn leven, en mijn geluk. Ik weet heel zeker dat ze nooit een kind zou misbruiken. Ze is goddelijk, en dat bedoel ik letterlijk.'

'Heeft iemand ooit gehoord van een mangovis? Ik niet. Je kunt gerust zijn, jongen, je bent echt misbruikt.' Roland gaf een klopje op Alans hand, en liet onder de tafel een paperclip vallen.

De volgende dag zat de man van Lynns leven al in het café toen ze om zes uur binnenliep. Hij had haar op haar werk gebeld om te zeggen waar hij op haar zou wachten. Hij zat op een barkruk, aan een hoog rond tafeltje. Hij droeg geen schort meer. Ze begreep niet hoe het mogelijk was dat ze hem nooit had gezien in de buurt, hem nooit op straat tegen het lijf was gelopen. Hij had zandkleurige stoppels rond heerlijke volle lippen en lijnen

in zijn gezicht die blijk gaven van een geweldige persoonlijkheid. Zijn gebaren waren verre van nietszeggend.

Ze ging op een kruk tegenover hem zitten, boog zich over het
tafeltje heen en zei: 'Lima of Bali intereert me niet.'

'Mij ook niet,' zei hij.

Ze lachten.

16

Alan en Roland waren stiekem jaloers op Lynn omdat zij er hevig naar verlangden dezelfde magie te vinden als zij. Vooral Roland was op zoek naar een betoverende ontmoeting. Hij bleef maar wachten tot die zou plaatsvinden, maar er gebeurde niets. Tot deze middag.

Hij liep net zijn vaste restaurant uit, waar hij bij de deur een paperclip had laten vallen. Buiten was het koud en triest. Hij stond aan de stoeprand, sloeg zijn sjaal om zijn hals, keek naar links en rechts, op zoek naar een taxi. Hij hoorde een vrouwenstem naast hem zeggen: 'Meestal rijden er rond deze tijd meer taxi's op straat.'

Hij keek om. Er stond een aantrekkelijke jonge vrouw naast hem, alleen. Dit was best romantisch, dacht hij. Misschien net zo romantisch als wat Lynn was overkomen. Nu overkwam het hem, die extatische romantiek.

'Ben je hier dan elke dag?' zei hij.

Ze keek naar hem en zei geërgerd: 'Wat zeg je? Hij zag dat er een zwart koordje uit haar oor kwam. 'Wat zeg je?' zei ze opnieuw. 'Ik ben aan het bellen!'

Het verkeerslicht sprong op groen en ze stak energiek de straat over. Hij hoorde haar stem vervagen. 'Sorry, dat was weer zo'n engerd die dacht dat ik het tegen hem had, of dat ik als een halve gare in mezelf liep te praten.' Ze lachte.

Roland was zo teleurgesteld dat hij zich niet kon bewegen. Hij voelde zich een idioot en hij voelde zich oud. Lynns doldwaze verhaal had hem beïnvloed. Vol afkeer van zichzelf balde hij zijn vuisten in zijn zakken en bleef lange tijd zo staan. Net toen hij op het punt stond om eindelijk de straat over te steken, hoorde hij een vrouw achter zich zeggen: 'Neem me niet kwalijk.'

Hij draaide zich om. Een prachtige vrouw met zwart haar met bovenop één witte lok, die een beetje op een stinkdier leek, of op Susan Sontag.

'Ja?' zei hij.

'Je hebt iets laten vallen,' zei ze.

'Ja?'

Haar hand kwam uit haar zak en ze liet een paperclip zien. 'Ik wist eigenlijk niet of ik de moeite moest nemen om die aan je terug te geven.'

'Ja, daar ben ik blij mee.' Hij pakte de paperclip aan.

'In dat geval,' zei ze, 'wil je misschien ook wel de rest terug.'

Hij fronste. 'De rest?'

'De dingen die je in de loop der tijd hebt verloren.' Ze haalde een plastic zakje uit haar handtas, vol met meer dingen die hij had laten vallen.

'Ik denk dat je je vergist,' zei hij, terwijl hij zich vreselijk geneerde.

'Ja, waarschijnlijk wel,' zei ze, en ze stopte zijn spullen weer in haar tas.

Hij keek om zich heen en zocht naar iets wat hem zou kunnen afleiden op dit gênante moment. 'Wie ben je?' vroeg hij.

'Ik kom elke dag in dit restaurant om er te lunchen en wat op mijn laptop te werken. Ik heb je hier heel vaak gezien. Ik zag je vaak dingen verliezen. Je bent in de loop der tijd heel wat kwijtgeraakt. Ik vraag me af waarom.'

Voor het eerst schoot het antwoord hem te binnen: 'Om iets te vinden wat waardevoller is.' Hij stak zijn hand naar haar uit.

'Mag ik mijn dingen terug?'

Ze dook weer in haar tas en gaf hem zijn verloren dingen. Het zakje was te groot om in zijn jas te stoppen, dus hield hij het discreet langs zijn zij, in een kleine bal.

'Ik heb de vrouw van mijn leven ontmoet,' zei Roland tegen de anderen tijdens een etentje twee weken na hun laatste ontmoeting.

'O ja?' vroeg Ray.

Alan wenkte de ober en bestelde een cocktail om ofwel de vleiende vraag naar een identiteitsbewijs te krijgen, ofwel dronken te worden.

'Mag ik een identiteitsbewijs zien?' vroeg de ober.

'Ik ben mijn rijbewijs tijden geleden kwijtgeraakt. Denkt u nou echt dat ik eenentwintig jaar of jonger zou kunnen zijn?'

'Het is mogelijk,' zei de ober.

'Mag ik een Virgin Mary?' zei Alan. Hij wendde zich tot Roland. 'Je was ons net aan het vertellen dat je de vrouw van je leven hebt ontmoet…'

'Ja. Ze had mijn spullen!' zei Roland.

'Welke spullen?' vroeg Ray.

'De dingen die ik de afgelopen jaren heb laten vallen.'

'Je liet dingen vallen?'

'Ja.'

'Wat voor dingen?' vroeg Alan.

'Knopen, paperclips, muntjes, filmkaartjes.'

'Hoe vaak?'

'Elke dag. Vele malen per dag.'

'Waar?'

'Overal waar ik toevallig was. Meestal als ik ergens wegging.'

'Doelbewust?'

'Volkomen.'

'Om rommel te maken?'

'Nee, om iets te verliezen.'

'Waarom?' vroegen ze allemaal in koor.

'Om iets te vinden wat waardevoller is.'

'Wat dan? Een vrouw die ze na jou opraapt?' vroeg Lynn.

'Nee.'

'Wat dan?' vroeg Alan, terwijl hij zijn Virgin Mary vasthield. 'Wat is dit voor een vage, onzinnige uitleg?'

'Ik weet het niet,' antwoordde Roland, terwijl hij van zijn witte wijn nipte. 'Het enige wat ik weet is dat ik altijd iets op zak heb om te verliezen. Ik kan er niet tegen als ik niets heb om te verliezen. Ik kan nooit ergens weggaan zonder iets achter te laten, al is het maar een pluisje uit mijn zak. Anders voel ik me niet lekker. Als je een betere verklaring hebt, ga je gang.'

'Ja, die heb ik,' zei Alan. 'Je verliest dingen. Dan ben je dus een verliezer.'

'Ik verlies expres dingen.'

'Nou, dan ben je een dubbele verliezer.'

'Nee,' zei Ray. 'De onderbewuste reden waarom je dingen liet vallen was om iemand die dat zou willen een excuus te geven om jou aan te spreken. Het was jouw manier om je open op te stellen tegenover andere mensen. Je wilde dat mensen toegang tot je hadden, ondanks je afstandelijke façade.'

'Misschien,' antwoordde Roland. 'Maar waarom liet ik dan soms dingen vallen op plekken waar niemand me kon benaderen, zoals midden op de oceaan?'

'Omdat dingen laten vallen een dwangmatige gewoonte was geworden,' zei Ray. 'Aangezien je je niet precies bewust was van de reden waarom je het deed, is het logisch dat je het soms deed als het geen zin had. Nietwaar?'

'Mijn hemel, je had therapeut moeten worden,' zei Lynn, onder de indruk.

'Dat was ik.'

'Maar je zei dat je slotenmaker was.'

'Dat was een leugen. Ik was psycholoog.'

'Waarom heb je ons dat nooit verteld?'

'Om diverse redenen.'

'Hoe ben je dakloos geworden als je psycholoog was?' informeerde Alan.

'Ik was een slechte psycholoog.'

'Hoezo slecht?' vroeg Roland.

'O…' aarzelde Ray.

'Heb je mensen slecht behandeld?' vroeg Lynn.

'Nee.'

'Heb je ze slechte adviezen gegeven?' raadde Roland.

'Nee.'

'Heb je hun vertrouwen beschaamd?' raadde hij opnieuw.

'Nee.'

'Maar wat dan wel?' vroeg Alan.

'Ik stelde te veel vragen.'

Ze dachten dat hij hun vragen ontweek. 'O, kom op, vertel het ons!' zei Lynn.

Ray was verward. 'Dat heb ik net gedaan. Ik stelde mijn patiënten te veel vragen.'

'Maar een therapeut wordt toch geacht veel vragen te stellen?' zei Alan.

'Ja, wel veel, maar niet te veel. Ik stelde er te veel. Te vaak.'

'Wat bedoel je, te vaak?'

'Ik belde ze elk uur thuis op en vroeg dan om de laatste ontwikkelingen.'

'O.'

'Maar ik was tamelijk goed in gedrag analyseren en advies geven. Roland, als je me eerder had verteld over je dwangmatige gewoonte om dingen te laten vallen, dan had ik je kunnen helpen om dat te begrijpen.'

'Dat kun je niet wel gemakkelijk zeggen,' antwoordde Roland. 'Maar als je ons eerder had verteld dat je therapeut bent geweest, dan had ik je misschien wel verteld over mijn gewoonte.'

'Het is maar goed dat geen van jullie dat heeft gedaan,' zei Lynn, 'want als dat was gebeurd, dan zou Ray je misschien van je dwangmatige gewoonte hebben afgeholpen, waardoor je nooit de vrouw van je leven zou hebben ontmoet.'

'Hé, Roland,' zei Alan. 'Zie je nu wel? Had ik je niet gezegd dat alles goed zou komen met jou? Ik voorspelde je dat je niet alleen de oceaan zou overleven, maar waarschijnlijk ook een gelukkig leven zou krijgen. Dat je een zak bent wil nog niet zeggen dat je er ooit voor zult boeten of ervoor zult worden gestraft. Maar hoe staat het met mij? Ik heb echt mijn best gedaan om mijn leven een andere wending te geven en een goed mens te zijn, en wat krijg ik? Ik ben alleen en ongelukkig, en ik zal waarschijnlijk nooit iemand ontmoeten.'

'Ja, misschien heb je wel gelijk,' zei Roland. 'Je klinkt overtuigend.'

'Ik heb jou in het water morele steun gegeven. Waarom ben jij dan nu zo negatief?'

'Ik dacht dat je toen alleen maar eerlijk was. Nu ben ik op mijn beurt gewoon eerlijk – realistisch,' zei Roland. 'Het is waar dat het leven oneerlijk is. Ik heb het niet verdiend dat ik deze verbazingwekkende vrouw heb leren kennen. Ik verdien het niet echt om gelukkig te zijn. Maar zij wel. En ik wil haar gelukkig maken.'

Alan was jaloers op Lynn en Roland. Hij wilde ook de vrouw van zijn leven ontmoeten. En nu Lynn en Roland dezelfde magie hadden ondervonden, verwachtten ze dat misschien ook van hem. Hij voelde de druk. En daar kon hij niet goed tegen.

Hij vertelde hun dat hij zich zorgen maakte omdat hij geen

gcheime, echte naam had, of een geheime getikte gewoonte die alleen zijn zielspartner kon herkennen. Dus wat moest hij doen?

Lynn antwoordde: 'Je hebt waarschijnlijk wel zoiets zonder dat je het beseft. Iedereen heeft geheime afwijkingen.'

'Nou, ik niet. Al mijn afwijkingen zijn zichtbaar.'

'Maak je geen zorgen, op de een of andere manier zal het gebeuren,' zei ze. 'En zo niet, dan is dat ook goed.'

Maar hij was bang dat het niet zou gebeuren, bang dat hij voorgoed ontevreden zou blijven. En dat was niet eerlijk. Het maakte hem gek, die rage van zielsverwanten die ineens opdoken. Hij begon zich vreemd te gedragen. Hij ging allerlei vreemde imitaties doen van wat de twee anderen ook hadden gedaan. Hij verzon diverse afwijkingen voor zichzelf, en rituelen, om te zien of de vrouw van zijn leven hem zou herkennen. Zo gooide hij bij vrouwen handenvol rozenblaadjes in hun gezicht als hij over straat liep, en lette dan op hun reactie. Toen dat niet werkte, gooide hij Godiva-bonbons in de lucht en achter zich op straat terwijl hij door de drukke Fifth Avenue liep. Dan draaide hij zich om om te zien of hij een vrouw met een bonbon had geraakt, of dat ze er misschien zelfs een had opgevangen, en hem leuk leek te vinden – de vrouw van zijn leven. Maar nee. Mensen veegden cacaopoeder van zich af en keken geërgerd, of keken verbaasd naar de grond waar een chocoladetruffel terecht was gekomen.

Hij overwoog rond te gaan wandelen met zijn rat, als een soort detector. Als een vrouw Pancake leuk vond, dan was ze misschien de vrouw van zijn leven. Maar wat had dat voor zin – als rozenblaadjes, bonbons en edelstenen niet hadden gewerkt, waarom zou een rat dan wel werken? Dus ging hij door met het gooien.

Toen Lynn, Roland en Ray hoorden wat hij aan het doen was,

probeerden ze aan Alan uit te leggen dat hun eigen afwijkingen niet zelfbedacht waren.

'Nou, ik heb ook een natuurlijke afwijking. Ik stenig vrouwen voorzichtig met prachtige steentjes. Waarom kunnen jullie niet accepteren dat dat mijn natuurlijke afwijking is?'

'Je bent in de war,' zei Ray bezorgd tegen hem.

'Dus ik kan het op het gebied van de romantiek wel vergeten, omdat ik geen verborgen afwijkingen heb?' Hij voerde het gesprek met hen vanuit zijn cel, waar hij een nacht moest blijven omdat hij uiteindelijk was gearresteerd voor gooien met steentjes.

Lynn nam haar zielspartner Jim mee naar openingen van kunsttentoonstellingen, en naar diners en feesten. Als mensen vroegen wat hij deed, zei Lynn zonder moeite dat hij bloemist was. Ze was er trots op. Hij was zo overduidelijk charmant en intelligent, dat bloemist zijn naar haar oordeel alleen maar zijn aantrekkingskracht vergrootte. En haar oordeel was uitstekend.

Ray, Lynn en Alan verzonnen een paar bijnamen voor Rolands vriendin Victoria. Een ervan was de Vertaalster, want zoals Lynn het stelde: 'Ze brengt het zo over dat die Franse zak ineens een aardige man lijkt.' Ze noemden haar ook de Opraapster.

De Vertaalster zag de geweldig eigenschappen van Roland, en maakte het mogelijk dat ook andere mensen die zagen. Als Roland iets deed of zei wat onaantrekkelijk leek, kon zij uitleggen waarom het eigenlijk aantrekkelijk was, of anders formuleerde ze zijn onaangename opmerking op een dusdanige manier dat het overtuigend aardig klonk. Ze ging nooit tegen hem in. Ze benaderde hem van opzij.

Roland zei vaak over haar: 'Ze raakt me.' Hij hield van zichzelf

omdat hij van haar hield. Een man zoals hij zou normaal gesproken nooit voldoende emotioneel ontwikkeld zijn om zich
tot haar aangetrokken te kunnen voelen, en evenmin zou hij
aantrekkelijk zijn voor haar. Maar ze was slim. Ze was sterk. Ze
droeg geen make-up. En ze had zelfs iets mannelijks over zich.
Ze was bankier. Hij was helemaal in de wolken.

Alan gaf het op om zich zogenaamde afwijkingen eigen te maken. Hij probeerde de romantiek te vergeten en zijn aandacht te
verleggen naar kleine huishoudelijke zaken, zoals het schoonmaken van zijn appartement, en eindelijk besloot hij om zijn
witte fauteuil weg te doen. Hij zette hem op de stoep zodat de
vuilniswagen de stoel mee kon nemen. Dat was emotioneel gezien niet gemakkelijk. Aangezien hij zichzelf altijd had vereen-
zelvigd met zijn stoel, had hij het gevoel alsof hij zichzelf bij het
grofvuil zette, zichzelf weggooide. Maar soms kan een klein
verdriet ons effectiever afleiden van een groot verdriet dan een
kleine vreugde.

Hij hoopte zichzelf af te leiden van zijn kleine verdriet door
boodschappen te gaan doen. Op de terugweg zag hij een taxi
geparkeerd staan naast zijn witte fauteuil. De taxichauffeur was
net bezig de stoel in zijn kofferbak te hijsen, met de hulp van
een leuk meisje. Het meisje nam zijn stoel mee. Ze vond die be-
gerenswaardig. Alan stond met zijn plastic zakken vol toiletpa-
pier en diepvriesmaaltijden naar het schouwspel te kijken. Het
meisje sloeg het stof van haar handen. Ze draaide zich om en
zag hem. Ze hield zijn blik vast. Ze glimlachte niet helemaal,
maar toch had ze een vriendelijke uitdrukking op haar gezicht.
En toen dook ze in de taxi, die wegreed.

Alan wist niet goed wat hem had getroffen. Of liever gezegd:
hij had het gevoel dat iets hem bijna had getroffen, maar uiteindelijk had gemist. Hij had net door het lot een kans gekre-

gen om een van die magische romantische momenten te erva-ren, maar die had hij voorbij laten gaan. Hij had het meisje kunnen aanspreken en haar kunnen vertellen dat het zijn stoel was! Zelfs als het zijn stoel niet was geweest, dan zou het toch een goede openingszin zijn geweest. Maar aangezien het wél zijn stoel was, was het een uitstekende openingszin. Dat is mijn stoel. Je vindt mijn stoel leuk. Je neemt mijn stoel mee. Nie-mand anders wil mijn stoel. Maar jij wel. We hebben dezelfde smaak op het gebied van stoelen.

Hij ging naar boven naar zijn appartement. Hij sloeg de voordeur dicht, ging regelrecht naar zijn bank en ging erop zit-ten, met zijn plastic zakken, starend naar de lege plek waar zijn witte fauteuil had gestaan. Hij begroef zijn gezicht in zijn han-den. Hij had haar moeten vertellen dat het zijn stoel was. Mis-schien zou ze zijn smaak hebben bewonderd.

Een paar dagen later gingen Roland en de vrouw van zijn leven Victoria, de Vertaalster, eten met Lynn, Alan en Ray. Lynns man van haar leven kon niet mee, maar hij was van plan om zich la-ter bij hen te voegen. Halverwege de maaltijd merkte Lynn op hoe gelukkig Roland leek. Via een reeks gedachten kwam ze er-op om hem te vragen of hij ooit nog zijn nieuwe dosis had ge-kregen. Ze waren allemaal al van plan geweest om hem dat te vragen – vooral Ray, met zijn nieuwsgierigheidsstoornis –, maar vergaten het telkens.

'Ja, dat is gelukt. Maar ik heb er nu geen belangstelling meer voor,' zei Roland. Hij zweeg even en deed alsof hij op een ander onderwerp overstapte. 'O, tussen haakjes, kijk eens!' Hij open-de het medaillon. Er zat een fotootje van Victoria in.

Ze mompelden waarderend.

'Wat zat er eerst in? Dat heb je ons nooit laten zien,' zei Alan.

'Dat gaat jullie niet aan.' Roland klapte het medaillon dicht.

'Jullie belangstelling wordt erg gewaardeerd,' vertaalde Victoria, 'maar mannen voor wie de liefde zo'n serieuze aangelegenheid is, zijn niet altijd bereid om de binnenkant van hun medaillon te onthullen.'

Later tijdens het eten spraken ze vluchtig over hun oceaanervaring. Victoria kende het verhaal al van Roland.

Ray vroeg hun of ze er nog steeds spijt van hadden dat ze hun semi-zelfmoord hadden gepleegd.

Ze knikten allemaal.

Ray zei gefrustreerd: 'Hoe kunnen jullie daar nog steeds spijt van hebben, terwijl je eigenlijk zou moeten toegeven dat het een van de mooiste ervaringen in je leven was?'

Roland fronste zijn voorhoofd. 'En wat was die mooie ervaring dan wel?'

'Uit het water komen,' zei Ray.

'Welke idioot komt er nu met zulke gedachten?' zei Roland.

'Het is waar, alleen gekke genieën komen op dat soort gedachten,' luidde de vertaling van Victoria.

'Dank je,' zei Ray gecharmeerd.

'Victoria is ongelofelijk,' zei Alan tegen Roland. 'Ze raapt niet alleen alles op wat je laat vallen, maar ze ruimt ook jouw rotzooi op. Je verdient haar absoluut niet. Ik weet niet hoe jij zoveel geluk kunt hebben. Ik heb dat nooit. Ik was bijna gelukkig, pasgeleden. Even had ik de kans om een verbazingwekkend meisje op een zeer romantische manier op straat te ontmoeten, maar ik liet die kans lopen.'

'Je krijgt wel weer nieuwe kansen,' zei Lynn.

'Niet zoals deze. Dit gaf me een… uniek gevoel.' Alan schudde zijn hoofd. 'Alles gaat op dit moment niet goed. En het maakt het er niet beter op dat ik al mijn geld heb uitgegeven aan edelstenen en halfedelstenen.'

Roland zei: 'Als er iemand is die begrijpt dat mensen de neiging hebben om iets kleins achter te laten, dan ben ik dat wel. Maar Alan, ik liet paperclips, knopen en muntjes vallen, geen diamanten, saffieren en opalen!'

Alan haalde zijn schouders op. 'Ik ben niet zo gierig als jij.'

'Beter gierig dan er achteraf over zeuren,' snauwde Roland.

'Ja,' verhelderde Victoria, 'een van de nadelen van een bijzonder gul mens te zijn, zoals jij, Alan, is dat jouw geschenken toevallig niet worden gewaardeerd, waardoor je er meer onder lijdt en meer verliest.'

'En bovendien hoefde je die edelstenen niet achter te laten!' zei Roland tegen Alan.

'Ik heb niet iemand die alles achter me opraapt, Roland.'

Niemand zei iets.

Ten slotte voegde Alan eraan toe: 'O, het kan me niet eens schelen dat ik geen geld meer heb. Ik weet niet eens waarom ik erover begonnen ben. Ik heb er alleen spijt van dat ik die unieke romantische kans door mijn vingers heb laten glippen.'

'Ik weet zeker dat het uniek was,' zei Ray. 'Maar iedereen is uniek.'

'Misschien,' zei Alan. 'Maar deze voelde wel heel uniek.'

De dagen verstreken eentonig voor Alan. Hij was gedeprimeerd en eenzaam. Dat hij zijn stoel had weggedaan maakte het nog erger, doordat er zo een lege ruimte in zijn zitkamer was ontstaan, een leegte die Pancake, Toto en Fuzz-fuzz slechts gedeeltelijk konden vullen. Alan had er moeite mee om te wennen aan die leegte, omdat die hem bleef herinneren aan de bijzondere kans die hij niet had weten te grijpen. Hij besloot een nieuwe stoel te gaan kopen, een andere witte stoel, om de leegte te vullen, zodat hij zou ophouden met aan het meisje te denken. Maar hij wist niet zeker of de nieuwe stoel veel zou helpen, omdat hij diep in zijn hart wist dat het niet dezelfde stoel zou zijn.

Hij zei tegen zichzelf dat hij wel door deze slechte periode heen zou komen. Zijn huisdieren hielpen hem daarbij. En hij dwong zichzelf om meer uit te gaan, nieuwe mensen te ontmoeten. Hij zou zijn leven veranderen. Dat had hij al eerder gedaan, en hij kon het nogmaals. Zo was er een nieuwe cursus 'Kralenkettingen maken' waar hij belangstelling voor had en die hij graag wilde volgen. Al zou hij dan nooit een ideale partner vinden, of zelfs maar een redelijk geschikte partner, toch kon hij nog gelukkig zijn. Als hij eraan zou werken om een rijk leven op te bouwen dat hem voldoening zou schenken, dan zou het geluk uiteindelijk vanzelf wel komen, zelfs als hij nooit de vrouw van zijn leven zou vinden.

Laat op een middag belde de portier. 'Er staat hier een vrouw die u wil spreken.'

'Wie is het?'

'Ze zegt dat u haar niet kent, maar dat ze iets voor u heeft.'

Hij nam de lift naar beneden, omdat hij geen vreemde vrouw in zijn appartement wilde laten.

In de hal stond het mooie meisje dat zijn stoel had meegenomen.

Terwijl hij op haar toe liep zei hij zacht: 'Jij hebt mijn witte olifant.'

Ze glimlachte verbaasd. 'Nee, je rijbewijs. Het zat in de kussens van je stoel. Ik wist natuurlijk niet hoe lang geleden je het was kwijtgeraakt en of je al een nieuw had. Ik wist niet of ik de moeite moest nemen om het aan je terug te geven.'

'Ja, daar ben ik heel blij om. Ze vragen me vaak of ik een identiteitsbewijs wil laten zien.'

Ze lachte en overhandigde hem zijn rijbewijs.

Hij keek nadenkend omlaag en mompelde, voornamelijk in zichzelf: 'Soms, als je iets verliest, dan vind je iets wat waardevoller is.' Hij maakte zich plotseling zorgen dat hij zweverig overkwam en zei daarom: 'Ik ben mijn stoel kwijt, maar ik heb mijn waardevolle rijbewijs terug.' Hij keek naar haar op. 'Luister, ik wil dolgraag af en toe een verslag over mijn stoel. Mag ik je mijn telefoonnummer geven?'

Ze lachte. 'Natuurlijk. Ik zal je mijn visitekaartje geven.' Ze haalde een kaartje uit haar handtas. 'Ik zal mijn privé-nummer erbij schrijven. Dat doe ik niet altijd, omdat ik problemen heb gehad met stalkers.'

Dit bracht Alan van de wijs, en daarom grijnsde hij maar wat. Terwijl ze haar nummer op het kaartje schreef, probeerde hij te bedenken wat een normale, gezonde, gemiddelde man zou antwoorden.

Ten slotte zei hij: 'Maak je geen zorgen, ik heb het stalken al lang geleden opgegeven.'

Ze keek hem verschrikt aan en lachte toen.

Ze gingen die week twee keer uit eten. Beide keren werd hem om een identiteitsbewijs gevraagd en liet hij zijn rijbewijs zien. Al snel kreeg hij zijn stoel weer te zien. Hij mocht erin zitten. En er andere geweldige dingen in doen. En kijken hoe de vrouw van zijn leven erin ging zitten. En voelen hoe zij op hem ging zitten, terwijl hij erin zat. En hij op haar. En hij in haar. En zij met z'n tweeën in de stoel.

EINDE
(Mensen met een zwak hart kunnen beter niet verder lezen.)

17

'Ik heb de vrouw van mijn leven ontmoet, mijn zielsverwant,'
zei Alan tegen Lynn, Roland en Ray.

'Vertel,' zei Ray.

'Ik weet niet hoe ik het moet vertellen, hoe ik het recht kan
doen.'

'Gooi het er maar gewoon uit,' zei Lynn.

'Goed dan. Ik was verloren. En zij gaf me aan mezelf terug.'

'Mooi,' zei Roland. 'Zou je iets concreter kunnen zijn? Wij
waren tenminste concreet.'

'Ze vond me in de plooien van wat ik had afgedankt.'

'Een beetje minder poëtisch graag. Wat specifieker.'

'Net als de vrouw van jouw leven, Roland, gaf ze me terug wat
ik had verloren.'

Ray, Roland, Lynn en zelfs Patricia wilden graag Ruth, Alans
nieuwe vriendin, ontmoeten. Dus besloten ze om weer met elkaar te gaan eten. Voor de afwisseling wilde Lynn per se een diner in haar galerie door een cateringbedrijf laten verzorgen.
Toen de anderen arriveerden, zagen ze dat Lynns muren weer
kaal waren. Tactvol zei niemand er iets van.

Ze gingen aan een ronde tafel zitten. In het midden stond een
schitterend boeket roomwitte rozen, meegebracht door de
man van Lynns leven. Hij zat naast Lynn, Rolands Vertaalster
en zielspartner zat naast hem. Terwijl ze wachtten op Alans

vriendin stelden ze hem diverse vragen over haar, zoals wat voor werk ze deed.

'Dat weet ik niet,' zei Alan.

'Heb je haar dat dan nooit gevraagd?'

'Ja, maar ze deed nogal ontwijkend. Dat is het enige wat me dwarszit: ze verbergt haar beroep voor me.'

'Dat moet vervelend zijn,' zei Ray.

'Eigenlijk zou ik het erg op prijs stellen als een van jullie dat tijdens het eten uit haar zou kunnen krijgen.'

'Misschien heeft ze geen beroep. Misschien werkt ze niet,' zei Ray.

'Dat doet ze wel,' zei Alan. 'Ze heeft vaak gezegd dat ze naar haar werk moest, of dat ze doodop was van haar werk. Maar ze werkt kennelijk op onregelmatige tijden.'

'Vindt ze je rat leuk?' vroeg Roland.

'Ja.'

'Dat zou een aanwijzing kunnen zijn.'

'Voor wat?'

'Haar beroep. Jij hebt ooit eens gezegd dat vrouwen die een wapen hebben waarschijnlijk ook ratten leuk vinden. Dus welke vrouwen vinden ratten nog meer leuk? Misschien vrouwen in stoere beroepen. Misschien is ze politieagente, net als Lynns moeder. Of vuilnisman, net als Lynns vader.'

De Vertaalster wendde zich tot Lynn en zei: 'Doen jouw ouders dat? Wat cool.'

Op dat moment kwam Alans vriendin binnen.

Iedereen aan tafel, behalve Alan, was diep onder de indruk.

Lynn zei zacht: 'Alan, ze is haast een supermodel.'

'Ik weet het, ze is erg mooi,' glimlachte Alan liefdevol, terwijl hij Ruths arm streelde.

Ze sloegen gegeneerd hun ogen neer.

Ruth kuste hem op zijn mond en zei: 'Sorry dat ik zo laat ben.'

'Alan, ze verbergt haar beroep helemaal niet,' fluisterde Roland.

Alan keek hem verontwaardigd aan. 'Ten eerste heb ik je dat in vertrouwen verteld, en ten tweede: waar heb je het in godsnaam over?'

'Ze vertelt het alleen niet. Maar ze verbergt het niet. Ze zou het niet kunnen verbergen, ook al zou ze het willen,' zei Ray.

'Alan, ze is écht een aankomend supermodel. Ze is nu al een beroemd model, en ze zal een supermodel worden,' zei Lynn.

Alan leek dit nog steeds op te vatten als een compliment.

Lynn schudde haar hoofd en begon driftig door een *Elle* te bladeren.

'Haar gezicht staat op reclameborden. Ik ben er een tegengekomen op weg hierheen,' zei Roland.

Patricia knikte en zei tegen Ruth: 'Sorry dat we over je praten alsof je er niet bij bent.'

'Dat geeft niet. Ik begrijp het wel,' zei Ruth, tegelijkertijd geamuseerd en schaapachtig.

'Kijk!' riep Lynn uit. Ze overhandigde Alan de *Elle*, opengeslagen op een pagina met een foto van Ruth in een bruin broekpak.

Patricia boog zich naar Lynn en fluisterde tegen haar: 'Dat doet me eraan denken dat je vanmorgen bent afgewezen door het modellenbureau Ford.'

'O,' zei Lynn. 'Dat doet mij eraan denken, en dat wilde ik je al eerder vertellen, dat ik volgens mij wel kan stoppen met het insturen van aanmeldingen voor clubs die me nooit willen als lid.'

'Weet je dat zeker?' vroeg Patricia.

'Ja. Ik wil het normale leven graag een kans geven. Ik kan altijd later weer gestoord gaan doen, als een normaal leven me niet stabiel maakt.'

Alan bestudeerde de foto. Hij wendde zich tot zijn vriendin en vroeg zacht: 'Waarom ik?'

'Het stelt niks voor,' zei ze, terwijl ze ging zitten. 'Heel veel prominente mensen zijn niet opmerkzaam.'

'Dat is niet wat hij bedoelt,' zei Rolands Vertaalster, die ook andere mensen kon vertalen. 'Wat hij zich afvraagt is waarom je, aangezien je een model bent, iets met hem wilt. Je zou iedere man kunnen krijgen die je maar zou willen enzovoort. Hij vindt zichzelf niet aantrekkelijk enzovoort.'

'Dank je,' mompelde Alan.

'Wat zal ik zeggen? Jij bent het voor mij,' zei Ruth. 'Jij bent mijn type. En om eerlijk te zijn: ik heb me in het verleden wel vaker aangetrokken gevoeld tot mannen zoals jij. Mijn vrienden denken dat ik een perverse smaak heb op het gebied van mannen en meubilair. Niet dat het pervers is om jou of je stoel leuk te vinden. O jee, nu klink ik ongevoelig.'

'Ik denk dat je vrienden gelijk hebben,' zei Alan. 'Je bent inderdaad pervers. En daar bof ik mee.'

'En jij, mijn vriend, hebt weinig diepgang,' zei Roland tegen Alan. 'Ik heb me nooit gerealiseerd dat je zo oppervlakkig was dat je achter fotomodellen aan liep.'

'Maar ik wist helemaal niet dat ze een aankomend supermodel is,' riep Alan verontwaardigd uit.

'Wat dan nog? Nu blijkt maar weer eens dat uiterlijk voor jou het belangrijkste is bij vrouwen.'

Ruth keek een beetje grimmig.

Victoria zei: 'O, daar ben ik het helemaal mee eens; dat is heel verstandig van je, Alan. Want het zou prematuur en oneerlijk zijn om op iets anders dan uiterlijk te oordelen, behalve als we al heel lang een relatie met iemand hebben en onze partner de kans hebben gegeven om zijn of haar diepste wezen aan ons te onthullen.'

'Nu we het toch over uiterlijk hebben,' zei Jim, terwijl hij op het raam wees, 'wie zijn die mannen die zo vreemd naar ons kijken?'

Ze draaiden zich allemaal om. Er stonden inderdaad drie mannen voor Lynns galerie, met hun voorhoofd tegen het glas gedrukt, naar binnen te kijken.

'O, dat zijn gewoon een paar van mijn stalkers,' zei Ruth. 'Alan, ik hoop niet dat je het erg vindt dat ik wat bagage meebreng. Het zijn engerds, maar ze zijn ongevaarlijk.'

'Lynn had vroeger ook een stalker,' zei Patricia.

Ruth knikte meelevend naar Lynn.

Roland zei tegen Alan: 'Als ik jou was zou ik elke minuut van je relatie koesteren, omdat ik zeker weet dat je dagen als de vriend van een aankomend supermodel zijn geteld. Haar interesse in jou is immers voortgekomen uit haar perverse smaak en zal nooit lang standhouden.'

'Wat bezielt jou toch, Roland?' zei Lynn. 'Sinds jij de vrouw van je leven hebt gevonden, ben je gemener dan ooit.'

Ruth was aangenaam verrast dat Alan en zijn vrienden zo luchtig over haar stalkers deden.

'Je begrijpt hem verkeerd, Lynn,' zei Victoria. 'Wat Roland zegt is waar. Het is altijd het beste om lage verwachtingen te hebben. Op die manier zal Alan aangenaam verrast zijn als het toch goed uitpakt.'

'Nu we het toch over lage verwachtingen hebben,' zei Roland, terwijl hij zich tot Lynns zielsverwant richtte. 'Jim, heb jij nooit hogere ambities gehad dan bloemist worden?'

'Want als dat niet zo is,' ging Victoria door, 'dan is het echt indrukwekkend om zo niet-materialistisch en ongekunsteld te zijn. Dat is tegenwoordig een grote zeldzaamheid.'

'Ik ben bang dat ik niet kan beweren dat ik helemaal niet materialistisch ben,' zei Jim. 'Ik heb een MBA-opleiding gehad, ik heb een paar jaar in het zakenleven gezeten, maar ik dacht dat ik gelukkiger zou zijn als ik op een andere manier zou leven. Ik hou van planten en de natuur, maar ook te veel van de stad om daaruit weg te gaan. Ik weet dat dit de meeste mensen niet erg opwindend in de oren zal klinken, maar ik heb niet veel geld nodig en ik ben erg gelukkig met de keuze die ik heb gemaakt. Vooral ook omdat die me bij Lynn heeft gebracht.' Hij drukte haar hand.

Roland verloor zijn belangstelling en wendde zich weer tot zijn gemakkelijkere doelwit. 'O, arme Alan, ik maak me zorgen over je, over je verwachtingen. Stel jezelf de vraag: waarom zou een aankomend supermodel ooit met jou willen zijn, laat staan dat ze bij je wil blijven?'

Alan keek gepijnigd. Iedereen wendde zich tot Victoria, ook al hadden ze niet veel hoop dat ze van dit gemene commentaar iets positiefs kon maken. Maar na een paar seconden diep nadenken zei Victoria: 'Roland heeft gelijk. Jezelf afvragen waarom een supermodel bij jou wil zijn, is een therapeutische oefening. Je zou een lijst moeten maken van de redenen die je kunt bedenken – en er zijn er ongetwijfeld veel: je vriendelijkheid, je gevoel voor humor, je charmante onschuld, je doordringende blauwe ogen en je donzige blonde haar. Bestudeer die lijst goed. Het zal je zelfvertrouwen versterken, je bezorgdheid verminderen, en je in staat te stellen om meer van je relatie te genieten.'

Ray legde zijn hand op haar arm. 'Victoria, ik mag je graag en ik wil niet dat je gekwetst wordt. Telkens als je een van je heerlijke vertalingen laat horen, maak ik me zorgen om jouw veiligheid. Roland heeft last van driftbuien en ik waarschuw je dat hij zich op een dag zal omkeren om je te slaan.'

Rolands gezicht werd rood. 'Het bevalt me niets wat je daar insinueert!' zei hij, terwijl hij op de tafel sloeg en dreigend een beetje uit zijn stoel omhoogkwam. 'Wil je soms beweren dat haar vertalingen irritant zijn? Dat die me op mijn zenuwen zullen gaan werken? Nou, dan zit je ernaast! Voor het eerst van mijn leven voel ik me vrij! Ik hoef niet meer op te letten op wat ik zeg. Ik hoef niet meer op eieren te lopen en op te passen dat ik anderen niet kwets. Zolang zij bij me is, kan ik gewoon mezelf zijn en zal zij de schade herstellen nog voordat iemand ook maar de tijd heeft gehad om tot zich te laten doordringen wat ik heb gezegd!'

'Liep jij dan op eieren?' vroeg Lynn.

'Ja, als je dat zo graag wilt weten. Bespaar me je verbaasde blik,' zei Roland.

Iedereen dacht een paar lange seconden na over het idee dat Roland op eieren had gelopen.

Later tijdens de maaltijd spraken ze over de zelfmoord van Max. Roland was niet zo geïnteresseerd in het onderwerp, aangezien hij Max had vermoord. Bovendien voelde hij zich niet op zijn gemak bij dit gespreksonderwerp. Als het zelfmoord was geweest, was hij natuurlijk wel geïnteresseerd geweest, zoals even later toen Alans fotomodel en vriendin vlot onthulde dat een van haar vroegere vrienden, die aan depressies leed, drie jaar geleden zelfmoord had gepleegd. Roland wilde dolgraag van haar weten hoe hij dat had gedaan, maar hij hield zich in, uit angst dat hij tactloos zou overkomen. Niemand vroeg verder iets.

Alan was van streek. Hij had opgemerkt dat Ruth, terwijl ze over de dood van Max praten, aldoor naar Roland had zitten kijken. Alan hoopte niet dat ze zich tot hem aangetrokken voelde. Hij zei tegen zichzelf dat hij gewoon achterdochtig was.

Dagen en weken verstreken. Alan maakte zich zorgen over de blikken die zijn zielsverwant en Roland elkaar bleven toewerpen als ze allemaal bij elkaar waren. Hij dacht dat er iets vreselijk fout zat in zijn relatie. Dat een vrouw zo pervers was dat ze tegelijkertijd een aankomend supermodel kon zijn én aangetrokken tot Alan leek bijzonder verdacht. Wie weet waar ze verder nog toe in staat zou zijn. Ontrouw misschien. Hij kon zich dat maar al te gemakkelijk voorstellen sinds hij met Jessica had samengewoond.

Niettemin koos hij ervoor om tegen zijn angst te vechten. Hij geloofde dat als zijn vertrouwen maar sterk genoeg was, als het een blind vertrouwen was, zijn relatie in stand zou blijven. Hij wilde dat ware liefde mogelijk was, en hij wilde een van de weinige gelukkigen zijn die dat mocht ervaren.

Alan kon niet vermoeden dat de werkelijke reden waarom Roland zo naar Alans vriendin keek niet haar opvallende schoonheid was, en evenmin haar roem, en ook niet dat hij zich tot haar aangetrokken voelde (dat deed hij niet bijzonder), maar dat haar ex-vriend zelfmoord had gepleegd. Roland wilde dat hij een manier wist om te vragen hoe haar ex dat had gedaan.

Alan kon ook niet vermoeden dat de reden waarom zijn zielspartner zo vaak en indringend naar Roland keek niet was dat ze hem knap of charmant vond, of met hem uit wilde of zelfs maar met hem praten (dat was niet zo), maar dat het voor haar volkomen duidelijk was dat hij Max had vermoord. Ze was verbaasd dat dit niet zonneklaar was voor de anderen. Maar hoe kon dat ook – ze wisten immers niet hoe het voelde om iemand te hebben vermoord.

Haar ex-vriend had 'zelfmoord gepleegd', maar Roland was niet ingegaan op de aanhalingstekens waarmee ze haar verhaal toelichtte op de avond toen ze Alans vrienden voor het eerst ontmoette.

Toen de anderen begonnen over Max 'zelfmoord', had ze iets opgemerkt aan de manier waarop Roland zich bewoog, met zijn ogen knipperde of ademhaalde. Misschien was het een verandering in de kleur van zijn huid, een neergeslagen blik. Ze wist niet wat het was, maar wat het ook was, ze begreep het. En ze wist op dat moment dat Roland Max had vermoord. Ze had niets gezegd; ze vond dat het niet aan haar was om te oordelen, omdat ze zelf een vriend had vermoord en dit had laten doorgaan voor zelfmoord. Zijn gebrek aan logica en zijn neiging om zichzelf tegen te spreken begonnen haar zeer te irriteren.

Alan was ervan overtuigd dat zijn zielsverwant hem zou dumpen, zodat hij de rest van zijn leven alleen zou moeten zijn, terwijl Roland en Lynn voorgoed gelukkig zouden zijn met hun zielsverwanten. Alan zat er helemaal naast.

Al snel ontdekte Roland dat zijn zielsverwant, zijn Vertaalster, zijn Opraapster, seropositief was. Toen hij naar aspirine zocht in haar medicijnkastje had hij wat Combivir, AZT en andere pillen gevonden, waarvan hij wist dat die door aidspatiënten werden gebruikt. Hij vroeg het nog eens na bij de apotheek.

Woedend op zijn Vertaalster omdat ze hem dit niet had verteld, dat ze zich niet had bekommerd om zijn veiligheid, zei hij tegen haar: 'Voor het geval je het niet wist: aids is een dodelijke ziekte die seksueel overdraagbaar is.'

'Dat zijn zoveel dingen,' zei ze. 'Het leven is een dodelijke ziekte die seksueel overdraagbaar is.'

'Ik wacht.'

'Waarop?'

'Totdat jij toegeeft dat je zojuist Jacques Dutronc hebt geciteerd. Of wil je soms doen alsof dat je eigen woorden zijn?'

'Rustig nou maar,' zei ze.

'Het kon je niets schelen dat ik misschien aids zou krijgen!'

'Ik heb er altijd op gestaan condooms te gebruiken. En bovendien is de kans op besmetting bij mij klein.'

'Toch is het gevaarlijk.'

'Nauwelijks. Wat deed je trouwens in mijn medicijnkastje? En waar ben je nu mee bezig, dat je zo doorslaat? Je wordt geacht diepbedroefd te zijn omdat je zielsverwant dood zou kunnen gaan!'

'Mijn zielsverwant wordt geacht eerlijk te zijn en niet te verbergen dat ze een besmettelijke ziekte heeft! Waarom heb je het me niet verteld?'

'Ik wilde dat je eerst gek op me zou zijn voordat ik het je zou vertellen. Zodat je me niet zou verlaten.'

Roland brak met zijn zielsverwant.

Voor Lynn brak een ongelukkige dag aan.

'Ik kan je morgen niet zien. Ik ga uit eten met Trista,' zei Jim tegen Lynn.

'Wie is Trista?' vroeg Lynn, in de veronderstelling dat het misschien een zus was over wie hij het nooit had gehad, of zijn accountant.

'Een meisje dat ik soms zie.'

'Een meisje?'

'Nou ja, een vrouw.'

'Zie je haar alleen?'

Jim keek geamuseerd. 'Ja.'

'Hoe ken je haar?'

'Drie jaar geleden heeft een vriend een blind date met haar voor mij geregeld.'

'Zijn jullie ooit samen uit geweest?'

'Ik vertel je net dat ik haar morgenavond zie.'

'Is dat een afspraakje?'

'Sommige mensen zouden dat zo noemen. Ik weet niet zeker of ik dat ook zou doen. Ik bedoel, het is niet zo dat we het hele ritueel van een etentje en een goed gesprek gaan afwerken. Dat stadium hebben we allang gehad.'

Lynns lichaam werd plotseling ijskoud. 'Wat bedoel je? Je plaagt me zeker?'

'Ik geloof het niet. Ik weet niet zeker wat jij bedoelt met plagen.'

'Ga je met die vrouw naar bed?'

'Dat is een onduidelijke vraag, die moeilijk te beantwoorden is. Ik bedoel, de tegenwoordige tijd die je gebruikt is verwarrend. Ik ga niet op dit moment met haar naar bed, zoals je kunt zien.'

Lynns ijskoude lichaam werd plotseling gloeiend heet. 'Morgen. Ga je morgen met haar naar bed?'

'Ik kan de toekomst niet voorspellen. Ik ben niet helderziend.'

'Ben je met haar naar bed geweest sinds ik jou ken?' vroeg Lynn.

'Ja.'

Lynn zweeg een aantal lange seconden. 'Je hebt me dus bedrogen?'

'Bedrogen? Hadden we elkaar dan trouw gezworen? Ik begrijp niet hoe het woord "bedriegen" ooit van toepassing kan zijn op onze situatie.'

'Je bent me niet trouw geweest?'

'Je doelt op seksuele exclusiviteit? Daar hebben we het nooit over gehad.'

Lynn wist nu dat ze niet bij deze man kon blijven. Haar hart brak. Wat het gemakkelijker maakte was het feit dat het nog erger werd.

'Je bedoelt dat we erover hadden moeten praten, voordat jij het verlangen kreeg om me trouw te zijn?' zei ze.

'Nee.'

Even voelde Lynn zich ietsje beter. Totdat hij verderging.

'Erover praten zou niets hebben uitgemaakt,' zei hij. 'Ik zou nooit het verlangen hebben gehad om je trouw te zijn. Jou, of wie dan ook. Ik zie niets in monogamie. Dat is niets voor mij.'

'Je hebt me misleid.'

'Hoezo? Het is niet mijn taak om aan te nemen dat jij iets ver-onderstelt, en evenmin om je te beschermen tegen je eigen ver-onderstellingen. Ik wil altijd het beste van mensen denken. Als mensen gekwetst worden omdat ze ervan uitgaan dat monoga-mie voor iedereen vanzelfsprekend is, dan moeten ze de schuld bij zichzelf zoeken. Het beschermen van deze mensen zal alleen maar zorgen voor een vertraging van de ontwikkeling die onze maatschappij doormaakt: het proces om verder te evolueren en andere geloofsovertuigingen te accepteren. Dat proces is al in werking gezet met kerstkaarten, waar tegenwoordig nog maar zelden "Gelukkig kerstfeest" op staat. Er staat nu "Prettige feestdagen". Zo zal het ook gaan met de liefde.'

Lynn vertelde haar vrienden wat er was gebeurd.

'Wat verwacht je ook, als je verliefd wordt op een verwijfde bloemist?' zei Roland, onvertaald en onverzacht.

Aangezien Alan als enige nog een zielsverwant had, wachtten Ray, Lynn en Roland wat er zou gebeuren. De vraag was: zou er met haar ook iets aan de hand zijn of niet?

Een paar weken gingen voorbij. Alan begon zich triomfante-lijk te gedragen. Daarom besloten Ray, Lynn en Roland om zich te verdiepen in de achtergrond van Ruth, om te zien of ze een duister geheim had. Ze spoorden Jessica in het Midwesten op en huurden haar in voor het speurwerk. Ze zeiden dat ze zich zorgen maakten over Alan en wat meer te weten wilden komen over zijn nieuwe vriendin, zoals of ze betrouwbaar en fatsoen-lijk was. Jessica, die geen weerstand kon bieden aan de kans om iets voor Alan te doen, wilde het speurwerk wel gratis doen.

Jessica ontdekte inderdaad een geheim in Ruths verleden, maar het was een geheim dat het model, zo dat al mogelijk was, nog indrukwekkender maakte. Ze vermoedden drugs of alcohol, misschien extreem, pervers seksueel gedrag – wat haar liefde voor Alan kon verklaren. Maar in plaats daarvan had ze in het geheim economie gestudeerd, wat des te indrukwekkender was omdat haar leven vol traumatische gebeurtenissen was geweest. Denk aan de zelfmoord van haar vriend drie jaar geleden en de dood van haar zus die het jaar daarvoor bij een brand was omgekomen. Toen ze Alan vertelden dat ze in het verleden van zijn vriendin hadden gegraven, werd hij kwaad. Ze verdedigden zich. 'We wilden zeker weten dat ze zo betrouwbaar was als ze leek. We maakten ons zorgen om jou.'

'Hoe durven jullie!' zei hij.

'Onze zielsverwanten bleken niet te deugen. We dachten dat die van jou misschien ook niet deugde. We geven om je.'

'Wat een stelletje hufters zijn jullie.'

'Ze bleek toch iets belangrijks te verbergen.'

Alan keek hen aan met een blik van pure haat.

'Er is iets wat ze je nog nooit heeft verteld,' zeiden ze.

Alan wachtte, zijn lippen op elkaar geklemd.

'Ze is doctoranda in de economie.'

'Hufters.'

'Hoezo? Ben je niet blij? Ze bleek nog beter te zijn dan we dachten.'

'Als iets niet kapot is, moet je het niet gaan repareren!'

Omdat ze zich schuldig voelden en het goed wilden maken, vertelden ze hem dat ze een feest zouden organiseren voor Ruth en hem, om te vieren dat hun gesnuffel niets negatiefs naar boven had gebracht en Ruth geen slechte zielsverwant was gebleken.

Het feest vond plaats in het huis van een van Rays cliënten, die blij was dat hij zijn duplexwoning op de benedenverdieping beschikbaar mocht stellen aan de bedenker van *VlamInDePan*, voor een feest waar hij nog een paar geschikte romantische partners hoopte te vinden. Tijdens het feest ging Alan op zoek naar zijn zielsverwant. Al snel nadat ze waren gearriveerd, was ze weggelopen. Hij vond haar op het balkon van de tweede verdieping, waar ze op de balustrade neerkeek op de tuin. Toen Alan op haar toe liep, zag hij dat ze vooral naar Roland keek, die in zijn eentje de kuipplanten observeerde, een glas witte wijn in zijn hand. Telkens als Alan zijn zielsverwant naar Roland zag kijken, deed het vanbinnen pijn. Hij kon het al zien aankomen: afdwalende belangstelling, geflirt, ontrouw. Hij wilde dat niet nog eens meemaken.

Maar in werkelijkheid had Ruth niet zulke onzuivere gedachten of ontrouwe bedoelingen. Ze verbaasde zich alleen over datgene wat Roland en zij gemeen hadden, en wat alleen voor haar zichtbaar was. Als je iets met iemand gemeen hebt, vergroot dat op natuurlijke wijze de belangstelling voor anderen. Die belangstelling hoeft niets met seksuele aantrekkingskracht te maken te hebben, maar kan gewone menselijke belangstelling zijn. Hoe belangrijker datgene wat mensen gemeen hebben is, hoe intenser de belangstelling waarschijnlijk zal zijn. Daarom was Ruths belangstelling voor Roland ingetogen en normaal, aangezien ze zoiets indrukwekkends als moord met elkaar gemeen hadden.

Ruth voelde dat Alan jaloers was. Ze wilde hem geruststellen. Na verloop van tijd zou hij wel begrijpen dat ze trouw was. Als hij zou weten dat ze haar ex en haar zuster had vermoord, zou hij waarschijnlijk nog bezorgder zijn, maar daar hoefde hij zich net zomin zorgen over te maken. Zijn leven zou niet in gevaar zijn zolang hij haar niet ergerde door a) zichzelf tegen te spreken, b) gebrek aan logica te tonen of c) een onvermogen om in een discussie zijn standpunt te verdedigen, of d) andere irritaties.

Ze vertelde Alan dat ze nog iets te drinken ging halen, en liep opnieuw bij hem weg.

In een hoek liep Roland op Lynn af. 'Heb je gemerkt dat Alans vriendin aldoor naar me staat te kijken?'

'Nee,' zei Lynn, ook al had ze dat wel gezien.

'Ze wil wat met me,' zei hij, terwijl hij naar Ruth keek, die bij de dranktafel al kletsend met Ray naar Roland stond te staren.

'Nou, dan moet je niet terugkijken,' zei Lynn.

'Waarom niet? Ze valt op me. Ik zou heel wat meer kunnen doen dan alleen terugkijken.'

Lynn keek hem streng aan. 'Dat het tussen jou en Victoria niet goed ging, betekent nog niet dat je het voor Alan mag verpesten. Je zou hem het beste moeten wensen.'

'Dat doe ik ook. En dat is ook de reden waarom ik Ruths trouw wil testen: om zeker te weten dat ze hem niet zal bedriegen.'

'Ik wil dit niet horen,' zei Lynn. Ze ging met Alan praten, die bij de trap chagrijnig in zijn drankje stond te roeren.

'Gefeliciteerd met je relatie. Ik ben echt blij voor je,' zei Lynn tegen Alan.

Hij glimlachte zwakjes.

'Is alles goed met je?' vroeg ze.

Na een korte stilte zei Alan: 'Heb je gemerkt hoe vaak ze naar Roland kijkt?'

'Misschien een beetje.'

'Misschien gelooft ze niet in monogamie. Misschien is ze net als jouw ex, alleen minder eerlijk.'

Lynn pakte Alans arm en zei oprecht tegen hem: 'Ik wens je echt het beste, maar als het beste niet gebeurt, dan kan het goede nog wel gebeuren. Met iemand anders, of gewoon met vrienden. En het goede is zo slecht nog niet.'

Alan keek niet overtuigd, dus ging Lynn door. 'Ik geloof niet dat iedereen gegarandeerd zijn grote liefde vindt. Ik hoop dat ik die zal vinden, maar het zou ook niet kunnen gebeuren. En wie weet, misschien vind jij die ook niet. Maar er zijn ook nog andere dingen die goed zijn. Vriendschappen, relaties die bemoedigend, troostend en leuk zijn, zelfs als ze niet romantisch of hartstochtelijk zijn. En je kunt passie ook op andere gebieden vinden. Wat er ook gebeurt tussen jou en Ruth, je kunt op mij rekenen, op Ray, op je andere vrienden. Wij steunen je als je ons nodig hebt.'

Alan knikte, te zeer geroerd om te kunnen antwoorden.

Roland voegde zich bij hen. 'Hé, je vriendin kijkt telkens naar me. Heb je dat ook gemerkt?'

Alan kreeg een kleur. 'Nee, dat heb ik niet gemerkt.'

'Ja hoor. Ben je niet bang dat ze je zal bedriegen? Net als Jessica?'

Alan staarde naar het spandoek dat aan het plafond hing, waarop Ray had geschreven: GEEN-SLECHT-ZIELSVERWANTEN-FEEST. Op dat moment realiseerde hij zich dat hij kon kiezen uit twee dingen: hij kon proberen uit te gaan van het beste en daardoor beloond worden met een lang en gelukkig leven met zijn zielsverwant, die altijd van hem zou houden met al zijn tekortkomingen, wat er ook zou gebeuren; of hij kon toegeven aan zijn jaloersheid en zijn negatieve gedachten, zijn vriendin kwijtraken – het beste wat hem ooit was overkomen – in een neerwaartse spiraal terechtkomen, en misschien opnieuw suïcidaal worden.

Nee. Hij zou zich niet laten verslaan. Hij zou zegevieren. Hij had alles wat hij wilde en nam zich vast voor om te genieten van een lang en gelukkig leven met Ruth. Roland, Lynn en Ray hadden geprobeerd om iets negatiefs over Ruth te vinden, maar kennelijk was er niets slechts aan haar. Ze was een goede zielsverwant, zíjn zielsverwant. Hij zou dat niet laten verpesten door zijn paranoia. Ruth was trouw. Ze hield van hem, niet van Roland.

Uiteindelijk antwoordde Alan: 'Nee. Ik houd van Ruth en ik vertrouw haar. Ik denk alleen goede dingen over haar.'

'Dat is geweldig!' zei Roland. 'Mensen zeggen dat de juiste houding echt uitmaakt voor hoe dingen uitpakken. Jij gebruikt de grote Amerikaanse kracht van het positieve denken!'

'Ik ga het proberen. Wat heb ik te verliezen? Het kan geen kwaad. Ik weet dat ik bijzonder gelukkig zal worden met Ruth. Ik kijk er echt naar uit om samen met haar oud te worden.' Zijn positieve kijk leek de ruimte in een roze gloed te zetten. Lynn en Roland voelden zich optimistischer over hun eigen leven. Ze lieten Alan achter en mengden zich onder de gasten.

Ook Alan voelde zich beter.

Ruth bracht hem een nieuwe Bloody Mary. Ze kletsten en gaven speels commentaar op de andere gasten. Ze vermaakten zich. De sfeer tussen hen begon al luchtiger te worden, minder gespannen. Alans positieve houding werkte echt! Als hij die trouw zou blijven, zou Ruth hem waarschijnlijk ook trouw blijven. Hij zou nooit meer single hoeven te zijn, op zoek naar een nieuwe liefde, zoals Lynn en Roland nu. Hij zou zijn best doen om positief te blijven en zich niet bezorgd maken over kleine dingen, zoals Ruths verdachte blikken in Rolands richting. Ze was op vele manieren geweldig.

Alan had gelijk. Zijn vriendin had veel geweldige eigenschappen. Ze was intelligent, mooi, trouw, bemoedigend, beschermend, grappig, hartelijk, sportief, artistiek, ontwikkeld, edelmoedig, logisch, volhardend, en ze hield van de natuur. Haar enige grote fout was dat ze slecht was.

LA FIN